비자나무 숲

권여선은 1965년 경북 안동에서 태어나 서울대 국문과와 같은 학교 대학원을 졸업했다. 1996년 장편소설 「푸르른 틈새」로 제2회 상상문학상을 수상하며 등단했다. 소설집 『처녀치마』 『분홍 리본의 시절』 『내 정원의 붉은 열매』, 장편소설 『푸르른 틈새』 『레가토』가 있다. 오영수문학상, 이상문학상, 한국일보문학상을 수상했다.

권여선 소설집
비자나무 숲

초판 1쇄 발행 2013년 3월 18일
초판 7쇄 발행 2024년 3월 14일

지은이 권여선
펴낸이 이광호
펴낸곳 ㈜문학과지성사
등록번호 제1993-000098호
주소 04034 서울 마포구 잔다리로7길 18(서교동 377-20)
전화 02)338-7224
팩스 02)323-4180(편집) 02)338-7221(영업)
전자우편 moonji@moonji.com
홈페이지 www.moonji.com

ⓒ 권여선, 2013. Printed in Seoul, Korea

ISBN 978-89-320-2390-8 03810

이 책의 판권은 지은이와 ㈜문학과지성사에 있습니다.
양측의 서면 동의 없는 무단 전재 및 복제를 금합니다.

비자나무 숲

권여선 소설집

문학과지성사
2013

차례

팔도기획 7

은반지 43

끝내 가보지 못한 비자나무 숲 87

길모퉁이 119

소녀의 기도 153

꽃잎 속 응달 195

진짜 진짜 좋아해 231

해설 사랑의 기하학_양윤의 263

작가의 말 289

팔도기획

1

 사무실 문이 열리는 소리가 들렸다. 나는 문을 등지고 앉아 있어서 누가 들어오는지 보지 못했다. 오후 4시 15분, 환풍기도 돌기를 멈춘 시간, 사무실 안은 늪처럼 고요했다. 이상하게도 문소리가 난 후 한참이 지나도록 고요는 깨지지 않았다. 걷는 소리도, 말소리도 들리지 않았다.
 고개를 들자 대각선으로 마주 보이는 자리에 홍 팀장이 앉아 있었다. 창을 등지고 앉은 그의 모습이 어둡고 날렵한 윤곽선을 그렸다. 그는 열린 문 쪽을 보고 나서 재빨리 내게 신호를 보냈다. 귀찮은 일을 누군가에게 떠맡기려 할 때면, 먼저 그의 왼쪽 눈썹이 꿈틀 치솟았고 다음엔 보이지 않는 실로 연결된 듯 왼쪽 입가가 실긋 당겨졌다. 그렇게 순식간에 왼쪽

안면 근육 전체를 찡그렸다 펴는 신호의 의미는, 네가 처리해,였다. 나는 홍 팀장의 신호를 받고도 잠시 그대로 앉아 있었다. 방문객이 먼저 액션을 취하겠지.

환풍기가 다시 작동되면서 위잉 하는 기계음이 울렸다. 불안할 때면 늘 그렇듯이 나는 홍 팀장과 나와 미지의 방문객의 위치를 가늠해보았다. 우리는 사무실을 대각으로 나누는 일직선상에 놓여 있었다. 홍 팀장은 방문객을 보았고, 방문객도 그를 보았을 터였다. 나는 대각선의 중심이었고, 내 앞모습과 뒷모습은 동전의 양면처럼 그들의 시선 앞에 분할 노출되어 있었다. 위치가 영 불리했다. 나는 마지못해 뒤를 돌아보았다.

문 앞에는 안경을 쓴 키가 작은 여자가 큼직한 가방을 메고 서 있었다. 옷차림이 교복처럼 단정한 이십대 후반의 여자였다. 짧은 근무 이력에도 불구하고 나는 그녀가 고객이 아니라는 걸 백 프로 확신했다. 사무적인 말투로, 어떻게 오셨어요, 하고 묻자 여자가 드디어 내 쪽으로 한 걸음 다가섰다. 전문적인 외판원처럼 보이지는 않았지만 나는 경계를 늦추지 않았다. 저 큼직한 가방에서 언제든 뻔뻔하게 전단지나 보험증서가 튀어나올 수 있는 것이다.

"여기는 기획출판을 전문으로 하는 출판사인데, 무슨 볼일이신가요?"

"저는 원고를 가지고 왔습니다."

종이에 적힌 글자라도 읽듯 또박또박한 발음이었다. 여자의 말이 끝나기도 전에 홍 팀장이 신속하게 의자를 밀고 일어나 소파 쪽을 돌아 성큼성큼 걸어왔다.

"어서 오십시오!"

홍 팀장의 입에서 활판으로 찍어낸 듯 판에 박힌 말들이 튀어나왔다.

"저희 출판사에서는 성심성의껏 고객님의 자비 출판을 도와드리고 있습니다. 어떤 종류의 글이든 상관없습니다. 어서 이리 와서 앉으십시오. 통상! 김 작가! 얼른 가서 음료수 좀 사 와. 어서 앉으시지요. 이리 와서 앉으세요."

뭐야, 돈도 안 주고. 나는 약간 분개하여 가능한 한 굼뜬 동작으로 자리에서 일어났다. 여자는 여전히 내 쪽을 바라보고 있었다. 화장은 간소한 편이었고 나보다 두어 살쯤 많아 보였다. 안경 너머의 눈빛은 온화하고 안정되어 있었지만 왠지 풍요와는 거리가 멀게, 풍상과는 거리가 가깝게 살아온 듯한 느낌이었다. 이십대 여자들이란 그런 기미에 민감하다. 그녀는 분명 누군가의 심부름으로 왔을 것이다. 홍 팀장은 그것도 모르고 저 호들갑이었다.

"이리 와서 앉으십시오."

홍 팀장이 길쭉한 팔을 뻗어 소파를 가리켰다. 정장 소매 끝으로 잘 다림질된 은빛 셔츠가 드러났다. 제법 멋지군, 하고 생각하며 내가 지갑을 챙기는데, 여자가 가방을 메지 않은 쪽 손으로 나를 가리켰다.

"저는 이분과 얘기하고 싶습니다."

"아니, 왜요?"

순간 홍 팀장이 당황해서 물었다.

"이분과 의논하는 게 더 편할 것 같습니다."

"뭐, 정 그러시다면."

홍 팀장은 절도 있게 고개를 끄덕였지만, 셔츠 깃에 잘 드는 칼날이라도 끼워놓은 듯 억지스러운 끄덕임이었다.

"김 작가! 그럼 고객님과 잘 상담해서 좋은 출판이 성사되도록! 통상!"

여자가 어리둥절한 얼굴로 홍 팀장을 쳐다보았다. 그놈의 통상 때문일 것이다. 나는 웃음이 터지려는 것을 참았다. 어떤 경로로 잘못 입력이 되었는지 몰라도 홍 팀장은 '통상'이란 말을 독특한 방식으로 사용했다. 대개는 '주목!'의 뜻으로 썼다. 이를테면 술자리에서 직원들,이라고 해봤자 정 선배와 나와 영업 담당 박 부장이 전부였지만, 우리가 자기 말에 귀 기울이지 않을 때 탁자를 치며 "통상!" 하고 외친다든가, 급한 지시를 내릴 때 "통상! 정 작가! 김 작가! 박 부장!" 하고 불러대는 식이었다. 때로는 이번 경우처럼 말을 끝맺을 때 쓰기도 했는데, 그때는 아마 '이상!'이나 '오버!'의 뜻으로 사용하는 것 같았다.

나는 부드러운 손짓으로 여자에게 소파에 앉기를 권했다.

"아닙니다. 저는 어디 조용한 장소에 가서 말씀을 나누고 싶어요. 오래 걸리지는 않을 겁니다."

여자의 말에 홍 팀장의 반듯한 이마가 살짝 구겨졌다. 이보다 조용한 데가 어디 있겠냐마는 나는 사무실을 벗어나는 게 기쁜 나머지 한없이 친절한 말투로 응대했다.

"아, 그러실까요? 편하게 얘기하시려면 그편이 낫겠죠?"

내가 문 쪽으로 다가가는데 뒤통수에서 또 그 통상! 소리가 울렸다.

"통상! 김 작가!"

나는 약 올리듯 천천히 돌아보았다.

"고객님의 의견을 잘 유도하여 추호의 불편이 없으시도록! 알았나? 통상!"

"네. 그만 나가시죠."

여자는 나가는 대신 고개를 갸웃하더니 내게 물었다.

"왜 저분은 자꾸 통상, 통상 하시는 거죠?"

홍 팀장이 그게 무슨 소리냐는 듯 각진 턱을 치켜들었다. 나는 이를 악물고 웃음을 참았다. 늘 어디에 숨었는지 알 수 없는 박 부장은 관두고라도, 정 선배마저 자리를 비운 바람에 이런 재미난 광경을 혼자 구경할 수밖에 없다는 게 안타까웠다. 여자가 이번에는 홍 팀장 쪽으로 몸을 돌리고 말했다.

"혹시 통상에 제가 모르는 뜻이 있나 해서요."

내 말이 그 말이었다. 처음 입사했을 때 나는 혹시 통상이라는 단어에 내가 모르는 뜻이라도 있나 싶어 검색을 해보았다.

하지만 통상(通常)이란 단어는 누구나 알고 있다시피 "1. 특별하지 아니하고 예사임, 2. 일상적으로, 또는 일상적인 경우에는"이라는 뜻밖에 갖고 있지 않았다. 한자를 달리하면 "나라들 사이에 물품을 사고팖. 또는 그런 관계"라든가 "몹시 슬퍼하고 아프게 여김"이라든가 "대롱처럼 속이 빈 모양"이라는 뜻까지 있었지만 홍 팀장의 사용법에 해당되는 의미는 눈을 씻고 찾아도 없었다.

"그러니까," 홍 팀장은 손에 턱을 고이고 진지하게 말을 고르는 시늉을 했다.

"그러니까 통상이란 말에 어떤 뜻이 있는가 하면 그 뭐랄까. 음, 그렇지. 여자분이라서 군대 쪽 용어를 모르시니까 뭐라고 설명하기는 힘들지만, 아무튼 통상! 통상! 하는 게 군대에서는 아주 중요한 용어란 것만 말씀드립니다."

처음 듣는 소리였다. 어쨌든 통상이란 말의 뜻이 그의 뇌에 잘못 입력된 시기는 군대 시절인 모양이었다.

"총상이 아니고요?"

여자의 천진난만한 물음에 홍 팀장이 기겁을 했다.

"총상이라니? 통상! 통상입니다! 여자분이시라 이해시켜드리기가 아주 난감하네!"

참았던 웃음이 거품처럼 내 입가에 푸시시 번졌다. 이렇게 간단히 풀릴 문제를 왜 이제껏 나는 그에게 직접 물어볼 생각을 하지 못했나 싶었다.

옥상에 놓인 파라솔 의자에 마주 앉았을 때 나는 여자에게 꽤 당돌한 면이 있다는 걸 알았다. 여자는 단도직입적으로 용건을 말했다.

"혹시 이 출판사에서 글을 쓸 일이 없을까 해서 왔습니다. 기획출판을 하는 곳이니까 대필 같은 아르바이트거리가 많지 않을까 해서요."

홍 팀장이 들었다면 곧바로 오만상을 찌푸렸을 얘기였다.

"그러니까 출판을 의뢰하러 오신 게 아니네요."

"네."

"아까 원고를 가져오셨다고 하지 않았나요?"

"네. 제가 쓴 원고를 가져왔습니다. 저는 국문과를 졸업했고 대학원에도 1년쯤 다녔어요. 필요하시다면 증명서도 제출할 수 있습니다."

들을수록, 말하고 있다기보다 뭔가를 읽고 있다는 느낌을 강하게 주는 묘한 말투였다. 그건 그렇고 현재 우리 출판사에서 대필 업무를 맡을 사람은 더 필요하지 않았다. 정 선배와 내가 하는 일이 고객의 요구에 맞게 대필을 해주거나 고객이 써 온 참담한 원고를 수정하고 가필해서 최소한 출판 가능한 수준으로 만드는 일이었다. 정 선배가 농담으로 '예술한다'고도 하고 '수술한다'고도 부르는 일이었다. 내가 딱 잘라 거절

할지 여지를 좀 둘지 망설이는데 여자가 환한 미소를 지으며 말했다.

"저는 소설을 씁니다."

그래서요, 하는 내 표정과 상관없이 여자는 큼직한 가방에서 종이 뭉치를 꺼내 파라솔 테이블에 올려놓았다.

"이게 모두 제가 쓴 소설들입니다."

갑자기 여자의 목소리에 힘이 들어갔고 표정엔 어떤 결기마저 서렸다. 돌이켜보니 조금 전 사무실에서 원고를 가져왔다고 말했을 때도 그랬던 것 같다. 그녀의 이런 터무니없는 당당함에 홍 팀장도 깜빡 속아 넘어간 것이다. 여자는 엄청난 기밀을 누설하듯 나지막이 말했다.

"소설가는 글에 향기를 불어넣을 줄 아니까요."

"네에? 향기라고요?"

나는 잠시 어안이 벙벙했다. 비록 내가 그다지 훌륭한 대학의 문창과를 나오진 못했지만, 학교 다니는 내내 이런 우스꽝스러운 얘기는 누구로부터도 들어본 적이 없었다. 그 잘난 정 선배가 이 말을 들었다면 어떤 반응을 보일지 궁금했다.

2

영업 담당 박 부장이 물어 온 두 건의 작업이 그렇게 촉박

한 시일을 요구하지만 않았더라도 여자가 사무실에 출근하는 일은 없었을 것이다. 두 건 중 한 건은 심각할 정도의 염가였지만 홍 팀장은 기꺼이 두 건 모두 떠맡기로 결정했다.

마감을 빨리 쳐야 하는 쪽을 정 선배가 맡고, 나머지 저렴한 건을 내가 맡았다. 정 선배 쪽 프로젝트는 닭발로 돈을 번 요식업체 사장의 자서전을 대필하는 일이었다. 하필 닭발일 게 뭔가. 아무튼 닭발 사장의 효심 깊은 아들들이 술자리에 모여 부친의 환갑에 뭘 해드리면 좋을까 궁리하다가 부친의 인생 역정을 책으로 출판하자고 충동적인 결정을 내렸던 것이다. 그 바람에 코앞에 닥쳐온 환갑잔치 날짜에 맞춰 책을 찍어낸다는 조건으로 부랴부랴 계약이 성사되었다. 알고 보니 이 무슨 기막힌 우연인지 운명의 장난인지 그 사장이 처음 낸 닭발집 이름이 우리 출판사 이름과 같았다. 하필 팔도닭발일 게 뭔가.

홍 팀장은 '통상!'을 연발하며 내게 자칭 소설가인 그 여자에게 빨리 연락을 해보라고 지시했다. 한 달 남짓의 짧은 근무 기간과 적은 액수의 착수금을 제시했음에도 여자는 다음 날 바로 사무실에 출근했다. 여자의 성이 윤이었으므로 우리는 그녀를 윤 작가라고 불렀다. 윤 작가는 마감이 급한 정 선배 쪽 일에 먼저 투입되었다.

카메라와 녹음기를 챙긴 정 선배가 내 책상 바로 왼편에 있는 윤 작가의 책상을 톡톡 쳤다.

"갑시다."

고개를 숙이고 뭔가를 골똘히 들여다보던 윤 작가가 고개를 들었다.

"어디를요?"

"인터뷰 따러 가야죠."

윤 작가가 고개를 저었다.

"저는 가지 않겠습니다."

정 선배의 작은 눈이 최대한 크게 휘둥그레졌다. 정신 사납게 회전의자를 빙글빙글 돌리던 홍 팀장도 동작을 멈췄다. 나는 중간에 끼인 터라, 게처럼 오른쪽의 정 선배와 왼쪽의 윤 작가를 번갈아 힐끔거릴 수밖에 없었다.

"둘씩이나 갈 필요는 없잖아요? 정 작가님께서 다녀오실 동안 저는 이거 보면서 전체 틀을 고민하고 있겠습니다."

윤 작가가 비장의 문서처럼 들어 보인 것은 닭발 사장의 이력을 검색해 출력한 용지 더미였다.

"윤 작가니임!"

정 선배의 입에서 혀로 사탕을 밀어내는 듯한 말투가 나왔다. 그것은 상대를 달래기보다 자신을 달래기 위한 목적인 경우가 많았다.

"인터뷰랑 자료 수집부터 먼저 하고, 인터뷰 녹취 풀고, 그러고 나서 녹취 푼 거랑 자료랑 버무려서 구성안을 엮는 겁니다. 지금은 구성 생각할 때가 아닙니다."

정 선배가 질긴 고기를 씹을 때처럼 잘근잘근 일정을 설명했다. 윤 작가가 다시 고개를 저었다. 이번에는 단호하기까지 했다.

"아닙니다. 그건 잘못된 과정이에요. 구성이 먼저예요. 제가 써봐서 아는데 구성 없는 자료는 한 트럭이 있어도 작품이 돼서 나오지 않습니다."

이건 뭐지, 하는 얼굴로 정 선배가 홍 팀장을 보았다. '통상!'이 터져 나올 타임이라고 나는 생각했다. 그러나 홍 팀장은 눈살을 찌푸리고 입을 다문 채 맞은편 소파 위 허공을 응시하고 있었다. 너무 놀라서 말이 안 나오는 모양이었다. 우리 셋의 입을 일거에 꿰매버린 당사자는 태연하게 고개를 숙이고 다시 용지 더미를 들여다보기 시작했다. 나 또한 잽싸게 고개를 숙였다. 현재 사무실 안에 있는 네 명의 위치는, 홍을 꼭짓점으로 하고 정과 나와 윤을 밑변으로 하는 직각삼각형을 이루고 있었다. 높이를 형성하는 두 남자는 우뚝 선 채 각자 허공을 응시하고, 밑변에 놓인 두 여자는 책상에 고개를 처박고 있는 형국. 누가 봐도 결코 바람직한 사무실 풍경은 아니었다.

잠시 후 정 선배가 불곰처럼 씨근거리며 두툼한 양 손바닥으로 내 책상을 꾹 눌렀다. 바닥을 누르는 힘으로 상체를 들어 올려 팔굽혀펴기라도 하려는 듯했다.
"김 작가, 일어나! 가자!"

  옥상의 낮은 시멘트 턱 앞에서 담배를 한 대 다 피우도록 정 선배는 말이 없었다. 윤 작가는 끝났다고 나는 생각했다. 참 걱정되는 캐릭터였다. 정 선배는 시멘트 위에 박힌 철제 빔에 담배꽁초를 눌러 껐다.
"카페라테 사 올까요?"
내가 조심스럽게 물었다. 정 선배는 내 쪽을 보지도 않고 손을 저었다. 그리고 담배 한 개비를 더 꺼내 유독성을 확인하듯 조심스레 통통한 손끝으로 굴리더니 뜬금없는 질문을 했다.
"두 달쯤 돼가나?"
무엇이?라고 자문하는 순간 나는 이미 알아차렸다. 바람을 막기 위해 점퍼자락을 들추고 라이터의 불을 당기는 정 선배에게서 희미한 곰팡이 냄새가 났다.
"다음 주면 두 달 돼요."
"다닐 만해?"
나는 뭐라고 대답해야 할지 몰랐다. 차마 거지발싸개 같다고는 말할 수 없었다.
"힘든 일 있으면 나한테 얘기해. 선배 좋다는 게 뭐야?"
"네."

맑은 날 바람 부는 옥상에서도, 빗방울이 떨어지는 어둑한 오후에도 나는 종종 우울했지만, 선배 좋다는 생각이나 선배에게 무슨 얘기를 하고 싶다는 생각은 미처 해보지 못했다. 후회막급이었다.

"들어가봐라. 나 혼자 갔다 올게."

"같이 가요, 선배님."

"됐어. 저 여자 말대로 둘씩이나 갈 필요 뭐 있냐? 일정도 빡빡한데 너도 니 인터뷰 준비해."

정 선배가 담뱃재를 떨며 체머리 흔들 듯이 허공을 향해 핑핑 고갯짓을 했다.

"제가 써봐서 아는데? 작품? 구성? 참 자기만 글 써봤구만."

마침내 깊이 빨아들였던 연기를 내뿜으며 그는 장탄식을 했다.

"아득하고 험난하다, 진짜."

나는 의미 없이 고개를 끄덕였다. 아득하고 험난하지만 정 선배는 지금 어떻게든 윤 작가와 계속 작업을 해나가려는 것 같았다. 일정이 무섭도록 촉박하긴 했다. 문득 두 달 전쯤의 나도 그를 이렇게 아득하고 험난하게 만들었을까 하는 생각이 떠올랐다. 이 정도는 아니었을 것이다. 최소한 나는 대놓고 아니라든가 못 한다고 말해본 적은 없었다.

내가 사무실 문을 열고 들어섰을 때 홍 팀장은 자기 자리에 앉아 있었고 윤 작가는 서 있었다. 윤 작가의 자리가 내 왼편이라, 현재 홍과 윤과 나의 위치는 비록 곧은 일직선을 이루지는 못했지만, 어느 정도 대각의 형태는 취하고 있었다. 나는 윤 작가의 뒷모습과 홍 팀장의 정면을 볼 수 있었다. 둘이 어떤 얘기를 나누던 중이었는지 몰라도 내가 들어섰을 때 대화는 끊겨 있었다. 사무실에는 알 수 없는 긴장과 침묵이 감돌았다.

내가 슬금슬금 사무실 정중앙에 있는 내 자리를 향해 다가가는데 홍 팀장이 애매한 말투로 물었다.

"그래서 녹취 푸는 작업도 못 하시겠다, 그런 얘긴가?"

"네. 저는 여기 글을 쓰러 왔습니다."

"글을 쓰러 왔다. 글을 쓰러 왔다."

"네."

홍 팀장이 더 이상 별말이 없자 윤 작가는 대화가 끝났다고 생각했는지 의자를 당겨 앉았다. 아무래도 끝난 게 아니지 싶었다. 아니나 다를까 홍 팀장이 의자를 창틀 쪽으로 밀어붙이며 벌떡 일어섰다.

"통상! 김 작가!"

"네."

나는 반사적으로 대답했다.

"김 작가도 소설 써봤지?"

"대학 때 잠깐 써보긴 했는데요, 그때 진짜 많이 깨져가지고 그다음부터는 엄두도 안 나고 해서, 그다음에는 시 쓰려다 가요……"

"됐고! 소설 쓸 때 말이야, 김 작가는 인터뷰도 안 하고 취재도 안 하고 골방에 처박혀서 글만 쓰나?"
나는 아무 말도 하지 않았다. 그는 내 대답을 원하고 있는 게 아니었다. 나는 물고기를 낚기 위해 드리운 낚싯바늘에 꿰인 지렁이일 뿐이었다.

"요즘 소설 쓰는 인간들은 다 그래? 발로 뛰는 일은 몽땅 다른 사람 시키고 저는 책상머리에 앉아서 글만 써? 언제부터 소설이 그렇게 분업적인 시스템으로 생산되기 시작했나?"
나는 자리에 앉지도 못하고 엉거주춤한 자세로 서 있었다. 윤 작가가 고개를 들더니 자리에서 일어나 소파 쪽을 돌아 홍 팀장 앞으로 갔다. 놀랍게도 그녀는 조금도 겁을 집어먹지 않고 있었다. 지렁이가 된 내 눈에 그녀의 동작은 작지만 힘찬 물고기처럼 야무지고 아름다웠다.

"팀장님, 모든 소설가들이 저처럼 쓴다고는 생각지 않습니다. 쓰는 방식의 가짓수는 소설가의 수만큼 많아요. 누구나 자기가 가장 잘 쓸 수 있는 방식으로 글을 쓸 권리가 있습니다."

"호오, 그래요?"
그런 진기한 사실을 생전 처음 알게 되어 놀라 자빠지겠다는 투로 홍 팀장이 대꾸했다.

"솔직히 말씀드리면, 제 경우는 좀 특별한 편이라고 할 수 있습니다. 저도 소설을 쓸 때 취재를 하고 자료 수집도 합니다. 하지만 인터뷰나 녹취는 못 합니다. 저는 활자화된 자료만 볼 수 있어요. 대상을 직접 보거나 만지거나 그 소리를 듣거나 하면 글을 쓰지 못합니다. 그때의 생생한 인상이나 감각이 저를 혼란에 빠뜨려서 어떤 단어도 떠오르지 않습니다."
윤 작가가 잠시 말을 멈추고 잔기침을 했다. 홍 팀장은 그녀가 침을 삼키며 목을 가다듬는 것을 뚫어지게 내려다보고 있었다. 이번에야말로 이런 진기한 사실을 생전 처음 알게 되어 진심으로 놀랍다는 표정이 그의 얼굴에 드러나 있었다.

"대신 글을 열심히 쓰겠습니다. 제 능력이 닿는 한 최선을 다해서 쓰겠어요. 약속드립니다. 그래도 안 된다고 하시면 저는 이 일을 그만둘 수밖에 없습니다."
누가 자기 목을 긁어대는 것도 아닌데 홍 팀장은 목에 손을 대고 우거지상을 한 채 윤 작가를 내려다보고 있었다. 그 모습은 어찌 보면, 제발 이 모든 게 농담이라고 말해줘, 라고 애걸하는 것처럼 보였다. 그렇게 가오를 중시하는 그가 자기 키의 반이 조금 넘는 작은 여자 앞에서 부끄러운 줄도 모르고 말이다. 저러다간 심지어 바닥에 드러누워 발버둥이라도 치지 않을까 걱정되었다.

"인터뷰를 하거나 녹음된 목소리를 들으면 저는 한 글자도 못 쓸 겁니다. 저는 여기 글을 쓰러 왔어요. 저는 글을 쓰고 싶습니다. 그럼."

윤 작가가 목례를 하고 돌아섰다. 걸음을 옮기려다 말고 그녀가 뭔가 생각난 듯 다시 몸을 돌렸을 때 나는 홍 팀장이 경기 하듯 팔꿈치를 버르르 떠는 것을 보았다.

"그리고 팀장님!"

홍 팀장은 외계 생물체를 살피듯 눈을 가늘게 뜨고 턱을 앞으로 쑥 내밀었다.

"통상이란 말에 팀장님이 생각하시는 그런 뜻은 절대 없습니다. 하지만 저는 팀장님이 그 말을 임의로 사용하시는 걸 용서하겠습니다."

대단한 선심이었다.

3

윤 작가가 며칠 못 버티고 그만두리라는 내 생각은 틀렸다. 그녀는 꼬박꼬박 정시에 출근해 밤늦게까지 사무실에 머물렀다.

휘몰아치는 일정 때문에 정신이 없는 건지 깨끗이 체념을 한 건지, 정 선배는 자신의 퉁퉁한 살집이 허용하는 한 최대한 품을 넓혀 윤 작가의 또박또박한 이의 제기를 인내심을 갖고 수용하려고 노력했다. 제대로 되는 때도 있었지만 실패하는 때가 더 많았다. 그럴 때면 정 선배는 한숨을 쉬고 옥상으로 달려 올라가 담배를 피우며 윤 작가가 한 어처구니없는 말들을 핑핑 되씹어 허공에 날리며 아득하고 험난하다는 장탄식을 내뿜고는 사무실로 돌아왔다.

뜻밖인 건 홍 팀장이었다. 윤 작가가 통상이란 말에 팀장님이 생각하시는 그런 뜻은 결단코 없다고, 하지만 자기는 그런 임의적 사용을 너그러이 용서하겠다고 정색을 하고 말한 뒤부터 홍 팀장은 되도록 통상이란 말을 하지 않으려고 노력하는 것 같았다. 버릇이 되어 자동적으로 튀어나오려는 '통상!'의 ㅌ 발음을 낚아채 목젖 뒤로 끌어당기려는 그의 의지는 각진 턱이 쳐들리고 고개가 뒤로 젖혀지는 딸꾹질 반응으로 표현되었는데, 번번이 눈물겹도록 우스꽝스러웠다. 게다가 홍 팀장은, 의뢰인의 사진은 물론이고 녹음된 목소리만 들어도 한 글자도 쓸 수 없는 윤 작가의 집필 방식을 존중하여, 그녀가 '대상의 즉물성에 압도되지 않도록' 인터뷰와 녹취 푸는 작업에서 빼주라고 정 선배에게 지시했다.

입사한 이래 두 달 동안 그런 배려라곤 한 번도 받아본 적이 없는 나는, 당분간 내가 맡은 프로젝트를 중단한 채, 윤 작가 대신 녹취 푸는 작업에 매달렸다. 며칠 내내 녹취만 풀다 보니, 낮이면 이어폰을 빼도 귓가에 환갑 노인네의 거친 목소리가 벌컥벌컥 들리는 이명에 시달렸고, 밤에 잠을 자도 시뻘건 닭발이 공중에 휙휙 날아다니는 악몽을 꾸었다.

윤 작가가 꾀를 부리거나 의뭉을 떠는 성격이 아니라는 것은 나도 알았다. 몸을 사리거나 일을 회피하려는 기색도 없었다. 오히려 상대적으로 나나 정 선배가 게으르게 보일 정도로 그녀는 끈덕지게 작업에 집중했다. 구성안을 짜고 시놉을 쓰고 정 선배가 수정을 요구하면 또박또박 이의를 제기한 후 다시 새로운 버전의 구성안을 짜고 그에 맞춰 시놉을 썼다. 그런 반복에 짜증을 내지도 않았다. 만일 그녀 앞에 무한대의 시간이 놓여 있기만 하다면 10년이 넘도록 그런 작업만 계속해도 상관없다는 태도였다. 식사 시간을 제외하고는 거의 자리를 뜨지 않았고 화장실도 자주 가지 않았다. 옥상에 올라가 바람을 쐬는 일도 없었다. 거의 사무실 비품처럼 항상 그 자리에 그 자세로 붙박여 있어, 그녀 혼자만 있는 사무실에 들어서면 아무도 없네, 하는 느낌이 들 정도였다. 다소 기이한 표현이 될 수도 있겠지만, 그녀는 집필의 열정에 휩싸인 로봇 같았다. 그 내부에 아무도 알지 못하는 투명하고 견고한 문학적 칸막이가 복잡하게 장착되어 있고, 프로그램을 입력하기만 하면 쉬지 않고 작동되는 집필 로봇.

 드디어 녹취 푸는 작업도 끝이 났다.
 "윤 작가 때문에 니가 고생 많았다."
정 선배는 옥상 파라솔 의자에 느긋하게 기대 앉아 담배를 피우며 말했다. 그의 체형이 점점 곰을 닮아간다는 생각을 하며 나는 편의점에서 사 온 카페라테에 빨대를 꽂아 건넸다.

"가만 보니까 윤 작가한테는 눈치나 요령 같은 게 전혀 없어. 곧이곧대로야. 어젯밤에 구성안 확정하고 사무실에서 맥주 한잔하면서 얘길 해봤거든. 환경이 불우하더라고. 부모님이 있긴 한 것 같은데, 정확히 말은 안 하지만, 내 생각엔 두 양반 다 무슨 병이나 장애가 있지 않나 싶어. 대학도 남들 다 가는 나이에 못 가고 늦게 들어가서 자기가 벌어서 고학하다시피 다녔던 것 같고. 그래서 외골수고 문학에 대한 열정이나 고집이 대단해. 자기 마음에 드는 소설작품이 나올 때까지는 응모도 안 하고 등단도 안 할 거라는데, 또 모르지, 말만 그렇게 하는 건지도. 너무 미워하지 마. 나쁜 여성은 아니더라고."

그래도 서운해, 라고 나는 생각했다. 나보다 고작 두어 살 많은 여자 작가를 위해 정 선배가 인내심을 발휘할 수도 있고 홍 팀장이 배려란 걸 할 줄도 안다는 걸 처음 알았으니 말이다. 귓가의 이명은 쟁쟁거리는 수준으로 호전되었지만 아직도 꿈속에서는 판타지의 한 장면처럼 닭발 모양의 갖은 기괴한 형상들이 날아다녔다. 나는 문득 글에 향기를 불어넣느니 어쩌니 하던 윤 작가의 말이 생각나 물었다.

"문장은 어떤 것 같아요?"

"문장? 평이하고 매끄러운 편? 좋게 얘기하면 담백하고 나쁘게 말하면 심심하고. 근데 뭐 아직 문장 수준을 판별할 단계는 아니라서 잘 모르겠어. 본격적으로 집필 들어가면 견적이 나오겠지. 열정이 있다고 재능이 있는 거 아니고, 세계관에 붓 달린 거 아니거든."
나는 작게 한숨을 내쉬었다. 정 선배가 카페라테를 한 모금 빨면서 나를 힐긋 쳐다보았다.
"아, 윤 작가 눈치가 네 반만 돼도 일하기가 한결 편할 텐데. 뭐 그렇게 사사건건 토 다는 게 많은지. 아주 이 정명훈이를 가르쳐요, 가르쳐. 피곤해. 말투나 표현도 얼마나 이상한지. 라운드 캐릭터, 플랫 캐릭터를 동글동글한 인물, 밋밋한 인물이라고 하질 않나, 옴니버스 구성을 칙칙폭폭 구성이라고 하질 않나. 아무튼 대단히 웃기는 데가 있어. 아동문학 개론서에서 막 튀쳐나온 것 같다니까."
그렇다면 눈치만 말간 나는 고아원 뒷문에서 막 튀쳐나온 천덕꾸러기 같겠지, 라고 나는 생각했다. 뭐 그래도 게나 지렁이보단 나으니까.

4

하필 홍 팀장이 영업 담당 박 부장과 사우나를 간 사이에 일이 터졌다. 어쩌면 그 일은 계산된 시각에 정확히 터지도록 예비되어 있는 폭발물과도 같았는데 나만 몰랐던 건지도 모른다.

"이봐요, 윤 작가, 개밥 얘길 왜 또 뺐어?"

정 선배가 짜증스럽게 물었다.

"그건 빼야 합니다."

윤 작가가 또박또박 대답했다. 한두 번 있는 일이 아니었기에 나는 긴장하지 않았다. 가능한 한 그들 대화에 신경 쓰지 않기로 단단히 마음먹고 있던 터였다.

"아니, 당사자가 이걸 꼭 넣어달라고 그렇게 신신당부를 했는데 왜 윤 작가 멋대로 빼?"

"그 일화는 직접 겪은 게 아니라 어디서 들은 얘기일 거예요. 그런 얘기를 집어넣었다가는 독자의 신뢰를 잃게 됩니다."

"독자? 신뢰?"

정 선배가 혀를 찼다. 녹취를 풀었기 때문에 나는 개밥 일화가 어떤 내용인지 알고 있었다. 어린 시절 닭발 사장이 너무 배가 고픈 나머지 개밥 그릇에 담긴 개밥을 몰래 훔쳐 먹었다는 내용이었는데, 다소 억지스럽게 들리긴 해도 의뢰인이 겪었던 쓰라린 가난을 압축해 보여주는 일화로 간주하고 적당한 대목에 살짝 쑤셔 넣으면 될 일이었다.

"그래서 독자 신뢰 얻자고 포장마차 손님이 닭발 양념 엎은 것도 뺐나?"

"아뇨. 그 일화는 사실이긴 한 것 같아요. 하지만 울림이 없어서 뺐습니다."

"울림?"

"네 울림이요. 그런 상투적인 일화는 우리가 참된 본질에 가까워질 때에만 비로소 느낄 수 있는 영혼의 진동을 방해하기 때문에……"
윤 작가의 낭랑한 목소리가 사무실에 초롱초롱 울렸다.
"영혼의 진도오오옹?"
내가 이어폰으로 귀를 막을까 어쩔까 망설이는 사이 갑자기 정 선배의 숨소리가 거칠어졌다.
"그러니까 조금 더 설명드리자면……"
이후 대화는 걷잡을 수 없는 방향으로 치닫기 시작했다.
"윤 작가, 미친 거 아냐?"
"정 작가님, 무슨 말씀이신지?"
칸막이도 없는 일자형 자리 한가운데에 앉은 나는, 예기치 못한 사태의 급변에 귀를 막기는 고사하고 숨조차 쉴 수 없게 되었다. 오른쪽이 이글거리는 불구덩이라면, 왼쪽은 깨지기 쉬운 유리벽이었다. 내가 언제부터 사람들의 위치에 신경을 곤두세우게 되었는지 모르겠지만, 그리고 두 달 남짓 동안 내가 이 협소한 사무실에서 만들어낸 직선과 도형이 얼마나 많은지도 모르겠지만, 어쨌든 지금처럼 불안하고 공포스러운 포지션의 형성은 상상할 수 없었다. 화상을 입지도 않고 파편도 박히지 않은 채 나는 과연 이 자리를 무사히 빠져나갈 수 있을까.
"이거 당신 작품 아닌 거 몰라? 이거 자서전이야. 신영수가 쓰고 그 주변 떨거지들이 읽을 신영수 회고록이라고. 신영수가 넣으라는데 왜 당신이 쌩오지랖을 떨어?"

"정 작가님. 흥분하지 마십시오. 불쾌해지려고 합니다."
윤 작가의 목소리가 떨리면서 높아졌다.

"시키는 대로 해. 제발 시키는 대로 하라고."
정 선배의 목소리는 반대로 아주 낮고 음산해졌다.

"못 합니다. 글의 흐름도 흩어지고 균형도 무너집니다."

"그 돼먹지 못한 문학 강의 안 집어치워! 닥치고 넣으라면 넣어."

"저는 못 합니다. 그렇게 하고 싶으면 정 작가님이 직접 하세요."
윤 작가의 말이 끝나기도 전에 정 선배가 뭔가를 집어던졌다. 그 물체는 내 눈앞을 휙 날아 윤 작가의 책상 위에 요란한 소리를 내며 떨어졌다. 닭발은 아니고 원목으로 된 책 받침대였다.

"그럼 나가! 나가, 이 쌍년아!"

윤 작가가 나간 지 30분쯤 지나서야 홍 팀장이 돌아왔다. 그 30분은 지독히 길었다. 입사한 이래 나는 홍 팀장이 그렇게 반가웠던 적이 없었다. 말없이 컴퓨터 화면을 들여다보고 있던 정 선배가 홍 팀장을 보자마자 자리에서 일어났다.

"홍 팀장님! 나 길게 얘기 안 합니다. 이거 하나 딱 얘기합니다. 닭발 프로젝트 집필, 나한테 맡길 건지 윤 작가한테 맡길 건지 결정하십시오."

말끔하게 빛나는 얼굴로 가볍게 들어서던 홍 팀장이 정 선배의 기세에 표정이 굳었다. 그는 힐긋 윤 작가의 빈자리를 보았다. 정 선배가 바로 문제는 거기 있다는 듯 퉁퉁한 손가락으로 그 빈자리를 가리키며 말했다.

"나, 저런 미친년하고는 절대 일 같이 못 합니다. 아시겠지만 이 정명훈이, 한다면 하고 안 한다면 안 하는 인간입니다."

"헛소리하지 말고 일단 나와."

홍 팀장이 고갯짓을 했고 정 선배가 뒤를 따랐다. 나는 사무실에 혼자 남겨졌다. 나는 왼편 대각선 자리에 있는 소파와 정 선배 자리 위쪽 천장에 매달린 환풍기와 나의 위치와 문의 위치를 놓고 이런저런 모양의 도형을 제도했다. 그러다 갑자기 벌떡 일어나 심호흡을 했다. 그리고 사무실 문을 열고 나가 옥상으로 향하는 계단을 올라갔다.

그들은 옥상 출입문 맞은편에 서 있었다. 홍 팀장은 다리를 벌리고 바지 주머니에 손을 넣은 훤칠한 뒷모습이었고, 정 선배는 그 곁에서 담뱃재를 연신 떨며 뭔가를 열심히 설득하는 땅딸막한 옆모습이었다. 우리의 좌표는 나를 꼭짓점으로 하는 좁고 길쭉한 삼각형을 형성하고 있었다. 최선을 다해 그들의 말을 엿들으려고 애썼지만 꼭짓점과 밑변 사이가 멀어 대화 내용을 정확히 알아들을 수 없었다. 하지만 그들이 윤 작가의 처리 문제에 대해, 특히 금전적인 문제에 대해 일정한 합의에 도달해가고 있다는 것만은 느낄 수 있었다.

둘의 뒷모습을 보고 있자니, 윤 작가가 말했다는 '밋밋한 인물'과 '동글동글한 인물'이라는 표현이 떠올랐다. 물론 문학적 함의와는 전혀 무관한 연상이었다. 저들은 그저 얄팍한 인물들일 뿐이야, 라고 나는 중얼거렸다. 짝 소리가 나게 매끈한 신권과 너덜너덜하게 접힌 구권이라는 차이는 있지만 결국 1밀리미터의 두께도 되지 않는 얄팍한 지폐 같은 인물일 뿐이라고, 나는 더듬더듬 중얼거리며 몹쓸 개를 끌 듯 힘겹게 길쭉한 삼각형의 꼭짓점을 계단 밑으로 질질 끌고 내려왔다.

5

환갑잔치 날짜에 맞춰 『팔도닭발의 신화―신영수 회고록』이 출간되어 나왔다. 홍 팀장도 정 선배도 어지간히 기분이 좋은 모양이었다. 저녁 회식이 있을 예정이었다. 우리는 영업 담당 박 부장을 기다리고 있었다. 사무실 안을 서성이던 홍 팀장이 내 곁으로 다가왔다. 똑같이 담배를 피우는데도 홍 팀장에게서는 정 선배에게서 나는 텁텁한 곰팡내와는 다른 냄새가 났다. 여자들에게는 상대적으로 더 위험한 냄새일지 모른다고 나는 생각했다.

"우리 김 작가가 맡은 프로젝트는 어느 정도 진척이 됐나?"

"출력해서 보여드릴까요?"

내가 자리에서 일어서자 홍 팀장이 제지하는 손짓을 했다. 감청색 양복 소매 안의 진회색 셔츠 자락이 드러났다.

"아니, 됐어. 오늘은 아무 생각도 하지 말자고. 내일 치는 벼락은 내일 맞지 뭐."

"옳습니다!"

정 선배가 맞장구를 쳤다. 홍 팀장이 모델처럼 몸을 빙글 틀었다. 자기 매력에 충분한 자신감을 가진 남자의 흥겨움이 풍겨왔다. 나는 아쉬움을 느끼며 자리에 앉았다. 그 매력이란 걸 스스로 전시하지 말고 상대가 발견하도록 해주면 더 좋을 텐데, 하는 생각이 들었다. 내 왼쪽 책상에는 폐기할 원고가 쌓여 있었다. 홍 팀장이 맨 위에 놓인 원고 뭉치를 집어 한 장씩 넘기기 시작했다. 그가 내 근처에서 얼쩡거리는 게 그다지 기분 나쁘지만은 않았다.

"자서전 하나 착착 못 뽑아내면서 무슨 소설을 쓴다고!"

홍 팀장이 말했다. 윤 작가가 쓴 원고를 들춰 읽는 모양이었다. 정 선배와 나는 마주 보고 싱긋 웃었다. 제대로 된 문장을 한 단락 이상 못 쓰는 그였지만 이 동네 눈칫밥을 10년 이상 훑어먹은 경력자였다. 누가 뭐래도 '박힌 눈깔' 하나는 제대로 9단이라고 할 수 있었다.

"우리 박 부장님은 왜 아직도 안 오시나?"

정 선배가 담뱃갑을 챙겨 들고 나갔다. 곧 실컷 먹고 마시게 될 것이니 약간의 허기는 참아야 했다. 홍 팀장이 원고를 넘기던 손길을 멈추고 잠시 허공의 한 점을 응시했다. 그러더니 윤 작가의 원고를 가지고 자기 자리로 가서 앉아 창 쪽으로 의자를 돌리고 읽기 시작했다. 커다란 창, 회전의자, 의자 위로 드러난 깔끔하게 이발된 머리와 딱 맞는 정장의 어깨 품 등이 증권사 카탈로그에 실어도 좋을 장면을 만들어냈다. 나도 내가 맡은 프로젝트가 끝나고 수당을 받게 되면 멋진 여름 옷 몇 벌과 샌들을 살 생각이었다.

담배를 피우고 돌아온 정 선배에게서 젖은 장작 냄새가 났다. 밖에 비가 오느냐고 물어보려는데 갑자기 쩟쩟쩟 홍 팀장이 혀를 차는 소리가 들렸다. 정 선배가 홍 팀장 쪽을 턱짓으로 가리키며 뭐하는 거냐는 뜻으로 물었다. 윤 작가 원고, 라고 내가 입 모양으로 알려주자 정 선배가 기억도 하기 싫다는 듯 지긋지긋하다는 표정을 지었다. 정 선배는 봄철 생선에 대한 몇 가지 지식을 늘어놓았는데 자신이 언급하는 생선들이 회식 메뉴에 반영되었으면 하는 소망이 강력하게 느껴졌다. 갑자기 홍 팀장이 의자를 홱 돌리는 바람에 얘기가 끊겼다. 그는 윤 작가의 원고를 책상 위에 내려놓으며 누구에게랄 것도 없이 침울하게 물었다.

"더럽게 외로운 인간일 것 같지 않아?"

윤 작가를 그만 좀 씹었으면 하는 바람과 달리 내 입에서는 이미 자동적인 추임새가 튀어나왔다.

"외롭겠죠, 당근."

홍이 천천히 고개를 끄덕였다.

"그렇지? 김 작가도 그런 느낌이 들지? 글만 읽어도 그런 느낌이 온단 말야."

홍 팀장의 말끝에 아련한 연민이 맺혔다. 그에게는 어울리지 않는 말투라고 나는 생각했다. 윤 작가가 일을 그만두게 된 결정적인 책임은 정 선배에게 있었지만, 그녀에게 적은 액수의 착수금만 던져주고 한 푼의 집필료도 지급하지 않은 건 홍 팀장이었다. 홍 팀장은 그녀 분 집필료의 반을 정 선배에게 얹어주기로 결정했다. 게다가 윤 작가가 그만둔 후 곧바로 자랑스런 왕홀을 되찾듯 '통상!'이란 말도 되찾지 않았는가. 그러니 홍 팀장이여! 이제 와서 동정하는 척하지 마라. 그게 훨씬 당신답다, 통상! 나는 벌떡 일어나 그렇게 외치고 싶었지만 당연히 그러지 않았다.

"글도 글이지만, 팀장님," 정 선배가 손바닥으로 볼을 문지르며 말했다.

"그 여자 멘탈이 영 정상이 아니었습니다. 지가 뭔데 인터뷰도 안 한다, 녹취도 안 푼다, 민폐도 그런 민폐가 어딨어요? 안 그래, 김 작가? 이제 와서 보면 대상의 즉물성에 압도되어 한 글자도 못 쓴다고 한 말도 순 맹랑한 거짓말이었던 것 같고. 그러니 외롭지. 안 그래, 김 작가?"
나는 손으로 입을 가리고 웃었다. 통상! 너도 닥쳐라!
"내가 이런 말까진 안 하려고 했는데 대학도 야간 나왔더라고."
아, 그래요? 하고 내가 호기심을 보이려는 순간 홍 팀장이 신경질적으로 고개를 흔들며 딸꾹질 반응을 보였다.
"트오오…… 정 작가! 그런 얘기가 아니잖아?"
"네?"
"내가 외롭다고 한 건 이 인간 말이야! 윤 작가가 써놓은 이 인간! 이 닭발 사장 말이야."
홍 팀장이 윤 작가의 원고를 손가락으로 절도 있게 내리찍으며 말했다.
"닭발 사장이 왜요?"
정 선배가 뜨악한 얼굴로 물었다.
"딱 보면 더럽게 외로울 것 같지 않아? 너무 외로우니까 쓸데없이 여기저기 기부한답시고 돈도 갖다 바치고 그러는 거 아니야? 아들놈들이 많아 봤자 아무 소용도 없고. 글만 읽어도 외로운 인생이구나 짜릿짜릿 느낌이 오잖아? 어릴 때 개밥을 훔쳐 먹어서 그런 게 아니고."
홍 팀장이 원고를 가리키던 손을 들어 눈가를 세차게 비볐다. 순간 나는 내가 미처 읽지 못한 윤 작가의 원고 속에 뭔가가 들어 있다는 걸 깨달았다. 정 선배가 완성한 자서전에는 간난신고를 영웅적으로 극복한 닭발 사장의 불굴의 정신 같은 것밖에 없었다. 외로움 비슷한 건 어느 귀퉁이의 조사나 어미에서도 찾을 수 없었다. 홍 팀장 같은 인간의 깊숙한 어딘가를 건드려 눈가를 세차게 비비지 않을 수 없도록 만드는 저 심란한 외로움의 형태는 대관절 무엇이란 말인가. 나는 짐작되지 않았다.

홍 팀장이 윤 작가의 원고를 조심스럽게 추슬러 보란 듯이 자신의 책상 서랍에 집어넣었다. 정 선배는 묵묵히 그 모습을 지켜보다 늙은 곰처럼 몸을 일으켰다. 누군가 붙잡아 앉혀주기를 바라는 듯 느릿느릿한 걸음이었지만 이 사무실에서 그에게 그런 친절을 베풀 사람은 아무도 없었다. 그가 문을 열고 나가자마자 홍 팀장이 내 귀에 충분히 들리도록, 어쩌면 문밖에서 듣고 있을 정 선배에게까지 들리도록 큰 소리로 중얼거렸다.

"싸구려 숟가락만 덜렁 얹어놓고 반절을 먹었구만. 옛날엔 안 저랬는데 왜 점점 창피한 줄을 몰라."

나도 들리지 않게 중얼거렸다. 그럼 숟가락도 안 얹고 반절 먹은 당신은, 옛날부터 쭉 그랬나?

정 선배는 옥상에서 담배를 피우며 내가 올라오기를 기다리고 있을 것이다. 하지만 나는 의자에 엉덩이를 딱 붙인 채 꼼짝도 하지 않았다. 이제 내 내부에도 뭔가를 또박또박 거부하고 싶은 마음이 싹트기 시작했는지 모르겠다. 나는 오로지 홍 팀장의 책상 서랍 속에 들어 있을 윤 작가의 원고가 읽고 싶다는 생각 외에 다른 생각은 하지 않았다. 정 선배가 죽었다 깨어나도 쓸 수 없는, 심지어 알아볼 수조차 없는, 그러나 싸구려 숟가락을 달랑 얹어놓는 것만으로도 순식간에 망쳐버리게 되는, 그토록 위태롭고 예민한 향기를 가진 글의 정체가 못 견디게 궁금했다.

환풍기가 위잉 돌기 시작했다. 어쩐지 사무실 안은 환풍기가 돌기 전보다 한층 더 고요해진 느낌이었다. 낮고 익숙한 소리는 때로 완전한 무음보다 더 깊은 고요를 만들어낸다. 옅은 소금물이 맹물보다 더 싱겁게 느껴지듯. 나는 눈을 감고 고개를 비스듬히 왼쪽으로 기울였다. 환풍기 도는 소리 아래로 누군가 사각사각 필기를 하고 토닥토닥 자판을 두드리는 소리가 들려오는 듯했다. 꽤 시간이 흐른 것 같은데도 정 선배는 돌아오지 않았다. 박 부장도 오지 않는다. 홍 팀장이 그들을 기다리는지 아닌지도 알 수 없다. 나는 그들이 영영 오지 않아도 상관없다고 생각한다. 대신 먼 훗날 미지의 방문객이 조용히 사무실 문을 열고 들어오는 장면을 상상한다. 그 방문객은 걷는 소리도, 말소리도 내지 않고, 유능한 기획자인 내가 뒤돌아보아주기만을 조용히 기다리고 있다. 드디어 나는 고개를 돌린다. 문 앞에 누군가가 서 있다. 저는 소설을 쓰는 사람입니다. 나는 자리에서 일어선다. 원고를 가져왔습니다. 나는 그 사람이 건네주는 원고를 유리그릇처럼 소중하게 받아안는다. 그렇게까지 조심하실 필요는…… 나는 턱을 살짝 치켜들고 고개를 천천히 가로젓는다. 아닙니다, 아니에요, 소설가는 글에 향기를 불어넣을 줄 아니까요.

은반지

1

 오 여사가 요양소에 있는 심 여사를 꼭 한번 만나러 가봐야겠다고 결심한 것은 일요일에 두 딸과 통화를 한 후였다. 아니, 어쩌면 그 이전부터인지도 몰랐다. 아무튼 그날 하루 동안 오 여사는 두 딸과 번차례로 긴 통화를 했다.
 일요일 오전에 처음 전화를 걸어온 것은 작은딸이었다. 점심 먹을 때가 다 된 11시 반에 전화를 하다니 참 생각도 없다고 오 여사는 생각했다. 오 여사는 항상 12시에 점심을 먹었는데 그날 점심에는 미역국을 끓여 먹을까 생각하던 중이었다. 예전만 같으면 심 여사가 점심 준비하는 소리를 들으며 느긋하게 통화를 할 수 있었을 것이다.
 "그동안 잘 지내셨어요?"

작은딸의 목소리를 듣고 오 여사는 작은딸과 마지막으로 통화한 게 언제였나 기억을 더듬어보았다. 두 달도 넘은 것 같았다.

"잘 지내고 말고 할 게 뭐가 있니?"

"아픈 데는 없으세요?"

"아픈 데가 왜 없어? 무릎이 좀 나아지니까 이제 이가 속을 썩이려나 보다. 치과 공사가 얼마나 큰 공사냐? 병원 가기 겁이 나서 간다 간다 하면서 미루고만 있다. 돈도 돈이고."

오 여사는 작은딸에게 돈 얘기를 꺼낸 걸 후회했다.

"치료비는 걱정 마라. 얼마가 될지 모르지만 아파트 월세 받는 거 한 푼 두 푼 모으고 있으니 몇 달 더 모으면 얼추 감당이 되지 싶다."

작은딸이 얕게 캑캑거렸다. 그 작위적인 기침 소리에서 오 여사는 작은딸 내부에 도사리고 있는 작고 독한 곤충이 곧 튀어나올 것만 같은 위기감을 느꼈다.

"감기 걸렸니, 은희야?"

"아니에요. 그냥 목이 잠겨서 그래요."

오 여사는 작은딸의 용건을 듣고 싶지 않았다. 들으나 마나였다. 그리고 무엇보다 점심에 미역국을 먹으려면 지금 당장 마른 미역을 꺼내 불리지 않으면 안 되었다.

"윤 서방이 아직도 취직이 안 됐어요, 엄마."

"논 지 얼마나 됐다고 그러니? 곧 취직될 거다."

"1년이 다 돼가요. 요즘 취직하기가 얼마나 힘든지 모르세요?"

"윤 서방은 능력이 있잖니?"

"능력이 있고 없고 마흔이 다 돼가는 사람을 누가 써요? 젊은 애들도 취직을 못 해서 난린데."

오 여사는 작은 사위가 벌써 마흔이 다 되었나 싶어 얼른 손가락 마디를 짚어보았다. 서른일곱이었다. 마흔이 되려면 아직 멀었다. 늙어 죽을 날 받아놓으면 일흔일곱이나 여든이나 다 거기서 거기지만 새파란 삼십대의 3년 세월은 다른 것이다. 생목이 오르면서 혀 밑에 쓴 침이 고였다.

"걱정하지 말고 조금만 더 기다려봐라. 공연히 마음 끓이면 니들 몸만 상하지."

"몸은 상한 지 한참 됐어요. 몸무게가 5킬로나 빠졌고, 머리카락도 얼마나 빠지는지 이러다 대머리 되겠어요."

"윤 서방이?"

"아뇨. 제가요. 하루하루 사는 게 지옥 같아요. 차라리 죽어버렸으면 좋겠어요."

"얘가, 쓸데없는 소릴!"

오 여사는 어안이 벙벙한 와중에도, 차라리 죽어버렸으면 좋겠다는 사람이 작은딸인지 윤 서방인지 궁금했다. 만일 윤 서방을 말하는 것이라면 큰딸 말대로 작은딸은 이미 망가지기 시작한 것이다. 그러자 문득 죽어버렸으면 좋겠다는 사람이 오 여사 자신은 아닐까 하는 의혹마저 들었다.

"얼마 전에 언니 봤어요."

"경희를 만났어? 아이, 잘했다."

오 여사는 기쁜 나머지 허기도 잊었다.

"만난 건 아니에요."

"만난 게 아니야?"

"만나긴 내가 언닐 왜 만나요? 아파트 입구에서 우연히 마주친 거죠."

작은딸은 엄마의 기대를 저버리게 되어 참으로 고소하다는 투였다.

"형부랑 같이 있더라고요. 어디 밥이라도 먹으러 가는지. 그 집이야 돈 많으니까 외식 펑펑해도 되겠죠."

"그래서?"

"그래서는 뭐가 그래서예요? 그냥 지나갔죠."

"인사도 안 하고?"

"인사는 무슨 인사요? 하긴 형부가 얼결에 윤 서방을 부르긴 하더라고요."

"윤 서방도 같이 있었어?"

"같이 있었죠."

"그래서?"

"그게 끝이에요."

오 여사는 복장이 터졌다.

"아이, 내가 박복하다. 엄마 죽으면 천지간에 달랑 니들 자매 둘뿐인데 어떻게 길에서 만나도 볼썽사납게 외면들을 하고 사는 사이가 됐단 말이냐? 사위들 부끄러워서 내가 얼굴을 못 들겠다."

"그게 중요한 게 아니라요, 엄마."

작은딸은 드디어 용건을 말할 기회가 왔다고 생각하는 듯했다.

"그런 게 안 중요하면 뭐가 중요해?"

오 여사가 바락 소리를 질렀지만 작은딸은 개의치 않았다.

"윤 서방이 아무래도 취직이 어려울 것 같아서 조그맣게 음식 장사나 해보려고요. 사람 안 쓰고 둘이 열심히만 움직이면 인건비는 떨어질 거 아니에요? 윤 서방 아직 마흔도 안 됐는데 벌써 손 놓고 놀 순 없잖아요?"

작은딸의 논리가 일변하고 말투 또한 싹싹해진 게 오 여사는 더 불안했다.

"그러니까 엄마가 저희 좀 도와주세요. 제가 부동산에 물어봤는데, 엄마 아파트 있잖아요?"

드디어 올 것이 왔다는 생각이 들었다. 큰딸 경희 말이 맞았다. 결국 작은딸은 오 여사의 아파트를 건드려보자는 심보인 것이다.

"아파트는 못 판다."

오 여사는 단호하게 말했다.

"팔자는 게 아니에요, 엄마. 지금 월세로 있는 걸 전세로 돌리자는 거예요. 전세 보증금으로 1억은 받을 수 있대요. 그거 빼서 저 좀 빌려주세요."

"1억이나?"

"가게 차리려면 그 정도는 있어야 된대요. 제가 언제 갚는다 기약할 순 없지만 가게가 잘되면 천천히 갚아나갈게요. 저라고 죽을 때까지 이 모양 이 꼴로 살라는 법이 어디 있겠어요?"

오 여사는 침을 꿀딱 삼키고 방석 위에서 자세를 고쳐 앉았다.

"은희야, 니가 지금 말이 안 되는 소리를 하고 있다."

"왜요?"

"그걸 전세로 돌리면 엄마는 월세 없이 어떻게 사니?"

"은행에 현금 좀 있으시잖아요?"

"얘가 무슨 소리를 하고 있어? 천만 원 있던 거 윤 서방 실직했다고 그예 5백 잘라 줬잖니?"

"5백 남았잖아요?"

"5백으로 엄마가 얼마를 사니? 아무리 노인네 혼자라도 한 달에 칠팔십은 있어야 산다. 이제 심 여사도 없으니 생활비를 엄마 혼자 온전히 부담해야 하는 걸 몰라 그러니? 5백으론 1년도 못 버텨. 이도 새로 해야 하고."

"그럼 9천만 주시든지요."

12시가 넘었다. 작은딸과의 통화는 오 여사의 진을 다 빼놓았다. 예전 같으면 같이 살던 심 여사가 미역국도 끓여놓고 들기름에 김치도 지져놓고 오 여사가 전화 끊기만을 기다리고 있었을 것이다.

"마음 조급히 먹지 마라, 은희야. 엄마도 이제 늙었다. 덜컥 큰 병이라도 들면 어쩌냐?"

작은딸은 아무 말이 없었다. 오 여사는 작은딸이 자신의 말을 잘 알아듣기를 바랐다.

"엄마가 다행히 큰 병 없이 가면 어차피 너랑 니 언니가 나눠 가질 몫이다. 얘기가 그렇지 않니?"

작은딸이 높고 앙칼진 소리로 말했다.

"이것만 아세요, 엄마!"

"뭘?"

"엄마가 저를 이렇게 약골로 낳아놓는 바람에 전 공부도 제대로 못 했고 좋은 놈도 못 만났고 한평생 비루먹은 말처럼 죽도록 고생만 하다 엄마보다 먼저 죽게 될 거라는 걸요."

"얘가, 진짜 못 하는 말이 없네!"

전화가 뚝 끊겼다. 이런 불효막심한 년을 낳고 내가 미역국을 다 먹었구나, 생각하니 기가 막혔다. 아, 미역국! 순간 오 여사는 숨이 넘어갈 듯 격심한 허기를 느꼈다.

그날 밤 9시 반쯤 큰딸이 전화했을 때 마침 오 여사는 대형 마트에서 파는 포장 회를 사 와 막 랩을 벗기는 중이었다.

"엄마, 저예요, 경희."
오 여사는 수화기를 왼손으로 바꿔 쥐고 오른손에 나무젓가락을 쥐었다.
"그래."
"어디 아픈 데 없으세요?"
"없긴 왜 없니?"
"무릎 아프신 건 어떠세요?"
"그럭저럭 그만저만하다."
"이는요?"
"아직 병원에 안 가봤다."

큰딸은 작은딸과 달리 최근에 자주 오 여사와 통화를 한 편이라 무릎이니 이니 알은척을 하고 나서는 것인데, 지금의 오 여사로서는 그게 도통 반갑지가 않았다. 하루 온종일 아무 할 일도 없이 심심하게 앉아 있을 때 전화를 했던들 은희에게서 걸려온 전화를 놓고 미주알고주알 온갖 얘기와 넋두리를 늘어놓았으련만, 하필 회가 먹고 싶어 밤길에 마을버스까지 타고 나가 사 온 것을 막 먹으려는 중에 전화를 하니 원망이 앞섰다. 오 여사는 일단 회를 초장에 찍어 입에 넣고 우물거렸다.

"뭐 드시고 계세요?"
"아니다."
"저녁 드세요?"

"아니라니까."

"하긴, 엄마 저녁 드실 시간은 지났네요."

오 여사는 수화기를 손으로 막고 열심히 회를 씹었다.

"은희는 여전히 전화가 없고요?"

큰딸이 요즘 부쩍 자주 전화를 해대는 이유가 여기 있었다. 오 여사는 좀더 씹었어야 좋을 회를 꿀떡 삼켰다.

"안 그래도 오늘 낮에 전화했더라."

오 여사는 또 회를 한 점 집었다.

"뭐래요, 은희가?"

오 여사는 통화가 길어질 것 같은 예감에 왈칵 짜증이 났다.

"뭐래긴 뭐래냐? 말도 안 되는 소리를 하고 있지."

"엄마 아파트 팔아 달래죠?"

"팔라는 건 아니고 전세로 돌려서 보증금 좀 꿔줬으면 하더라."

"그래서 뭐라셨어요?"

"뭐라긴 뭐래? 안 될 말이다, 그랬지."

"잘하셨어요, 엄마."

너한테 칭찬 듣자고 그런 거 아니라고 쏘아붙이고 싶었지만 오 여사는 회를 씹느라 꾹꾹 참았다.

"은희 걔가 야리야리하고 얼굴 반반한 것만 믿고 세상을 너무 우습게 알아요. 저 혼자 힘으로 뭘 해볼 생각은 안 하고 늘 남한테 의지만 하려 들고. 솔직히 말해서 걔가 언제 엄마

용돈 한번 드린 적 있어요?"
오 여사는 회를 먹느라 묵묵히 큰딸의 얘기를 듣고 있었지만 더는 참을 수가 없었다.

"은희는 너하고 틀려서 몸이 약하잖니?"

"약하긴 뭐가 약해요. 세상엔 개보다 더 약하고 아프고 장애가 있는 사람도 많아요. 엄마가 어려서부터 걔를 너무 오냐오냐 받아줘서 그래요. 저 고3 때도 엄마는 은희 뒤치다꺼리하느라 저는 뒷전이었잖아요?"

"아이, 내가 죄가 많다. 어째 니들은 죄다 노릇이 안 되면 다 엄마 탓이냐? 아파트 앞에서 마주치고도 그냥들 돌아섰다며?"

"그런 얘기도 해요? 참, 은희 걔는 지 낯짝에 침 뱉는 애긴 줄도 모르고."

"너는 외식하고 들어가는 중이었다며?"

"은희가 그래요? 기가 막혀서. 외식은 무슨 외식이에요? 제가 언제 외식 같은 거 하는 사람이에요?"

오 여사는 외식이 뭐 어떻다고도 안 했는데 큰딸이 지레 펄펄 뛰는 게 못마땅했다.

"그날이 시동생 생일이어서 박 서방이랑 시댁에 다녀오는 길이었어요. 박 서방이 제부를 불렀는데 제부도 뭐가 뒤틀렸는지 제대로 대꾸도 안 하더라고요. 제가 박 서방 보기 부끄러워 혼났어요. 이제껏 만날 때마다 밥을 사고 술을 사도 다

박 서방이 샀지 지들이 언제 한번 산 적이 있는 줄 아세요? 제가 참고 말을 안 해서 그렇지, 정말 머리 검은 짐승은 거두는 법이 아니다 싶더라고요."

오 여사는 큰딸의 말에 기분을 잡쳐 회를 집으려던 젓가락을 내려놓았다. 큰딸이 갑자기 달래듯이 물었다.

"엄마, 혼자 지내시는 거 괜찮으세요?"

"안 괜찮으면?"

"그럼 심 여사님 불러다 다시 같이 사세요."

"내가 뭐하러? 저 싫다고 떠난 사람을."

"그래도 제 생각에는 심 여사님만큼 엄마 비위 잘 맞추고 사실 분도 없으세요."

오 여사는 발끈했다.

"누가 누구 비위를 맞췄다고 그러니? 아이, 나 졸립다. 그만 잘란다."

"벌써 주무시게요?"

"벌써라니? 10시가 다 돼가는데."

"알았어요. 그럼 안녕히 주무세요."

"그래. 너도 잘 자라."

오 여사는 전화를 끊고 급히 나무젓가락을 바투 쥐고 초장에 회 두 점을 찍어 한꺼번에 입에 넣으려다 기어이 한 점을 흰 면 잠옷 위에 떨어뜨리고 말았다. 폭발하려는 울화를 참느라 회를 콱콱 씹다 혀끝을 질끈 씹었다. 어찌나 아픈지 눈물이 찔끔 났다. 마침내 오 여사는 가련한 소리를 내며 울기 시작했다. 울면서 이렇게는 못 살겠다고, 아무래도 심 여사를 꼭 한번 만나봐야겠다고 결심했다.

2

다음 날인 월요일 아침에 오 여사는 심 여사가 살고 있다는 요양소로 전화를 걸었다. 목이 잔뜩 쉰 여자가 전화를 받아 심 여사가 있는 방으로 돌려주겠다고 했지만, 연결된 후 벨이 열 번이 넘게 울리도록 받는 사람이 없었다. 다시 걸었더니 역시 목이 쉰 여자가 받았다. 처음 걸 땐 당당했던 오 여사였지만 두번째에는 자기도 모르게 뭔가를 애걸하는, 다소 비굴한 말투가 되어버렸다.

"있지요, 심 여사가 전화를 안 받네요. 어떻게 하면 통화를 할 수 있을까요?"
목 쉰 여자는 저녁 9시가 넘어서 다시 걸든지 아니면 전할 말을 남겨달라고 했다.

"내가 심은정이 친구예요. 예전에 같이 살던 오현숙이라고 하면 알아요. 내가 이번 주 안에 거기를 한번 찾아가려고 하는데, 오늘 밤 안에 여기 오현숙이네 집으로 전화 좀 해달라고 전해줘요."

여자는 네, 네, 하며 낮고 규칙적인 응대를 하더니, 오 여사가 전화를 끊으려고 하자 갑자기 생각났다는 듯 잠긴 소리로 웅얼거렸다.

"그런데 여기서는 외부로 전화를 걸 수가 없게 돼 있어요."
"아니, 왜요?"
"그게, 여기, 규칙이에요."

여자의 목소리는 무서운 속도로 잠겨가는 듯 토막토막 끊어졌다.

"아니, 무슨 그런 규칙이 다 있어요?"

여자는 목이 아파 죽기 직전의 단말마를 내뱉듯, 그게, 규칙이라니까요, 하는 말을 끝으로 전화를 끊어버렸다. 그래서 여자의 마지막 말은 마치 남자 목소리처럼 들렸다. 오 여사는 전화를 끊고 멍하니 앉아 있다가, 무슨 요양소가 감방도 아니고 전화도 못 걸게 해, 하고 중얼거렸다.

그래도 오 여사는 목 쉰 여자가 시킨 대로 그날 밤 9시가 넘어 다시 요양소로 전화를 걸었다. 신호음이 울리는 동안 오 여사는 목을 가다듬으면서, 목이 잠긴 여자가 부디 목을 회복하여 전화를 받기를 기다렸지만 요양소 여자는 목 수술을 하러 어디 입원이라도 했는지 전화를 받지 않았다. 수화기를 내려놓으면서 오 여사는 요양소 여자가 목이 아파서든 다른 이유에서든 심 여사에게 자신의 말을 전해주지 않았을 거라고 생각했다. 설사 쉬어터진 목소리로 전해주었다 하더라도 심 여사가 자신에게 전화를 걸 수 없으니 오라든가 말라든가 가타부타 의견을 밝힐 도리가 없을 터였다.

요양소로 전화를 하기 전까지만 해도 오 여사는 심 여사와 통화할 수 없으리라고는 꿈에도 생각 못하고, 자기가 요양소로 가겠다고 하면 심 여사가 아니라고, 그럴 것 없이 자기가 오 여사네 집으로 오겠다고 할 것이라고 내심 기대했었다. 그러나 상황이 이러하니 죽으나 사나 자기가 먼저 그쪽으로 움직여보는 수밖에 다른 도리가 없었다.

오 여사는 당장 내일이라도 이놈의 요양소를 방문하지 않으면 안 될 것 같은 의무감을 느끼고 심 여사가 석 달 전에 보내온 편지 봉투에 적힌 주소를 검색해보았다. 어디 외진 산골인 줄 알았더니 의외로 지방의 작은 도시 변두리에 있는 요양소였다. 터미널에서 고속버스를 타고 소도시까지 내려가는 데는 문제가 없었다. 다만 요양소로 가는 버스가 한 시간에 한 대꼴로 있는 데다 막차가 빨리 끊어지는 터라 시간을 잘 맞추지 않으면 돌아오는 길이 곤란할 수도 있을 것 같았다. 오 여사는 아침 일찍 떠날 요량으로 간단히 짐도 꾸리고 아침거리도 장만해놓고 11시쯤 잠자리에 들었다.

잠이 쉽사리 오지 않아 오 여사는 이런저런 잡념에 빠져들었다. 따져보니 심 여사를 못 보고 지낸 지도 무려 여섯 달이 넘어가고 있었다. 여섯 달이면 반년이었다. 다소 서운한 감정이 남아 있다는 이유로 심 여사와 너무 오래 연락을 끊고 지낸 게 아닌가 하는 죄책감과 정체 모를 불안감이 엄습했다. 심 여사가 일본에 있는 딸네 집에 석 달 가 있을 동안이야 어쩔 수 없었다 쳐도, 다시 한국에 돌아와 요양소로 들어간 후에는 어떻게든 연락을 취해서 만났어야 하는 게 아닌가 싶었다. 순간 오 여사의 머릿속에는, 심 여사가 혹시 요양소에서 무슨 변을 당한 건 아닐까, 하는 불길한 생각이 떠올랐다. 문득 떠오른 흥미진진한 상상은 심심한 일상을 영위해온 오 여사에게 꽤나 강렬한 자극이었기에, 오 여사는 한동안 골똘히 심 여사가 당했을지도 모를 변고, 이를테면 해괴한 종교집단이나 야만적인 깡패집단에 감금되어 노예처럼 죽도록 혹사당하다 병신이 되거나 죽음에 이른 경우를 상상해보았다. 그러다 흠칫, 그 내용의 참혹함을 깨닫고 어깨를 바르르 떨었다.

화요일 새벽 5시, 오 여사는 한숨도 자지 못하고 잠자리에서 일어났다. 일찍 갔다 일찍 돌아올 요량으로 부지런히 씻고 아침을 먹고 집을 나섰다. 버스터미널에서 표를 끊고 정차대 벤치에 앉아 버스가 오기를 기다리는 동안 오 여사는 황 노인과 비슷한 풍모의 노인을 보았다. 물론 황 노인은 아니었다. 노인들은 참 한결같이 비슷하게도 못생겼다고 오 여사는 생각했다.

버스가 정차대에 도착했다. 오 여사는 버스에 올라 좌석을 찾아 앉았다. 다행히 황 노인을 닮은 사내는 오 여사와 멀찍이 떨어진 자리에 앉았다. 그럼에도 왠지 안심이 되지 않았다. 버스가 출발했다. 오 여사는 어쩌면 자신이 심 여사를 찾아가려 작심했던 것은 딸들의 전화를 받기 이전부터였는지도 모른다고 생각했다. 얼마 전 관광버스에서 보아서는 안 될 광경을 목도한 이후부터였는지 모른다. 갑자기 심 여사에 대한 원망이 솟구쳤다. 심 여사가 그토록 빨리 일본으로 떠나버리지만 않았더라도 오 여사가 경로당에 나가는 일은 없었을 것이고, 그랬다면 황 노인을 만나는 일도 없었을 것이고, 그런 추잡한 꼴을 목격하는 일도 없었을 것이다.

심 여사는 오 여사의 집에서 5년이나 함께 살다가 갑자기 떠나버렸다. 갑자기라고 말할 수밖에 없었다. 비록 심 여사가 오 여사의 집에 얹혀사는 신세였지만 오 여사는 한 번도 심 여사에게 눈치를 주거나 모멸감을 느끼게 한 일이 없었다. 그런데 어느 날 갑자기 심 여사는 일본에 사는 딸네 집으로 가겠다고 통고했고 사흘 뒤에 정말로 떠나버렸다. 그 사흘 동안 오 여사는 수십 번이나 곰곰이 궁리한 끝에 자존심을 내세우지 않기로 결심하고 심 여사에게 왜 갑자기 딸네 집에 가려고 하느냐고 물었다. 심 여사는 아무 대답도 하지 않았다. 오 여사는 자기가 혹시 심 여사에게 뭐 섭섭하게 대한 게 있으면 얘기를 해보라고 했지만 심 여사는 말없이 고개만 흔들었다. 섭섭한 게 없다는 뜻인지, 섭섭한 게 있지만 얘기하기 싫다는 뜻인지 오 여사로서는 알 수가 없었다. 그렇게 애매한 반응만 남긴 채 심 여사는 밀린 생활비 15만 원도 내지 않고 떠나버렸다.

그 후로 오 여사는 하루에도 몇 번씩 울화가 끓어 견딜 수 없었다. 심 여사의 태도는 죄를 알려주지 않고 징벌부터 내리는 못돼먹은 신을 닮았다. 누구나 홀연히 떠남으로써 타인에게 신이 될 수 있었다. 오 여사의 남편도 그렇게 교통사고를 당해 훌쩍 떠남으로써 오 여사에게 신이 되었다. 남편이 죽은 후부터 오 여사는 교회에서 만나 오랫동안 알고 지내던 심 여사와 함께 살았다. 심 여사가 떠난 후 오 여사는 누구와 함께 살아야 할지 막막했다. 제법 풍족하게 살지만 늘 누군가를 가르치려 드는 큰딸도 아니고, 살림도 어려운 데다 신경질이 많고 병약한 작은딸도 아니었다. 오 여사는 누군가와 빨리 어울려야겠다는 생각으로 경로당에 봉사활동을 나갔다.

경로당에서 노인들의 점심 식사를 준비하기 위해 야채를 다듬거나 점심 식사가 끝난 후 설거지를 하는 등의 잡스런 노동은 오 여사의 고상한 봉사심을 만족시켜주지 못했다. 그런 오 여사를 계속 경로당에 나오도록 붙든 사람이 회장을 맡고 있는 황 노인이었다. 오 여사는 황 노인을 여자처럼 자질구레한 사내라고 생각하고 별로 좋아하지 않았지만 가끔 만나 밥을 먹고 차를 마시기는 했다. 오 여사는 황 노인이 자기에게 관심을 보이는 건 자기 나이가 젊기 때문이라는 것을 알았다.

만 59세의 여자란 요즘 경로당에서는 아직 태어나지 않은, 성징만 감별된 태아와 같았다. 경로당에 나가보고서야 오 여사는 정말 오래 사는 노인들이 많다는 것을 알았다. 옛날 같으면, 아니 자신의 바로 윗세대만 하더라도, 환갑 가까운 나이가 되면 손아래 아우들을 줄줄이 앞세운 죄로 골방에 엎드려 오늘 밤이라도 어서 데려가달라고 하늘에 빌며 울고 있어야 할 신세들이었다.

　밤새 잠을 못 잔 오 여사는 이런저런 생각을 하다 졸음에 빠져들었다. 시외버스는 한 시간 반 남짓 달린 후 휴게소에 정차했다. 오 여사는 화장실에 가면서 버스를 잘못 타지 않도록 버스의 색깔과 모양, 버스가 정차한 위치를 단단히 기억해 두었다.

　얼마 전에 오 여사는 황 노인의 권유로 경로당에서 단체로 떠나는 사찰기행에 따라나섰다가 우연히 그런 추잡한 광경을 보게 되었다. 사찰기행을 마치고 돌아오다 관광버스가 휴게소에 정차했을 때였다. 오 여사는 화장실에 다녀오다가 버스를 헷갈려 다른 관광버스에 올랐다. 오 여사가 그 관광버스에서 무엇을 보았는지는 처음엔 스스로에게도 명확지가 않았다. 노인 한 쌍이 상의를 거의 벗어부친 꼴로 부둥켜안고 쭉쭉 빠는 소리를 내고 있었는데 오 여사는 그 장면을 도무지 이해할 수 없었다. 추잡하다는 생각이 든 것은 나중이었다. 정말 누가 봐도 추잡하다고 여길 만한 장면이었으므로 사후에 그렇게 생각했던 것이다. 당시에는 그저 누가 자신의 눈을 작대기로 찌른 것처럼 아찔하게 놀랐을 뿐이었다. 늙어가면서 이게 무슨 횡액인지, 어디 좋다는 약수물로 눈알을 빼내 깨끗이 헹궈내고 싶을 지경이었다. 오 여사는 추잡한 것을 극도로 혐오했으므로 그 광경을 빨리 잊고 싶었지만 어쩐 일인지 잘 잊히지가 않았다. 세상에는 미친 늙은이들이 많았다. 낯선 관광버스에서 추잡한 짓을 하던 늙은이 중 남자 쪽 뒷모습이 어쩐지 황 노인을 닮았다는 생각이 들었지만 그럴 리는 없었다. 그런 못 볼 꼴을 보고 돌아오는 버스 안에서 내내 오 여사는 갑자기 죽은 남편과 갑자기 떠난 심 여사를 생각하고 있었다. 이후로 오 여사는 다시 경로당에 나가지도, 황 노인을 만나지도 않았다.

 버스가 다시 출발했다. 이제 한 시간만 더 가면 심 여사가 살고 있는 요양소가 있는 소도시에 도착할 것이다. 그렇게 당당하게 오 여사를 떠났던 심 여사는 일본에 있는 딸네 집에 오래 머무르지도 못하고 석 달 만에 한국으로 돌아왔다. 오 여사는 그때 심 여사가 자기 집으로 곧장 들어올 줄 알았다. 지금까지도 오 여사는 심 여사가 왜 자기 집으로 오는 대신 요양소로 들어갔는지 그 이유를 알 수 없었다. 오 여사는 요양소에서 심 여사가 보내온 편지 한 통으로 그런 사실을 간단히 통고받았을 뿐이었다. 오 여사는 화가 나서 답장을 쓰지 않았다. 그러자 심 여사도 더 이상 편지하지 않았다.

3

 오 여사가 요양소에 도착했을 때는 거의 2시가 가까워오고 있었다. 생각보다 시간이 제법 오래 걸렸다. 오 여사가 소도시 터미널에 도착한 것은 11시쯤이었지만, 근처 식당에서 점심을 사 먹고 화장실도 다녀오고 한 시간에 한 대꼴로 있는 버스도 기다리고, 버스에서 내려 숲 쪽으로 난 길을 15분가량이나 걸어오다 보니 시간이 그렇게 되었다.

 요양소의 길쭉한 나무 간판 옆에는 손가락 굵기의 은빛 봉이 세로로 박힌 철문이 있었고, 철문 위쪽에 동그란 송편만 한 구식 차임벨이 매달려 있었다. 오 여사가 벨을 몇 번이나 누른 후에야 슬리퍼 끄는 소리가 들리더니 은빛 봉 뒤편에 매우 땅딸막하고 뚱뚱한 여자가 나타났다.

 "저기요, 심은정 여사님을 만나러 왔는데요."

 "안 돼요."

여자의 목소리를 듣고 오 여사는 어제 자기와 통화한 그 여자라는 걸 알았다.

 "아이, 왜 안 돼요? 내가요, 지금 심 여사 만나려고 서울에서 꼭두새벽에 출발해서 내려오는 길이거든요."

어제보다는 한결 나아졌지만 여전히 푹 잠긴 목소리로 여자가 말했다.

"면회를 하시려면 미리 전화로 예약을 하고 오셔야 돼요."

"안 그래도 내가 어제 전화를 세 번이나 했어요. 전화 받으신 분이 누군지는 몰라도……"

오 여사가 은빛 봉 너머로 의심스러운 눈초리를 보냈지만 여자는 정곡을 찔린 기색도 없이 무표정하게 오 여사를 건너다보고 있었다.

"그분이 처음엔 심 여사 방으로 전화를 연결해줬는데 심 여사가 안 받더라고요. 그래서 끊고 다시 했더니 9시 넘어 걸든지 전할 말을 남기든지 하래서 내가 심 여사더러 전화 좀 해달라고 했더니 그건 안 된다고 하더라고요. 여기선 외부로 전화를 걸 수 없다면서요?"

"그게 우리 요양소 규칙이에요. 여기 계신 분들도 들어오시면서 다들 동의하신 부분이고요."

오 여사는 아무래도 이 여자가 그 여자 같았지만, 뭐 어쨌든 그런 건 따져봐야 입만 아플 것 같았다.

"아무튼 그래서 9시 넘어 걸었더니 이번엔 아무도 전화를 안 받더라고요."

"9시면 직원들이 모두 퇴근한 시간인데요."

"아이, 그럼 아무도 안 받을 거면서 9시 넘어 걸라는 건 대체 무슨 심보예요? 세상에 이런 법이 어딨어요?"

오 여사의 목소리가 높아지자 여자는 잠시 생각에 잠긴 표정이더니 철문 중간의 버튼을 꾹 눌렀다. 그러자 은빛 철문이

덜컥 열렸다.

"그럼 들어오세요."

오 여사는 사태가 너무 쉽게 해결되는 바람에 약간 멍한 기분이었지만 끝내 이렇게 투덜거리지 않을 수 없었다.

"아니, 그럼 진즉에 들어오라고 할 일이지 사람을 밖에 세워놓고……"

여자는 오 여사의 말을 들으려고도 하지 않고 왼편 건물을 가리켰다.

"심은정 할머니를 불러드릴 테니 저쪽 건물 휴게실에 가서 기다리세요. 입구 왼쪽에 있는 방이 휴게실이에요."

여자는 철문을 닫고 오른쪽 건물 뒤편으로 사라져버렸다. 저도 미안하니 저렇게 쏜살같이 도망치는 게지, 하고 오 여사는 생각하고 웃었다.

요양소 내부는 오 여사의 상상처럼 괴상하거나 불길한 느낌을 주지는 않았다. 다만 체계가 허술하고 직원들이 무능한 싸구려 요양소임에는 분명했다. 낮이어서 그런지 햇볕이 내리쬐는 네모진 마당에는 요양소 식구들 몇 명이 나와 그늘 쪽 벤치에 앉아 있거나 이리저리 거닐고 있었는데, 그 풍경은 사뭇 평화롭고 목가적이기까지 했다.

휴게실에 나타난 심 여사의 모습은 오 여사를 깜짝 놀라게

했다. 심 여사는 그새 살이 무척 쪘고 굳기 시작하는 찰흙 같은 얼굴을 하고 있었다.

"심 여사!"

"아니, 오 여사님이 어떻게 여기까지 오셨어요?"

입구에서 만난 여자처럼 심 여사도 목이 잔뜩 쉬어 있었다.

"그동안 잘 지냈어요, 심 여사?"

오 여사는 다가가 손을 잡으려다 멈칫했다. 심 여사는 나름대로 웃으려고 하는 것 같은데, 얼굴에는 마치 힘주어 각목을 부러뜨리기라도 할 때처럼 찡그린 표정이 떠올라 있었다.

"네, 저야 뭐 늘 그렇죠. 오 여사님도 잘 지내셨어요?"

"응, 나도 뭐 그래요."

"여기까지 와주시다니."

심 여사는 눈물을 글썽거리며 한동안 말을 잇지 못하고 오 여사의 팔을 잡고 서 있었다. 그러자 오 여사는 심 여사의 외모의 변화에서 온 거리감과 서먹함이 눈 녹듯 사라지는 것을 느꼈다.

"어디 아픈 데는 없어요, 심 여사?"

"아픈 데가 왜 없겠어요? 이도 시원찮고 무릎도 아프고 그렇죠. 오 여사님은요?"

그 말에 오 여사는 반색을 했다.

"아이, 나도 그런데. 나도 무릎이 안 좋아서 한동안 병원 다니느라 고생했어요. 이는 겁이 나서 아직 못 가봤고. 심 여사는?"

"저는 그냥 참아요. 늙어서 아픈 걸 어쩌겠어요?"

심 여사의 말이 자신에 대한 비난처럼 들려 오 여사는 기분이 좀 상했다.

"늙어서 아프든 젊어서 아프든 아플 때 가라고 있는 게 병원인데 안 가면 자기만 고생이지 뭐."

"그건 그렇죠. 형편 따라 하는 거죠."

심 여사가 금세 수그리고 나오자 오 여사는 기분이 풀렸다.

"볕 좋은데 나가실까요, 오 여사님? 마당에 커피 뽑아 먹는 자판기도 있어요."

"아 그럽시다. 날도 좋은데."

둘은 마당 구석에 있는 자판기에서 커피를 뽑아 그늘진 벤치에 앉았다.

"이렇게 심 여사하고 커피 마시는 것도 참 오랜만이네."

오 여사는 감개가 무량한 듯 커피잔을 내려다보며 말했다.

"그렇네요, 정말."

머리를 박박 밀어버린 험상궂게 생긴 초로의 남자가 쉬지 않고 뭐라고 중얼거리며 그들 앞을 질뚝질뚝 지나갔다. 그가 지나간 후에 오 여사가 조그맣게 말했다.

"저 양반은 아주 무섭게 생겼네."

"아니에요, 오 여사님. 저 할아버지가 얼마나 수줍음을 많이 타신다고요."

"아이, 설마?"

"설마라니요? 낯선 사람은 쳐다도 못 보고 아주 쩔쩔매시는걸요. 걸음이 불편한데도 오 여사님 보더니 낯이 서니까 지나가면서 얼마나 속도를 내시던지요."

"어머, 날 보고 그랬어? 아이, 우스워라."

잠시 침묵이 흘렀다. 이번에는 백발에 입술이 붉고 잘생긴 늙은 남자가 지나갔다. 심 여사 말로는, 그 양반은 앞니가 몽땅 빠져 거의 말도 하지 않고 웃지도 않는다고 했다. 또 그 뒤를 이어 반백의 머리칼을 짧게 자른, 얼굴이 길고 매우 마른 노파가 구부정한 자세로 지나갔다. 왕년에 농구선수를 했어도 될 만한 큰 키였다.

"나이 들면 키 큰 게 좋지 않아요. 저렇게 거량 맞아 보이니 말야."

"맞아요, 오 여사님. 젊었을 적엔 저도 키가 좀더 컸더라면 싶더니 나이 드니 괜찮더라고요."

"그럼, 나이 들수록 단구가 좋아요. 심 여사 정도가 똑 알맞지."

"오 여사님 정도가 똑 알맞죠. 저는 작아도 너무 작으니까."

"작은 사람이 바지런해. 크면 게을러요."

"그것도 사람 나름이죠."

"그렇긴 해요. 그래, 심 여사는 여기서 어떻게 지내고 있어요? 지낼 만은 해요?"

오 여사의 물음에 심 여사는 어떻게 대답을 할지 잠시 망설이는 기색이더니 곧 열띤 어조로 말을 쏟아냈다.

"이런 말씀 드리면 어떻게 생각하실지 모르겠지만, 전 정말 여기서 은총 충만한 삶을 살고 있어요. 여기선 일요일마다 통성기도를 하는데, 정말 소리 지르면서 울고 회개하고 기도하고 나면 속이 다 후련해져요. 다음 날 목소리가 제대로 나오지 않을 정도예요."

오 여사는, 그래서 죄다 목소리들이 그 지경이군, 하고 생각했다.

"오 여사님도 언제 통성기도를 함께하시면 좋을 텐데요. 전 늘 통성기도 할 때마다 오 여사님을 위해 기도해요."

"나를 위해서 무슨 기도를?"

"다 지나간 얘기지만, 아니, 이런 얘긴 안 하는 게 좋겠어요."

"아니, 얘기해봐요, 심 여사. 우리 사이에 못 할 말이 뭐가 있어?"

"제가 일본에 있는 딸네 집에 가기 전에 말이지요, 몇 날 며칠을 두고 얼마나 고민을 했는지 몰라요. 간다는 얘길 해야지 해야지 하면서도 오 여사님 앞에만 가면 입이 떨어지질 않더라고요. 왜 그런가 했더니 오 여사님이 절 못 가게 붙들까 봐 그런 거였어요. 오 여사님이 붙들어 앉히면 제가 또 그 구렁텅이에 붙들려 앉혀지겠다 싶었거든요."

오 여사는 놀라서 커피를 급히 삼켰다.

"아니, 구렁텅이라니, 심 여사?"

"구렁텅이라니요?"

심 여사는 잠에서 깬 듯 오 여사를 멀뚱히 쳐다보았다.

"지금 구렁텅이라고 하지 않았어요?"

"아, 네, 네. 구렁텅이 말씀이죠. 그건 우리가 사는 세상이 다 구렁텅이라는 뜻에서 드린 말씀이에요. 그렇지 않아요? 어쨌든 다 지난 얘기지만 말이죠, 제가 같이 살면서 오 여사님 불편하게 해드린 적이 한 번이라도 있던가요? 식사 때 제가 오 여사님 좋아하는 반찬을 여사님 앞에 놓지 않은 적이 있던가요? 여사님이 비린 거 싫어하셔서 제가 생선 한번 조려 먹어본 적이 없으니 말 다했죠. 제가요, 갯가에서 살아서 비린 걸 좋아한다고 몇 번이나 말씀드렸을 거예요. 언젠가 한번 말린 가자미 좀 사다가 바짝 구워서 쪽쪽 일어나는 살점을 흰밥에 얹어 먹고 싶다고 말씀드렸더니, 아이, 난 비린 건 딱 질색이야, 하고 자르시데요. 오 여사님 모시고 살면서 제가 무슨 강아지 새끼마냥 길이 들어가지고 여사님이 일본에 가지 말라고 하시면 그 말씀을 거역하기가 힘들 것 같더라고요."

오 여사의 미간이 점점 찌푸려들었지만 심 여사는 자기 말 속에 상대를 노엽게 할 말이 있으리라곤 조금도 생각지 않는 듯했다.

"그렇게 훌쩍 일본으로 떠나긴 했는데, 제가 또 무슨 복에 누구 눈치 안 보고 살 팔자가 되겠어요? 딸년 눈치에 사위 눈치에. 거기선 또 말도 안 통하니까 갑갑해서 죽겠더라고요. 그래서 다시 돌아왔지만 제가 어디 오갈 데가 있어야죠. 아들 며느리네 들어갈 형편도 안 되고."

"아, 나한테 왔으면 되잖아요?"
오 여사가 시무룩하게 물었다.

"오 여사님, 말씀은 너무 고마우신데, 기껏 빠져나온 개골창에 도로 처박힐 순 없지요."

"거참, 심 여사. 듣자듣자 하니 너무하네. 구렁텅이는 뭐고 개골창은 또 뭐야? 내가 이런 얘기를 듣자고 서울에서 여기까지 내려온 줄 알아요?"

"아니, 오 여사님. 여사님 댁이 그렇다는 얘기가 아니라, 세상이 다 그렇고 인생이 다 그렇다는 뜻이죠. 자나 깨나 제가 오 여사님 은혜를 한시라도 잊은 적이 있는 줄 아세요? 돈 한 푼 없는 저를 여사님 빌라에 보증금도 없이 들어와 살게 해주시고, 저도 물론 생활비를 매달 반씩 대긴 했지만, 몇 번은 왜 제때 못 내서 밀린 적도 있었잖아요?"
오 여사는, 몇 번이 아니라 허구한 날 그랬지, 라고 생각했지만 굳이 말할 필요는 못 느꼈다.

"일본 사는 딸애가 환율 때문에 두어 달 치를 늦췄다 보내는 적도 있고, 며느리가 직장 나가느라 정신없어 때를 놓친 적도 있었지요. 오 여사님은 그게 다 정성이 부족해서라고 말씀하시고, 그런 얘길 들을 때마다 저도 사람인지라 자식들한테 자꾸 화가 나더라고요. 그래서 더 여사님께 절절 매고 비위를 맞춰드렸는지도 몰라요. 하지만 여사님 은혜는 죽을 때까지 잊지 않을 거예요. 여기서도 전 늘 여사님 생각만 하고 여사님을 위한 기도만 드리고 있어요."

심 여사의 종잡을 수 없는 얘기를 듣고 있자니, 오 여사는 심 여사가 기도하는 목적이 자신을 축복하기 위해서가 아니라 저주하기 위해서가 아닌가 하는 의심마저 들었다. 심 여사는 갑자기 주위를 둘러보더니 오 여사의 손을 잡고 낮고 쉰 소리로 빠르게 속삭였다.

"시간이 얼마 남지 않았어요, 오 여사님. 저도 오 여사님도 곧 죽게 돼요. 우린 다 죽어요. 이건 꼭 잊지 마세요, 오 여사님. 우리에겐 시간이 없어요. 오 여사님도 어서어서 준비를 하셔야 해요."

오 여사는 심 여사가 광신에 빠진 듯한 태도를 보이자 등골이 서늘해졌다. 어서 집으로 돌아가야겠다는 생각밖에 들지 않았다. 그런 눈치를 챘는지 심 여사도 벤치에서 몸을 추스르며 말했다.

"제가 지금부터 밭일을 하러 가야 해요."

"그래요. 얼른 일어납시다."

"죄송하지만 저기 휴게실에서 저녁까지 기다려주실 수 있으시죠?"

오 여사는 화가 난다기보다 어처구니가 없었다.

"아니, 내가 거기서 뭘 하고 앉아 기다려요? 심 여사도 가서 일 봐요. 나도 그만 갈 테니."

오 여사가 가방을 팔에 끼자 심 여사는 눈에 띄게 당황한 표정을 지었다.

"벌써 가시게요? 저녁도 안 드시고? 그런 법은 없어요, 오 여사님. 휴게실에 텔레비전도 있고 하루종일 드라마도 나와요. 제가 얼른 일 끝내고 올 테니까 함께 저녁 드시고 가세요. 정말 이대로 보내드릴 수는 없어요. 제발 부탁드려요. 제가 이렇게 빌게요. 오 여사님께 꼭 전해드릴 물건도 있어요. 제발, 제발요."

심 여사가 밭일을 간 동안 오 여사는 낯선 노인들과 함께 휴게실에 앉아 있었다. 경로당에서 오 여사가 그랬듯, 심 여사도 이 요양소에서는 젊은 축에 속했고, 그런 까닭에 이런저런 허드렛일을 도와야 하는 모양이었다. 오 여사는 자신이 돌아가겠다고 했을 때 심 여사의 얼굴에 떠오른 다급한 두려움의 표정에 대해 생각하고 있었다. 당최 종잡을 수 없는 얘기를 해대긴 했지만 심 여사도 요양소에 더 있고 싶진 않은 것 같았다. 그래서 오 여사의 집으로 다시 들어오고 싶은데 곧바로 그런 소망을 드러내기가 계면쩍어서 자신을 저녁까지 붙잡아두려는 것 같았다.

휴게실에는 마당에서 본, 농구선수를 해도 좋을 만큼 키가 큰 노파도 있었고, 앞니가 빠져 거의 웃지 않는다는 백발의 미남자도 있었다. 그들은 한결같이 텔레비전을 응시하고 있다가 가끔 생각난 듯 낯선 존재인 오 여사를 힐끔 돌아보곤 했다. 마침내 대기실 구석에 앉아 있던, 흰 모자를 쓰고 머리를 양 갈래로 땋고 머플러를 늘어뜨린 노파가 오 여사에게 지척지척 다가왔다.

"이봐."

"네?"

오 여사가 노파를 올려다보았다.

"어렸을 적에 우리 집엔 식모가 있었어."

"아이, 그러세요?"

"아버지가 소를 팔아 날 유학을 시켰다고."

"네."

노파는 뭐 물어볼 게 없냐는 듯 오 여사를 내려다보았다. 오 여사가 아무 반응을 보이지 않자 노파는 아쉽다는 듯 자기 자리로 돌아갔.

4

얼른 일을 끝내고 온다던 심 여사는 두 시간이 넘어서야 돌아왔다. 오 여사는 심 여사의 안내에 따라 지하에 있는 식당으로 내려갔다. 식당에 들어서자 음식 냄새가 섞인 쉰 듯한 퀴퀴한 냄새가 풍겼다.

"여기 앉아 계세요. 제가 얼른 밥 받아 가지고 올게요."
주방으로 들어간 심 여사는 한참 동안 나오지 않았다. 몇몇 노인들이 식판에 담긴 음식을 느릿느릿 씹고 있었다. 평소보다 점심을 일찍 먹은 오 여사가 허기를 참지 못해 슬슬 화가 나려고 할 무렵에야 심 여사는 식판 하나를 들고 나타났다.

"시장하셨지요? 먼저 드시고 계세요. 제가 얼른 다시 올게요."
뭐든 말로만 얼른이지, 하고 속으로 투덜거리며 식판을 내려다본 오 여사는 기운이 쪽 빠졌다. 도대체 이걸 저녁으로 먹으라고 내놓은 건가 싶을 정도로 반찬이 형편없었다. 짜디짜 보이는 장아찌와 김치, 시퍼런 나물 한 가지에 멀건 무국이 전부였다. 더구나 밥을 먹어보니 설익었는지 꼬들거려 생쌀을 씹는 듯했다. 소화기관이 시원찮은 오 여사는 진밥은 아무리 질어 죽이어도 상관없었지만 된밥은 잘 먹지 못했다. 오 여사는 무국에 밥을 한 숟갈 말았다. 심 여사가 둥그런 접시와 밥공기를 들고 왔다.

"오 여사님, 밥이 되지요? 그거 저 주시고 이거 드세요. 제가 한 번 더 끓여왔어요. 그리고 두부도 좀 부쳐 왔어요. 양념장에 찍어 드시면 고소해요."

심 여사가 밥공기와 두부 접시를 오 여사 앞에 놓고 오 여사의 식판을 가져갔다. 오 여사는 부실하나마 이만하면 한끼 때울 수는 있겠다 싶었다.

"아이, 나 땜에 고생이 많아요. 끓이는 김에 심 여사 밥도 같이 끓여오지 그랬어?"

"아니에요. 전 된밥이 좋아요."

"나처럼 이도 안 좋은 사람이."

"이 안 좋다고 자꾸 무른 것만 먹으면 잇몸이 힘을 더 못 받는대요. 그럴수록에 이렇게 꾹꾹 씹어야 한대요."

오 여사는 또 기분이 상했다. 심 여사가 변해도 너무 많이 변했다는 생각이 들었다. 멀쩡히 잘 나가는가 싶다가도 예기치 않은 순간에 토를 달고 어깃장을 놓았다.

"그런데 오 여사님, 그때 왜 그러셨어요?"

"그때 언제?"

오 여사가 곱지 않은 말투로 되물었다.

"예전에 저하고 같이 사실 적에요. 제가 오 여사님 입에 밥이 좀 되겠다 싶어서 질축하게 한번 끓여 올까요 하고 여쭈면 그러라고 하면 될 것을, 됐다고, 그냥 먹겠다고, 얼굴은 잔뜩 째푸리시고는. 결국 제가 다시 끓여 오게 만들 거면서 왜 한번에 제꺽 말씀을 안 하시고 사람 진을 빼셨어요?"

오 여사는 어이가 없어 밥숟가락을 내려놓고 심 여사를 물끄러미 바라보았다. 밥을 씹는 심 여사의 얼굴은 무표정했다.

심 여사는 아무렇지도 않게 식판에서 시퍼런 나물을 한 젓갈 집어 입에 넣고 우물거리며 말했다.

"매사에 그런 식이니 제가 갑갑증이 났겠어요, 안 났겠어요?"

오 여사는 갑자기 눈물이 왈칵 솟구치는 것을 느꼈다.

"아이, 대체 심 여사 나한테 자꾸 왜 이래요?"

"네? 제가 뭘요, 오 여사님?"

"정신이 나간 거야, 뭐야? 왜 자기가 말을 해놓고도 몰라? 지금 그게 나한테 할 소리예요?"

"전 정말 궁금해서 여쭤본 거예요, 오 여사님."

"꼬박꼬박 오 여사님, 오 여사님, 하고 부르지도 말아요. 그렇게 이상한 소리만 해댈 거면."

오 여사는 가방에서 손수건을 꺼내 눈물을 훔쳤다. 식당 노인들이 그들을 주시하고 있는 게 느껴졌다.

"아니, 오 여사님. 또 뭔가 오해를 하셨나 봐요."

"또 무슨 오해를 해요? 나는 만날천날 오해만 하는 사람이에요? 남은 기억도 못 하는 걸 끄집어내가지고 사람 속을 옴팡 뒤집어놓고."

"오 여사님, 제발 진정하세요. 제가 정신이 사나워 무슨 말을 했는지 모르겠지만 여사님 속을 뒤집었다면 용서하세요. 제가 뭐하려고 여사님 속을 뒤집겠어요? 제가 얼마나 여사님을 은인처럼 고맙게 생각하고 있는데요."

오 여사는 흐느끼면서 코를 풀었다.

"아이, 난 진짜 모르겠어. 심 여사가 나한테 왜 이러는지."
심 여사는 양손을 모아 쥐고 그 위에 살찌고 그을린 얼굴을 묻으며 울먹였다.

"오 여사님, 오 여사님. 제가 잘못했어요. 이제 저는 어떡해요? 제발 마음 푸세요."

지하 식당에서 나오면서 오 여사는 한시바삐 집으로 돌아가야겠다고 단단히 결심했다. 오 여사는 가방에서 미리 준비해온 흰 봉투를 꺼내 심 여사에게 내밀었다.

"얼마 안 되지만 받아줘요. 뭘 사 오려고 해도 가게도 못 찾겠고 뭐가 필요한지도 모르겠고 해서……"
오 여사는 미처 말을 끝맺을 수 없었다. 봉투를 내려다보던 심 여사가 갑자기 통곡을 터뜨렸기 때문이다.

"아니, 심 여사 왜 그래요?"
심 여사는 오 여사의 팔을 붙들고 몸을 가누지 못할 만큼 심하게 흐느꼈다.

"이제…… 가시면…… 다시…… 안…… 오시겠…… 지요?"

"아냐, 아냐, 심 여사. 내 또 올게요."
다시 안 올 것을 알면서도 오 여사는 이렇게 말했다.

"저는…… 알아요…… 다시는……"

"그런 말 말아요. 또 온다니까 그러네 자꾸."

그렇게 울고 달래고 하는 사이 봉투는 어느새 심 여사의 손에 쥐여졌고 또 어찌어찌하는 사이 주머니에라도 들어갔는지 눈앞에서 사라졌다. 가까스로 진정이 된 심 여사가 눈물을 씻으며 말했다.

"여긴 너무 보는 눈이 많으니 어디 조용한 데 가서 말씀 좀 나눠요, 오 여사님."

오 여사는 마당 벤치나 휴게실로 가려니 했는데 심 여사는 꼭 드릴 것이 있다며 뒤편 건물에 있는 자기 방으로 가자고 이끌었다.

심 여사의 방은 조그맣고 어두워 실내가 어떤 구조인지, 짐은 얼마나 있는지 알아보기 어려웠다. 심 여사는 불을 켜지 않고 어두운 가운데서 휴대용 버너에 찻물을 끓였다. 오 여사는 설마 여기 전기가 들어오지 않나 싶었지만 묻지는 않았다. 만사가 피곤하여 어디 아무 자리에나 드러눕고만 싶은 심정이었다.

"메밀차예요. 구수해서 먹을 만해요."

"그러네, 구수하네."

두 여자는 어둑한 방에 마주 앉아 메밀차를 마셨다.

"그런데 여사님 댁 작은 사위는 취직이 됐나요?"

"아이, 말도 말아요. 아직도 놀고 있답니다."

오 여사는 딸들이 의절한 얘기와 지난 일요일에 번차례로 전화를 해서 자신을 들볶은 얘기를 늘어놓다가 이내 입을 다물었다. 심 여사가 자신의 얘기를 건성으로 듣고 있다는 것을 알아챘기 때문이었다. 심 여사가 왜 이렇게 딴판으로 변했는지, 아니면 원래 이렇게 막돼먹은 사람이었는지, 오 여사는 불현듯 두려운 생각마저 들었다. 심 여사가 음산한 목소리로 침묵을 깼다.

"옛날 생각이 나네요."

오 여사는 조마조마한 마음으로 심 여사의 다음 말을 기다렸다.

"여사님은 돈에 무서운 분이니 작은딸한테 돈을 내주지는 않으시겠지요. 저한테도 그런 세상 이치를 깨우쳐주려고 애쓰셨죠. 남편 죽고 나서 자식들에게 재산 다 물려주고 나면 어떤 꼴이 되는지, 저를 보면서 경계하고 계셨죠. 그래요. 전 다 버리고 다 내려놓은 사람이에요. 그러니 자유로워지고 평온을 얻었어요. 오 여사님도 이제 그만 내려놓으세요."

오 여사는 꼼짝도 하지 않았다.

"빌라도, 아파트도 정리하고 여기로 들어오세요."

둘 사이에 어색한 침묵이 계속되었다. 갑자기 심 여사가 낮은 웃음소리를 냈다. 어두운 가운데서도 오 여사는 심 여사 얼굴에 각목을 부러뜨리는 것 같은 억지웃음이 떠올라 있는 것을 보았다.

"오 여사가 한밤중에 무슨 짓을 했는지 내가 모를 것 같아요?"

오 여사는 숨이 막힐 뻔했다.

"내가 뭘 해요, 한밤중에?"

"그런 짓을 하고도 천연덕스럽게, 참."

오 여사는 심 여사의 돌변한 말투에 놀랐다.

"아니 심 여사, 내가 무슨 짓을 했다고······"

"내가 말 안 해도 그건 오 여사 스스로가 더 잘 알겠네."

"아니, 심 여사 진짜!"

오 여사가 벌떡 일어나려는 순간 심 여사가 그녀의 손목을 잡아챘다.

"뭐야?"

오 여사가 기겁을 하여 그 손을 뿌리치자 땡그랑 하는 맑은 쇳소리가 났다.

"드릴 게 있다고 했잖아요?"

"그게 뭔데? 아이, 몰라. 뭔지 몰라도 난 필요 없어요."

"가져가라면 가져가! 오 여사가 해준 그 더러운 반지를 내가 왜 갖고 있어야 되는데? 왜?"

심 여사가 육중한 몸으로 방바닥을 기며 반지를 찾는 사이에 오 여사는 겁에 질려 뒤도 안 돌아보고 허겁지겁 방을 나왔다.

5

 낮과 달리 어둠 속에 묻힌 요양소는 왠지 으스스해 보였다. 오 여사는 뒤편 건물을 돌아 나와 마당을 가로질러 철제 대문 앞에 이르렀다. 철문에 세워진 손가락 굵기의 은빛 봉이 금세라도 쨍그랑 소리를 낼 듯했다. 대문 중간에 있는 버튼을 꾹 누르자 요술처럼 철문이 열렸다. 철문을 닫으며 오 여사는 다시는 심 여사를 만나러 올 일이 없으리라고 생각했다.

 숲길에 빠르게 어둠이 내리기 시작했다. 오 여사는 숲길을 걸어 내려오며 심 여사와 함께 똑같은 모양의 은반지를 맞추러 가던 날을 생각하고 있었다. 두 사람이 같이 살기 시작한 지 1년이 지난 무렵이었을 것이다. 그때 오 여사는 평생 심 여사를 거두겠다는 결심을 했고 그 기념으로 한 쌍의 은반지까지 맞춰 나눠 끼었다. 그런데 배은망덕도 유분수지 그 반지를 더럽다고…… 아니, 그러고 보니 그전에 심 여사가 뭐라고 더 심한 말도 한 것 같았다. 한밤중에 뭘 어쨌다고 했는데…… 오 여사는 아무리 생각해도 자신이 한밤중에 무슨 짓을 했다는 건지 알 수 없었다. 혹시 큰딸이 사 온 간식을 밤에 몰래 먹은 것을 말하는 걸까. 길게 쪽쪽 찢어지는 치즈와 육포를 장롱에 넣어놓고 일주일 동안 먹은 적이 있긴 했다. 잘살면서도 손이 곱은 큰딸이라 사 온 양이 많지 않았고, 나눠 먹자고 해도 심 여사가 사양할 게 뻔해서 그런 것이었다. 설마 그걸 심 여사가 알고 있었단 말인가. 아닐 것이다. 그건 아닐 것이다. 그렇다면 자신이 대체 한밤중에 무슨 짓을 했다는 걸까.

오 여사는 힐끗 뒤를 돌아보았다. 군데군데 검게 덩어리 진 숲은 썩은 이를 드러내고 씨익 웃는 늙은 사내 같았다. 문득 휴게소 관광버스에서 본 추잡한 장면이 떠올랐고, 부둥켜안고 쭉쭉거리던 늙은이 중 뚱뚱한 여자 쪽이 어쩐지 지금의 심 여사를 닮은 것 같다는 생각이 들었다. 물론 그럴 리는 없었다. 등 뒤에서 밀려오는 오싹한 기운 때문에 오 여사는 무릎에 시큰한 통증을 느끼면서도 숲길을 내려오는 내내 잰걸음을 멈추지 않았다.

아무도 없는 버스 정류장에 도착해서야 오 여사는 막차 시간이 7시 20몇 분이었는지 8시 20몇 분이었는지 확실치 않다는 것을 알았다. 요양소에 이렇게 오래 머물 생각도 없었고 설사 늦더라도 심 여사가 버스 정류장까지는 바래다주겠거니, 아니 바래다주는 건 관두고라도 버스 막차 시간만은 챙겨주겠거니 여기고 분명히 기억해두지 않았던 것이다. 시간은 7시 40분을 넘어가고 있었다. 버스가 끊겼으면 어떡해야 할지 막막했다. 다시 요양소로 돌아갈까 생각했지만 자신을 증오하는 심 여사에 대한 두려움이 더 컸다. 오 여사는 가방에서 휴대폰을 꺼내 큰딸에게 전화를 걸었다. 휴대폰은 먹통이 되었는지 아무 신호음도 내보내지 않았다. 몇 번을 걸어도 마찬가지였다. 오 여사는 주변을 둘러보았다.

 한적한 시골 도로에는 지나가는 차가 한 대도 없었다. 일단 버스를 기다려보는 수밖에 없었다. 오 여사는 정류장 나무 의자에 힘없이 앉았다. 무릎이 후들후들 떨렸다. 그렇다, 우리는 모두 죽는다,라는 막연한 생각이 떠올랐다. 지난 일요일에 작은딸과 통화한 기억도 났다. 이것만 아세요, 엄마. 그리고 작은딸은 지가 먼저 죽니 어쩌니 하는 못돼먹은 소리를 앙알거렸다. 밤에 전화한 큰딸은 또 뭐라고 했더라. 심 여사를 불러다 같이 살라는 둥 그만큼 비위를 맞춰주는 사람도 없다는 둥 쥐뿔도 모르는 소리를 지껄였다. 그 시간쯤 심 여사는 요양소에서 고래고래 소리를 지르며 기도인지 저주인지를 하고 있었을 것이다. 그리고 그때 자신은 회를 씹다 혀를 씹는 바람에 흐느껴 울다 심 여사를 만나볼 생각까지 했던 것이다. 그랬다. 뭔가 삿된 기운이 통하지 않고서는 이렇게 아귀가 딱딱 맞아떨어질 리가 없었다. 그 기운이 자신을 흔들어 이곳으로까지 꾀어 들인 것만 같았다.

 캄캄한 버스 정류장에 혼자 앉아 멍한 상념에 빠져 있던 오 여사의 귀에 어느 순간부터 남자인지 여자인지 알 수 없는, 낮고 갈라진 듯한 쉰 목소리가 웅얼웅얼 울려오기 시작했다.

 이건 꼭 잊지 마세요…… 우린 다 죽어요…… 그게 여기…… 규칙이에요…… 평생 비루먹은 말처럼…… 죽도록 고생만 하다…… 죽어버렸으면…… 좋겠어요…… 한밤중에 무슨 짓을…… 했는지…… 다 알고 있어요…… 시간이…… 얼마 남지…… 않았어요…… 머리 검은 짐승은…… 어서어서…… 준비를…… 하세요……

  흠칫 놀란 오 여사가 양손으로 귀를 틀어막았다. 왼손 약지에서 은반지가 반짝, 거렸다.

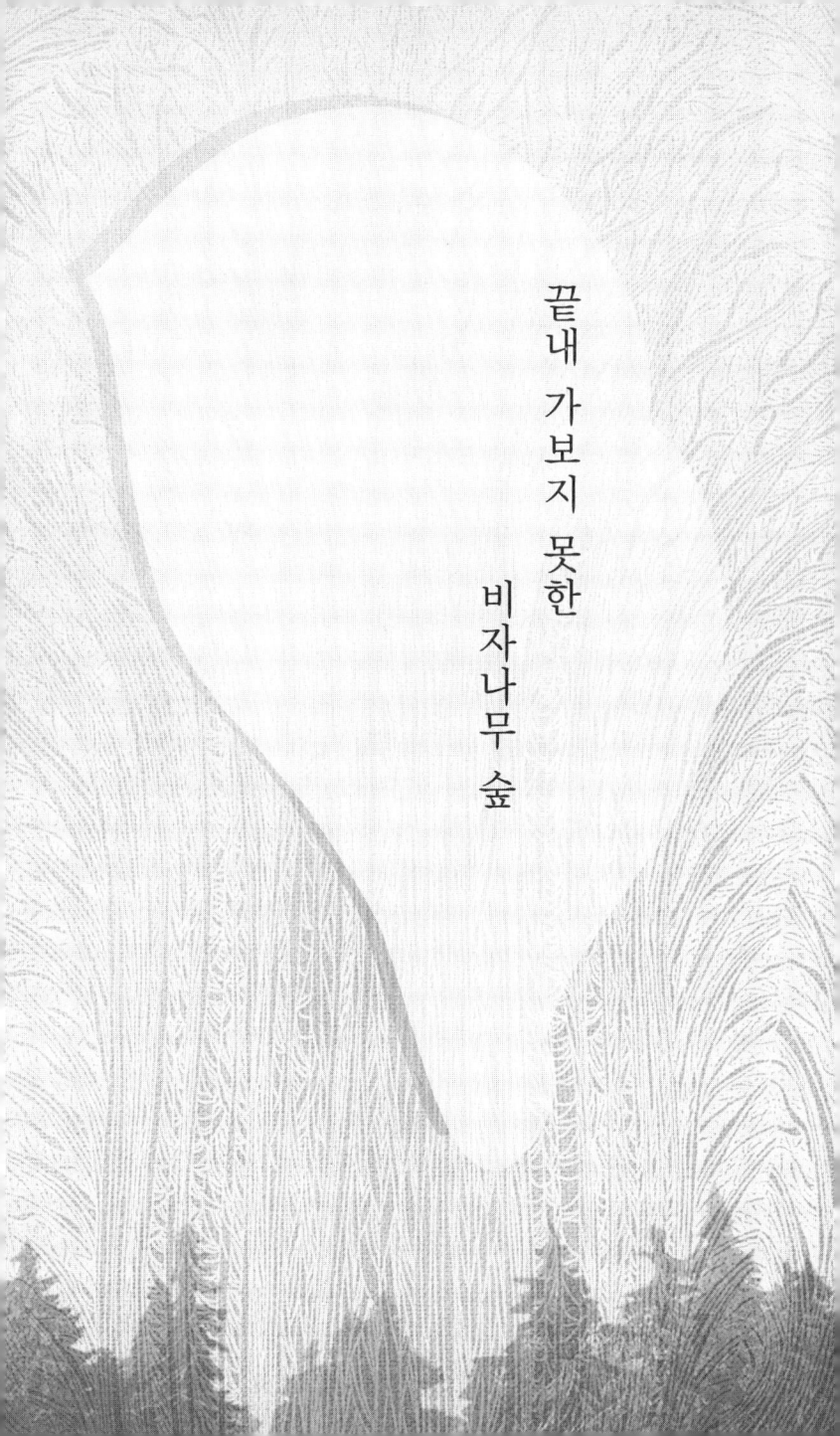

끝내 가보지 못한

비자나무 숲

1

 오랜만인데도 전화를 받자마자 금세 알아들을 수 있었다. 그의 목소리가 특이하거나 개성적이어서 그런 건 아니었다. 평범한 음성이었지만, 아, 하고 2, 3초 만에 알아들었다. 그의 목소리 속에 미묘하고 독특한 머뭇거림이 실핏줄처럼 흐르고 있었기 때문이다. 그 음색은 순간적으로 내 시간을 정지시켰다.
 전화를 받기 전에 나는 며칠 뒤가 생일인 미영 씨의 선물을 고르기 위해 인터넷 쇼핑몰에 접속해 있었다.
 "전데요."
휴대폰에서 흘러나오는 음성을 듣는 순간 나는 노트북 화면에 시선을 고정시킨 채 꼼짝도 할 수 없었다. 번쩍거리는 팝

업창들이 순식간에 산산이 흩어졌다.

다시 말하지만, 그의 말이나 음성에 특별한 점은 조금도 없었다. 조금 급하고 부산한 느낌을 주는 '전데요'였다. 그런데 그 평범한 말 속에는, 이마를 서늘하게 만들면서 뭔가가 저편에서 크고 깊게 입을 벌리기 시작했다는 느낌을 주는 돌연한 냉기가 깃들어 있었다. 동굴 입구에 서 있을 때의 느낌과 비슷했다. 언제까지나 그렇게 바람을 맞으며 서 있고 싶다는 생각과 어서 그 안으로 들어가보고 싶다는 유혹 사이에서 잠시 망설이는 사이, 어둠에 눈이 익으면서 동굴의 내부가 서서히 그 모습을 드러내기 시작했다. 그리고 내 입안 동굴에서도 흐릿한 발음이 몽글몽글 반죽되기 시작했다. 그러다 불현듯 침 놓은 자리처럼 머릿속이 따끔해지면서 별처럼 또렷한 이름 하나가 떠올랐다. 도우!

내 혀가 날렵하게 발음을 만들어냈다.

"……도우 씨?"

"네, 도우예요."

내가 마음을 가라앉힐 시간이라도 주듯 잠시 틈을 둔 후 도우가 물었다.

"잘 지내시죠?"

"네. 도우 씨는요?"

"저도 잘 지내고 있어요."

머릿속은 멍한데도 말은 뻔뻔한 벌레처럼 슬슬 기어 나왔다.

"어머님 아버님도 안녕하시죠?"

"그렇지요, 뭐."

도우는 자기 말이 무성의하게 들릴까 걱정스러웠는지 이렇게 덧붙였다.

"잘 계세요. 그만하면 아프신 데도 없는 편이고요."

"다행이네요."

"갑자기 전화해서 놀라셨죠?"

"아, 아니에요, 아니에요."

놀랐다는 뜻으로 들렸을 것이다. 하지만 나는 정말 놀라지 않았다. 오히려 줄곧 연락을 기다려온 사람처럼, 왜 이제야 연락을 하는지 서운하기까지 했다.

도우와 의례적인 말을 주고받으면서 가늘고 팽팽하던 긴장감이 조금씩 나른하게 풀어졌다. 깨진 미러볼 파편처럼 산산이 흩어졌던 쇼핑몰 화면도 다시 제 모습을 찾았다. 화면 가득 현란한 쉼표 모양의 형상들이 잔뜩 떠올라 있었다. 이건 대관절 무엇일까. 나는 낮잠에서 깬 사람처럼 어리둥절했다.

"어제 엄마가 꿈을 꿨다고 그래요."

도우가 옆집 축사 소식을 전하듯 툭 말을 던졌다.

"무슨 꿈을요?"

도우는 내 질문에 대답하는 대신 엉뚱한 말을 했다.

"제주도에 한번 오세요."

내가 대꾸하기도 전에, 그 대꾸가 두렵다는 듯 도우가 서둘러

말을 이었다.

"꼭 한번 봐야겠다고 엄마가 자꾸 애처럼 졸라서 그러는데, 한번 내려왔으면 싶어요. 음……"

도우는 몇 초 동안 말을 골랐다. 그러니까 도우의 어머니가 내 꿈을 꾸었단 말인가. 나는 도우의 뒷말을 기다리며 노트북 모니터를 들여다보았다. 생각이 났다. 형형색색의 쉼표처럼 고부라진 형상의 이것들은 수십 종의 비니였다. 나와 교대로 상근하는 미영 씨의 생일 선물로 큐빅이 박힌 비니와 여름용 망사 비니 중 무엇을 주문할까 망설이던 중이었다.

"음, 그러니까요……"
머뭇거리던 도우가 갑자기 허공을 베는 어조로 급하게 말을 쏟아냈다.

"아, 그냥 언제 올 수 있어요? 바로 못 오나요? 못 올 거면 지금 얘기하고요."
출발신호를 받은 육상선수처럼 말이 곧바로 튀어나왔다.

"내일 갈게요."
휴대폰 저편이 조용했다.

"도우 씨?"
내가 부르자 도우의 거친 숨소리가 들려왔다.

"정말요?"
도우가 물었다.

"네. 내일 갈 수 있어요. 그런데 어머님 시간이 괜찮으실까요?"

 "그럼요. 괜찮죠. 괜찮고말고요. 출발 시간 알려주세요. 제가 비행기 티켓 예매해서 알려드릴게요."

 "아니에요. 내가 예매하고 시간 알려줄게요."

 "그럼 엄마가 안 좋아할 텐데."

도우가 시무룩하게 말했다.

 "괜찮아요. 그게 더 편해서 그래요. 이 번호로 문자 보내면 되죠?"

도우는 계속, 아, 진짜, 아, 씨, 진짜 안 되는데, 하더니 통화를 끝내기 전에 어린애처럼 조바심을 치며 말했다.

 "그럼 빨리 와야 돼요, 진짜."

 나는 전화를 끊고 여행사에 접속해 다음 날 오전 제주도행 비행기 티켓을 알아보았다. 가까스로 11시 45분발 저가 항공의 여분 좌석을 예매할 수 있었다. 나는 도우의 휴대폰에 문자 메시지를 넣고 담배와 라이터, 얇은 과월호 잡지를 들고 일어나 사무실 왼편 베란다로 나갔다.

 베란다에는 옥상과 연결되는 좁고 낡은 철제 계단이 있었다. 녹을 덮기 위해 초록색 페인트를 두껍게 칠해놓았지만 속에서 녹이 일어나며 페인트를 들어 올려 표면 전체가 우둘투둘했다. 계단은 발을 딛는 면이 과자틀처럼 동그랗게 뚫려 있어 옥상으로 올라갈 때마다 위태로웠다. 그래서 주로 계단 아래턱에 앉아 담배를 피웠는데, 엷은 빛깔 치마를 입은 어느 날 치마 뒤에 맥주캔 모양의 동그란 구멍이 두 개 찍혀 있다고 미영 씨가 알려준 후부터 늘 깔고 앉을 것을 준비했다.

얇은 잡지를 깔고 앉아 담배에 불을 붙였다. 계단 좌우 폭이 좁아 마치 아동용 의자에 앉아 있는 듯한 느낌이었다. 담배 연기는 건너편 건물의 자줏빛 기와지붕 쪽으로 날아갔다. 자줏빛 지붕 너머로 낡은 고층 아파트의 다닥다닥한 베란다가 보였다. 이 동네는 너무 낡고 남루해 오히려 비현실적인 느낌을 주었다. 담배를 꽁치 통조림 캔에 눌러 끄고 고개를 들었다. 아파트 너머 하늘은 언제나 희끄무레했다. 문득 하늘색, 살색, 이런 색깔들이 없어졌다는 생각이 들었다. 정확히 말하면 그 색깔들이 없어진 게 아니라 그 이름들이 사라졌다. 존재의 소멸보다 이름의 소멸이 왜 더 허무한 느낌일 줄까, 오랫동안 생각했다. 이름이 사라지면 불러 애도할 무엇도 남지 않아 그런 것 같았다.

잠시 눈을 감고 머릿속을 말끔히 비우려고 노력했다. 잘 되지 않았다. 담배 때문인지 무엇 때문인지 나는 2년 전부터 가끔 짤막한 환각 상태에 빠져들 때가 있다. 얼마 전에는 임종을 앞둔 노파가 되어버린 환각이 왔다. 그때의 강렬한 육체적 실감은 지금도 생생하다. 피부는 젤리막처럼 유들유들해지고 근육은 탄력이 빠져 묵직한 주머니처럼 늘어졌다. 뼈는 철제 계단처럼 삭고 녹슬어 시디신 느낌이었으며 입술은 마른 꽃처럼 바삭했고 귀에는 이명이 울렸다. 그때 들리는 소리는 도저히 무어라 설명하기 어렵다. 그것은 소리라기보다는 입자의 쇄도와 같았다. 책에서 본 원소 모양이나 상형문자처럼 생긴 무수한 형태들이 내 귓속으로 빨려들어 오는데, 마치 내 귀가 블랙홀이 된 느낌이다.

노파가 된다는 것, 그것은 과연 내가 환각 속에서 체험한 것과 비슷한 느낌일까. 그때 나는 노파의 환각에서 벗어나기 위해 있는 힘을 다해 눈을 떴다. 거의 눈으로 발버둥을 치는 수준이었다. 간신히 눈을 뜨고 난 후에도 현실로 돌아오기 위해서는 어느 정도 맹렬한 추스름의 시간이 필요했다. 나는 입술에 침을 바르고 서서히 손끝과 발끝에 힘을 불어넣으면서 감각을 팽창시켜 내 육체를 회복하려 애썼다. 환각이 사라진 후에는 늘 그렇듯 깨진 파편처럼 날카로운 현기증이 찾아왔다. 흐릿한 하늘과 낡은 고층 아파트와 건너편 건물의 기와지붕이 폭발하듯 밝아졌다 어두워졌다.

2

왼쪽 창가 자리에는 핫팬츠 차림의 여자아이가 휴대폰을 달랑달랑 흔들며 앉아 있었다. 귀를 뚫고 목걸이와 팔찌를 하고 있었지만, 청색 핫팬츠 아래 드러난 허벅지에 가뭇한 솜털이 돋아 있고 땀띠 자국이 보이는 게 십대의 살갗이었다. 나이가 들면서 좋아진 점인지 나빠진 점인지 모르겠지만, 언젠가부터 나는 나보다 어린 피부, 내가 겪어온 피부를 알아보기 시작했다. 어떤 여인이 사십대인지 오십대인지는 헛갈리지만, 옆자리 아이가 십대라는 데는 아낌없이 내기를 걸 수 있을 정도다.

내 오른쪽 복도 자리에는 키가 크고 마른 남자가 앉아 있었다. 남자의 나이는 맞히기 어렵다. 삼십대 후반 어쩌면 사십대 초반쯤으로도 보이는 남자는 자리에 앉자마자 안전벨트를 매고, 들고 있던 하드커버 책 한 권을 앞좌석 주머니 속에 비스듬히 끼워놓은 후, 상체를 꼿꼿이 세우고 눈을 감았다. 눈을 감는 자세가 조용하면서도 결연했다. 좌석 간 폭이 좁아 남자가 달리 자세를 바꿀 수 있을 것 같지는 않았다.

실내는 소란스러웠다. 안내 방송이 쉴 새 없이 흘러나오는 내내 남자는 죽은 듯이 눈을 감고 있었다. 나는 남자가 앞좌석 주머니에 꽂아놓은 책을 보았다. 기우뚱하게 꽂힌 책의 중간 갈피쯤에 휴대폰이 꽂혀 있었다. 책 제목은 보이지 않았다. 커버는 자줏빛이었고 귀퉁이가 살짝 벗겨졌고, 책등 아래쪽에 바코드 용지가 붙어 있는 것으로 보아 도서관에서 대출한 책 같았다. 대출한 책을 들고 비행기를 타는 남자라니. 잃어버리지 말아야 할 것은 한 번도 잃어버려본 적이 없는 타입

일 것이다.

휴대폰을 꺼달라는 안내 방송이 나왔다. 나는 휴대폰을 종료시켰다. 창가 자리의 여자애도 휴대폰 버튼을 누르고 있었다. 주위에서 휴대폰을 종료시키는 다양한 음향들이 들려왔다. 남자는 여전히 눈을 감고 있었다. 자는 것 같지는 않았지만 휴대폰을 끄려는 생각도 없는 것 같았다. 남자는 푸른 기운이 어른거리는 옅은 회색빛 셔츠와 얇은 여름용 코듀로이 바지를 입고 있었는데, 부유를 과시하는 데가 전혀 없음에도 불구하고, 왠지 저가 항공 같은 것은 이용하지 않을 사람으로 보였다. 적당한 재산과 깔끔한 정신을 가진, 어떤 일에도 허둥대거나 당황하지 않으며 살아온 남자. 그러니 탑승하기 전에 미리 휴대폰을 꺼놓았는지도 모른다고 나는 생각했다.

비행기가 이륙하는 동안과 이륙한 후 얼마 동안 나는 양손으로 귀를 막았다. 있는 힘껏 틀어막아도 기분 나쁜 통증은 5분 이상 계속되었다. 레이저 수술기가 두 귀 사이를 오가며 스륵스륵 지지는 느낌이었다. 통증이 사라진 후 나는 곧 잠들었다.

이벤트사 여직원이 승객 여러분께 잠깐만 시간을 내달라고 통통 튀는 목소리로 외치는 바람에 잠에서 깼다. 그녀는 승객들에게 가위바위보를 제안하고 그 방법에 대해 설명하고 있었다. 잠에서 덜 깨어 그런지 낯설고 무력한 느낌이었다. 혼미한 정신 속에서 나는 아주 잠깐, 3초에서 4초 정도, 비행기가 급격히 추락하는 환각에 시달렸다. 기체가 덜컹거리고 심하게 흔들리더니 아래로 급속히 곤두박질치기 시작했다. 내 몸도 앞쪽으로 쏠려 안전벨트가 팽팽해졌다. 내 귓속으로는 소리라고 할 수 없는, 각이 선 입방체들이 파찰음을 내며 빨려 들어오고 있었다. 잠은 이미 싹 달아났다.

나는 이를 악물고 앞좌석을 부둥켜안은 손에 힘을 주었다. 그리고 빠른 고갯짓으로 오른쪽 자리의 여자애와 왼쪽의 남자를 보았다. 여자애는 가위바위보에 참여하느라 오른손을 위로 쭉 뻗고 있었고 남자는 철심처럼 마른 다리를 적당한 각도로 벌린 채 꼿꼿한 자세를 취하고 있었다. 남자는 왠지 죽음을 바라고 있는 듯한 표정이었다. 그 확률을 조금이라도 높이기 위해 굳이 저가 항공을 이용하고 있는 듯한, 그리하여 탑승 전에 유언장마저 미리 작성해둔 듯한.

나는 등받이에 몸을 기댄 후 천천히 손발에 힘을 불어넣었다. 혀 밑에 침이 고이기 시작하고 조금씩 피돌기가 빨라졌다. 그리고 이내 축제의 종료를 알리듯 뾰족한 별 모양의 현기증이 번쩍번쩍 명멸하듯 찾아왔다. 여직원은 쉴 새 없이 승객들과 가위바위보를 하고 있었다. 가위바위보를 외치는 목소리가 쨍하게 높았고 곳곳에서 탄성과 웃음소리가 터져 나왔다. 여객기에 탄 2백 명 넘는 탑승객들이 나와 한날한시에 죽을지도 모른다는 생각이 들자 이상한 친근감이 생겨났다.

"마지막 세 분 다시 가위바위보 하겠습니다. 가위바위보! 가위바위보! 네, 마지막 한 분 당첨되셨습니다. 축하드립니다. 당첨되신 분께는 제주도 특산품을 구매하실 수 있는 상품권 한 장을 선물로 드리겠습니다."

나는 멍한 상태에서 옥돔이나 오분자기 같은 제주도 특산물을 생각했다. 비행기 도착 시간이 12시 45분이라는 생각도 했다. 그러자 도우가 떠올랐다. 도우는 도착 시간에 맞춰 제주공항으로 마중을 나오겠다고 했다. 도우를 보는 게 거의 2년 반 만이었다. 정우의 장례를 치르고 나서 처음이었다. 도우의 몸무게가 아직도 백 킬로그램 가까이 나가는지 궁금했다. 2년 반 전에는 그렇게 어마어마하게 나갔다. 키가 컸는지는 잘 모르겠다. 큰 키였다는 인상이 남아 있지만 어쩌면 보통 정도였는데 덩치에 압도당해 키 같은 건 제대로 따져볼 여유가 없었는지도 모른다. 마지막으로 장례식장에서 봤을 때만 해도 도우는 스물넷의 청년이라기보다 십대의 비만 소년처럼 어리고 둥글고 착해 보였다. 누구나 도우를 보는 순간 매우 수줍음이 많은 아이란 걸 알 수 있었다. 지금은 아닐 거라고 나는 생각했다. 어쩌면 내 옆자리의 남자처럼 말랐을지도 모를 일이었고 삐딱하고 능글맞은 청년이 되어 있을지도 몰랐다. 이십대 중반의 청년에게 2년 반의 시간이란, 몸무게의 반이 줄어들거나 성격이 반대편으로 꺾이는 변화 정도는 충분히 일어날 수 있는 시간이었다.

3

"여기요!"

도우가 먼저 나를 알아보고 다가왔다. 도우는 결코 마른 체격으로 보이진 않았지만, 예전의 몸무게에서 적어도 30킬로그램 이상은 빠진 것 같았다. 키는 180센티미터 정도 돼 보였는데 대학 운동부처럼 단단해 보이는 덩치였다. 내가 도우를 이렇게 자세히 살펴보긴 처음이었다.

"도우 씨, 못 알아보겠어요. 살 많이 빠졌네요."

"아니에요."

도우가 내 가방을 받아들다 멈칫하더니 고개를 끄덕였다.

"그렇죠. 그때보다는 많이 빠진 거죠. 그때는 워낙 엄청났으니까요."

"키도 더 큰 것 같은데요?"

나는 조금 놀리듯 물었다.

"그건 정말 아니에요."

도우가 손을 내저었다. 덩치에 비해서도 참 크다 싶은 손이었다. 살집도 있었지만 마디가 어찌나 굵고 단단해 보이는지, 살아 있는 손이라기보다 돌이나 쇠처럼 물체의 질감을 주는 손이었다. 평범하게 내젓는 것만으로도 세찬 바람을 일으키는 듯했다. 그러고 보니 샌들을 신은 맨발도 크고 위압적이었다. 나는 언젠가부터 사람의 이를 유심히 보는 버릇이 생겼는데, 도우의 이는 의외로 우윳빛이었고, 초식동물처럼 적당한 크기에 윤곽도 부드러웠다.

공항 건물을 빠져나오자 무척 더웠다. 담배를 한 대 피울까 하다 그만두었다. 도우가 손을 뻗어 주차장 쪽을 가리켰다.

"좀 걸어야 돼요. 가까운 자리는 세울 데가 없더라고요."

"괜찮아요."

주차장을 가로지르는데 금세 땀이 흘렀다. 햇볕 아래 세워둔 차는 뜨겁게 달아올라 있었다. 조수석에 앉아 창문을 내리고 힐끗 보니 도우의 셔츠 목 언저리가 흠뻑 젖어 있었다. 젖은 셔츠 위로 전봇대처럼 단단한 목이 버티고 있었다. 예전에는 안개에 가린 산맥처럼 살집에 가려 잘 보이지 않던 도우의 신체 윤곽들이 우뚝우뚝 드러나 있어 새삼스럽고 놀라웠다.

도우가 나를 보았다. 눈이 마주치는 순간 나는 어색하게 웃었다. 도우는 웃지 않았다. 묵묵히 시동을 걸고 차를 후진시키던 도우가 퉁명스럽게 말했다.

"뭐 그렇게 신기한 동물 보듯 꼬치꼬치 보지 마세요."

아, 내가 그랬었나 싶었다. 그랬을 것이다 싶기도 했다.

"미안해요. 신기한 동물 보듯 그런 건 아니고, 대견해서 그래요."

"대견해요? 참, 그게 더 기분 나쁘네."
내가 뭐라고 변명을 하기도 전에 도우가 화제를 바꿨다.
"점심 먹어야죠? 엄마가 식당에서 기다리고 있을 거예요."
나는 집으로 가는 줄 알았다는 말을 하려다 그만두었다. 그런 생각조차 그만두었다. 나는 왜 그런 생각을 했을까. 집이라니. 누구의 집 말인가. 비행기 티켓을 예매한 후 숙소를 예약할까 말까 오래 망설였는데 결국 공항 근처 모텔을 예약해놓길 잘했다는 생각이 들었다.
"멀지는 않아요."
도우가 나를 보며 말했다.
"네."
나는 낮게 대답하며, 집이 아니라 식당,이라고 속으로 되뇌었다. 서울에 있을 때보다 제주도에 내려오고 보니, 생각했던 것보다 도우네 가족과 훨씬 더 멀어져 있음을 새삼 깨닫게 되었다.

식당 건물은 얌전한 2층 양옥으로, 일반 주택과 비슷했다. 도우의 어머니는 주차장에서 우리를 기다리고 있었다. 짧게 커트한 머리에 흰 블라우스와 베이지색 스커트를 입은 그녀는 언뜻 보면 내 또래 처녀처럼 보였다. 그녀는 우리가 탄 차가 들어오는 걸 보더니 손을 흔들었다. 내가 차에서 내리자 그녀가 다가와 손을 잡으려 했다. 예전에 당신의 집 마당에서 나를 처음 맞이할 때와 다르지 않은 태도였다. 그때 그녀가 얼마나 젊고 아름다웠는지, 지금도 여전히 쉰 살이 넘었다고는 믿기지 않는 미모임에도 불구하고 그녀의 얼굴에서 제법 세월의 흔적이 느껴졌다.

"갑자기 오라고 해서 놀랐지? 도우한테 종일 떼 부려서 전화하게 했어. 바로 와줘서 너무 고맙다. 이렇게 네 손을 직접 꼭 붙잡아봐야 안심이 될 것 같아서."

어머니의 손은 뜨겁고 축축했다. 그래서 예전에도 놀랐던 기억이 있다. 아름다운 여인의 손은 왠지 나긋나긋하고 보송보송할 것 같은데 그녀는 그렇지 않았다. 그런 눈치를 챘는지 처음 만났을 때 그녀는 내게 사근한 말투로 일러주었다. 내가 손발에 땀이 많아요. 때로는 불이 나서 겨울에도 양말을 못 신을 때가 있어요. 내려다보니 역시 그녀는 맨발에 베이지색 샌들을 신고 있었다. 말똥한 정신이 이렇게 생기지 않았을까 싶게 맑고 어여쁜 발가락들이었다.

"더운데 왜 나와 계세요?"

"안 더워."

"이마에 땀 맺히셨는데요?"

"우리네는 늙어서 땀 나도 안 더워. 더운 줄을 몰라. 땀이 났는가 보다 하고 그만이지."

그녀가 빠르게 말하고 웃었다. 2년 반의 세월이 새겨진 웃음이었지만, 귀여운 앞니가 살짝 드러나는 게 사무치게 매력적이었다.

"늙으시긴요? 아직도 이렇게 고우신데."

"폭삭 늙고 싶은데 내가 잘 늙질 않아. 예전엔 그게 좋은 건 줄 알고 우쭐했는데 지금은 거추장스러워."

공연히 숨기고 겸양하는 데가 없는 화법도 여전했다.

"어서 와. 애들이 기다리고 있잖아."

그녀는 왼손으론 내 손을 당겨 쥐고 오른손으로는 식당 앞 수족관을 가리켰다. 수족관 안에서 한들거리는 생선들이 마치 당신의 집에서 키우는 가금들이거나 한 듯 친근한 몸짓이었다. 나를 한쪽에 세워두고 도우와 어머니는 나란히 무릎을 구부리고 수족관 안을 들여다보며 잡아먹을 물고기를 고르기 시작했다. 기다리고 있다던 애들한테 좀 잔혹한 건 아닌가 싶었다.

"뭘 먹고 싶을지 몰라 미리 안 시켰는데, 명이는 뭐가 좋으니?"

어머니가 무릎을 굽힌 채 고개를 갸웃해 나를 보았다.

"저는 잘 몰라요. 어머니 좋아하시는 걸로 시키세요."

그러자 그녀가 아들 쪽으로 고개를 돌리고 흉을 보듯 이렇게 말했다.

"도우야, 명이 쟤는 회 맛을 잘 모르는 것 같더라. 들어가서 메뉴판 보고 시킬까?"

"회 먼저 안 시키고?"

"명이가 회 안 먹고 다른 걸 먹을 수도 있잖아?"

"서울에서 왔는데 제주도 회 맛은 봐야지."

"그러면 좋은데 글쎄 명이는 회 맛을 모르는 것 같으니까."

"싱싱하고 맛있으면 다 먹게 돼 있어."

"모두가 너처럼 그렇진 않아."

연인들처럼 한참 동안 수족관 앞에서 실랑이를 벌이더니 어머니가 먼저 무릎을 펴고 항복을 했다.

"아, 모르겠다. 힘들어. 그럼 너희 둘이 알아서 고르든가."

그제야 나는 마지못해 진심을 토로했다.

"저 사실 회 안 좋아해요."

"거봐라! 내 뭐랬니?"

어머니가 내 손을 붙들고 식당 안으로 향했다.

"아, 그런 얘길 왜 지금 해요?"

작게 툴툴거리는 도우의 말이 가벼운 공처럼 날아와 뒤통수에 톡 부딪쳤다.

식당에 들어가 자리를 잡고 앉아서도 모자의 실랑이는 끝나지 않았다.

"이 집은 갈칫국이 최고야. 국물이 얼마나 시원한지 몰라요."

도우의 말에 어머니가 보일 듯 말 듯 고개를 흔들며 말했다.

"아니야. 먹어본 사람이나 먹지 갈칫국 그거 아무나 못 먹어."

"이 집 갈칫국은 서울 사람들도 알아주는 맛이야, 엄마. 하나도 안 비리다고."

"안 돼. 명이가 먹을 건 명이가 알아서 고르게 넌 가만 있어."

그들은 마치 내 속에 존재하는 나도 모르는 입맛 두 가지를 의인화한 인물들처럼 한 치의 양보 없이 옥신각신 다투었다. 조금 전에는 저쪽 입맛의 편을 들었으니 이번에는 이쪽 입맛의 편을 들어줘야 할 것 같았다.

"갈칫국 한번 먹어볼게요, 어머니."

"으응?"

어머니가 초조한 손길로 메뉴판을 가리키며 말했다.

"다른 것도 맛있는 거 많은데 잘 보고 고르지."

"엄마, 다른 건 아무 식당에서나 먹을 수 있는 거잖아? 이 집은 갈칫국이 최고라니까."

도우가 득의양양할수록 어머니는 더욱 근심스런 얼굴이 되었다.

"도우 네가 자꾸 바람을 잡아서 그래. 아니, 근데 명이 넌 결국 갈칫국을 시키겠다고? 후회 안 하겠어?"

"네. 후회 안 해요."

그러자 그녀는 어쩔 수 없다는 듯 지나가는 투의 말속에 비장의 뜻을 담아 말했다.

"네가 예전에 우리 집에 처음 왔을 적에 돔 넣고 끓인 미역국도 못 먹길래."

"아, 맞다!"

내 입에서 저절로 탄성이 튀어나왔다.

"너 그때 국에 생선 넣는 거 처음 봤다고 했잖니?"

"맞아요, 어머니."

입장은 순식간에 바뀌어 어머니는 의기양양해지고 도우는 풀이 죽었다.

"진짜 도통 맛이란 걸 모르네. 그럼 내가 갈칫국 시킬 테니까 맛이나 보든지요."

도우는 갈칫국을 시켰고, 어머니와 나는 서로 나눠 먹기로 하고 옥돔구이와 해물뚝배기를 시켰다. 서빙하는 여직원이 오자 어머니가 내 손을 다시 슬쩍 잡았다.

"명이야, 우리 시원한 맥주 한잔할까?"

그녀를 보고 있노라면 어떻게 살아야 여자가 쉰이 넘어서도 이렇게 코스모스처럼 연하고 은은한 바탕에 산뜻한 포인트를 간직할 수 있을까 싶었다.

"좋아요, 어머니."

도우가 분개하여 턱을 내밀었다.

"나는?"

"넌 좀 참아. 우리 바람 좀 쏘여주고 집에 들어가서 마시면 되잖니?"

"아, 나도 지금이 땡긴단 말야."

이럴 때 도우는 영락없이 내가 맨처음 보았을 그 무렵의 뚱뚱한 스무 살 사내아이였다. 얘가 내 동생 도우! 정우의 말에 놀란 짐승처럼 제 몸 크기의 반밖에 안 되는 형의 몸 뒤에 숨은 채 나를 향해 고개를 휙 숙이던 스무 살 재수생 도우.

맥주를 두 잔 정도 마신 후 어머니는 도우를 보고 히쭉 웃으며 말했다.

"네 아버지 때문에 내가 공항에도 못 나가고."

갈칫국을 먹는 중인 도우는 이렇다 저렇다 말이 없었다. 어머니가 이번에는 나를 보았다.

"미안하다, 명이야. 오늘 아버지가 갑자기 해외 출장을 가신대서 가방 챙겨 보내드리느라 못 나갔다."

"괜찮아요, 어머니."

"이게 얼마만인데, 이렇게 식당에서 참. 내가 오라고 해놓고 집에서 밥도 못 해 먹이고 미안해 죽겠다."

"아니에요."

"도우는 그것 때문에 내내 나한테 화내고 있는 중이다."

도우는 말이 없었다. 오늘 도우의 아버지는 집이나 공항에서 나를 만날 수도 있었을 것이다. 아버지가 피했거나, 도우와 어머니가 나를 그와의 만남으로부터 피하게 했거나 할 것이다. 어쩌면 도우와 어머니는 아버지와 내가 공항에서 마주칠까 봐 전전긍긍했을지도 모른다. 그래서 도우가 비행기 표를 예매하겠다고 했나 싶기도 했다.

"명이야, 천천히 마셔라."

"네."

"담배 아직도 피우지?"

"아, 조금요. 아직 끊지는 못하고 조금씩요."

"그렇게 조금씩 피우는 게 좋지. 도우랑 나가서 한 대씩 피우고 와. 내 앞에서 피워도 되는데 그럼 네가 안 피우겠다고 할 테니."

"아니에요. 괜찮습니다."

"됐다. 난 누가 내 앞에서 뭘 참는 꼴을 못 본다. 왜 날 괜히 고문관을 만드니?"

도우가 무뚝뚝하게 말했다.

"엄마, 나도 지금 무척 참고 있어."

"그러니까 명이랑 같이 나가서 피워."

"담배 말고 술 말이야, 술!"

도우가 숟가락을 거칠게 내려놓았다. 놋숟가락이 상에 부딪쳐 내는 소리가 생각보다 크게 울렸다. 나도 놀라고 어머니도 놀랐지만, 누구보다 당사자가 가장 놀란 것 같았다. 하지만 도우는 그 놀람을 꾹 참느라 안간힘을 쓰고 있었다. 뭔가에

끝내 가보지 못한 비자나무 숲 109

단단히 골이 났다는 걸 알리려다 심약하여 스스로가 먼저 놀라버린 어린애를 달래듯, 어머니는 도우 쪽으로 몸을 기울이고 자그맣게 속삭이듯 말했다.

"도우야, 엄마 생각에 그건 네가 좀더 참아도 될 것 같다."

주차장에 세워둔 차들이 녹아내릴 듯 번쩍거렸다. 땅에서 이글거리는 기운이 올라왔다. 도우와 나는 수족관 근처 파라솔에 앉아 담배를 피웠다. 수족관에는 똘똘하게 생긴 물고기라고는 한 마리도 보이지 않았다. 다들 넙데데하고 너부죽한 게 잡아먹고 싶지도 않게 못생겼다.

"숙소는 따로 잡았어요."
내가 불쑥 말했다.
"왜요?"
도우가 물었다.
"나, 그 집하고 상관없는 사람이잖아요."
도우는 어느새 가져왔는지 맥주캔을 따고 있었다.
"마시지 마요."
내 말이 끝나기도 전에 도우는 맥주캔을 들어 반쯤 마셔버렸다.
"아버지도 없는데 집에 가요."
도우가 캔을 내려놓으며 말했다.
"싫어요."

"가요. 엄마는 오늘 밤에 같이 잘 거라고 잔뜩 부풀어 있는데. 그래서 아버지 출장 가방 싸는 것도 불평 안 하고 다 해 준 건데."

"그래도 싫어요."

"진짜 숙소에서 자면 나쁜 사람이야, 당신."

"당신?"

"그래! 당신! 당신이 뭐 어때서? 그럼 형수라고 해?"

"형수는 무슨."

나는 픽 웃었다. 찌는 듯 덥고 고요한데도 어디선가 바람이 부는지 담배 연기가 한쪽 방향으로만 날아갔다.

"그때 사고 나기 얼마 전에 우리 헤어지기로 했었어요."

도우가 나를 물끄러미 보았다. 허공에 떤 재도 한 방향으로만 날아갔다. 도우가 남은 맥주를 다 마시고 입을 닦으며 말했다.

"그거 잘했네."

"잘했다고?"

"사실 둘이 별로 어울리지도 않았잖아요?"

나는 조금 놀라고 화가 나서 물었다.

"왜 그렇게 생각해요?"

도우는 말없이 맥주캔을 자근자근 우그러뜨리고 있었다.

"말해요."

"……"

"얘기해보라니까요!"

도우가 맥주캔을 확 우그러뜨리며 소리쳤다.
"안 해. 아, 씨! 안 할 거야! 나 진짜 화났어."

4

 식당 주차장에 오래 세워놓았던 차는 불가마처럼 달아올라 있었다. 도우가 미리 에어컨을 최대로 틀어놓았는데도 타보니 견디기 힘들 만큼 뜨거웠다. 어머니는 집에 가기 전에 비자림에 들러 바람을 쐬고 가자고 했다. 나는 그녀에게 차마 숙소 얘기를 할 수 없었다. 도우는 그게 고소하기도 하고 고맙기도 한 모양이었다. 도우는 조금 돌더라도 바닷가를 거쳐 비자림 쪽으로 가는 코스를 잡겠다고 했다.
 더운 기는 쉽게 가시지 않았다. 뒷좌석에 앉은 어머니는 눈길을 창밖 먼바다 쪽에 던져두고 천천히 부채질을 했다. 말없이 운전을 하던 도우가 갑자기 몸을 들썩이더니 말을 꺼냈다.
 "참, 형이 대학원 다닐 때 여기 제주도로 답사여행 왔던 거 알아요?"
나는 고개를 조금 돌려 뒷좌석의 어머니를 보았다. 어머니는 여전히 부채질을 하고 있었지만 나는 그녀가 도우의 얘기를 견디고 있다는 것을, 아니, 그 얘기를 중단시키지 않으려 침착하게 자제하고 있다는 것을 알았다. 나는 되도록 무심하게 들리도록 대답했다.

"들은 것 같아요."

도우가 힐끗 내 쪽을 보며 말했다.

"그땐 서로 자주 만나지는 않았나 봐요."

"자주는 아니었어요."

나는 도우의 얘기가 여기서 끝나기를 바랐다. 나중에 어머니 없을 때 해도 될 얘기였고, 사실 하지 않아도 아무 상관이 없는 얘기였다. 창 쪽으로 시선을 돌리고 손부채질을 하는데 도우가 얘기를 이어갔다.

"그때 형이 답사여행 왔을 때 담당 조교가 렌트카 예약을 못 했대요. 그래서 형이 여기 출신이니까 형한테 부탁을 했었나 봐요. 어떻게 차 좀 알아봐달라고요. 근데 형이 빌린 버스가 하필 시외버스였대요. 사흘 내내 시외버스 타고 돌아다니는데 형이 너무 재미있었다고 하더라고요."

나는 도우를 보았다. 형이, 형이, 하고 말하는 그의 표정은 밝고 천진했다. 티셔츠의 목 가장자리는 푹 젖어 있었고, 그 위로 솟구친 목은 비 맞은 느티나무처럼 축축하고 우람했다. 나는 마지못해 물었다.

"버스 운전은 누가 하고요?"

"운전이요?"

"네."

"운전이야 버스 기사가 했겠죠."

"아."

도우가 못마땅한 듯 나를 내려다보았다. 뭔가 더 얘기를 하고 싶은데 내 맞장구가 부적절해 불만인 눈치였다. 마침내 도우가 참지 못하고 수수께끼의 답을 일러주는 김빠진 목소리로 말했다.

"재미있었던 게 뭐냐 하면요, 사흘 내내 버스 타고 다니는데 사람들이 막 태워달라고 손 흔들고 그래서."

그 말에 나는 발작을 하듯 웃음을 터뜨렸다. 웃음이 그칠 만하면 버스 차창 밖으로 차를 태워달라고 손 흔드는 사람들의 모습이 보이는 것 같아 다시 웃음이 터졌다.

"나도 그 얘기 듣고 한참 웃었어요."

도우가 흡족하게 말했다.

"아, 어떡해? 좀 태워주지."

이렇게 말하는데 다시 웃음이 터졌다. 이렇게 오랫동안 열렬하게 웃는 게 아주 오랜만인 것 같았다.

"명이 넌 그 얘기가 그렇게나 재미있니?"

뒷자리에서 어머니가 이렇게 물었을 때에야 나는 웃음을 뚝 그쳤다.

"네. 재밌네요."

차 안에 일순 정적이 감돌았다. 차는 뜨겁게 달궈진 도로를 차분하게 달리고 있었다.

"내가 더 재밌는 얘기 해줄까?"

"네?"

나는 뒤를 돌아보았다. 어머니가 부채를 살랑살랑 부치며 매혹적으로 웃고 있었다.

"무슨 얘기?"

도우가 물었다.

"그 버스 있잖니."

"엄마도 알아?"

"아니, 사람들이 막 태워달랬단 얘긴 못 들었고."

그 대목에서 나는 또 웃음이 터졌다.

"명이 재를 어쩌니? 버스만 태워달랬다면 웃네. 근데 난 다른 얘길 알고 있지."

"뭔데, 엄마?"

"사실 그 시외버스, 아버지가 빌려다 준 거란다."

"어? 그런 얘기 처음 듣는데?"

"네 형이 오죽 급하면 아버지한테 와서 차 좀 빌릴 수 없겠냐고 부탁을 했단다. 아버지가 알아보니까 마침 그때가 중국인 단체관광이 몰리는 시즌이어서 관광버스가 다 동이 났더래. 그래서 구 사장이라고, 아버지 중학교 동창이 있어요. 버스 회사 하는 양반인데, 그 양반한테 무조건 버스 한 대랑 기사 하나 내놓으라고 윽박질러서 겨우 구해왔잖니?"

"아, 그런 일이 있었구나. 난 형이 알아서 빌린 줄 알았지."

"근데……"

끝내 가보지 못한 비자나무 숲

어머니가 웃기 시작했다.

"뭔데요, 어머니?"

"아니, 자꾸 웃음이 나네."

나도 자꾸 웃음이 났다.

"그래서요, 어머니?"

어머니는 얘기를 시작하려다 또 웃었다.

"아, 엄마, 얘길 해야지 혼자 웃으면 어떡해?"

"근데 네 형은, 아버지가 일부러 자기 골탕 먹이려고 그런 버스 빌려왔다고…… 구 사장이 좀 낡고 더러운 시외버스를 내줬던가 봐. 형이 삐져서는, 이런 버스로 교수님들 모시고 창피하게 어떻게 다니느냐고."

도우가 핸들을 두드리면서 웃었다. 나도 웃었고 어머니도 웃었다. 점점이 깃털처럼 흩어진 구름 사이로 햇살이 분말처럼 반짝였다.

5

"그럼 이제 비자림 쪽으로 힘차게 달려보겠습니다."

도우가 자세를 바로잡고 운전대에 두 손을 얹으며 말했다.

더운 한낮이라 도로엔 차들이 없었다. 차는 바닥에 착 붙은 채 빠른 속도로 달렸다. 어느새 실내는 더운 기운이 가시고 시원해졌다. 뒷자리의 어머니는 부채를 쥔 채 졸고 있었다. 나는 비자나무가 어떻게 생겼는지 본 적이 없었다. 도우가 가끔 내 쪽을 힐끔거리는 게 느껴졌지만 나는 멍하니 앞쪽만 응시하고 있었다. 급히 마신 낮술이 어딘가에 똬리를 틀고 있다가 실뱀처럼 스멀스멀 기어 올라오는 게 느껴졌다. 양은판처럼 쭉 뻗은 은회색 도로는 끝이 물렁하게 구부러져 다음 풍경을 감추고 있었다. 그곳에 비자나무 숲이 있을 터였다.

  눈이 감겼다. 나도 모르는 사이에 잠깐 잠이 들었던 것 같았다. 나는 차가 왼쪽으로 급격하게 회전하면서 거대하고 단단한 물체에 충돌한 듯한 격심한 충격 때문에 깨어났다. 또 환각일 터였다. 안전벨트가 찢길 듯 팽팽해지는가 싶더니 내 몸이 그 안에서 사방에 부딪혀 깨진 달걀처럼 곤죽이 되는 느낌이었다. 귓속으로 용암처럼 뜨거운 용액이 세차게 쏟아져 들어왔다. 마침내 용액은 천천히 식어 젤리처럼 부드럽고 미끈해졌다. 이명이 잦아들었는지 차 안은 무덤처럼 고요했다. 불현듯 나는 어머니가 대관절 무슨 꿈을 꾸었다는 건지 궁금해졌다. 눈을 뜨고 손가락 끝에 힘을 주려고 했지만 신경의 회로가 끊어진 것처럼 감각이 전달되지 않았다.

  하지만 나는 걱정하지 않았다. 언젠가는 눈을 뜨게 될 것이고 숨을 쉬게 될 것이고 그때쯤이면 비자나무 숲 한가운데에 있을 것이다. 가을 저녁처럼 어둑하고 선선한 그 숲에서 나는 도우와 함께 어머니의 꿈 얘기를 들을 것이다. 그런데 그렇다면…… 대체 정우는 어디로 간 것일까 생각하는 순간 눈물이 흘렀다. 환각이 끝나려는 모양이었다. 환각의 종료를 알리는 뾰족한 별 모양의 현기증이 빅뱅처럼 끝없이 거대해지며 순수한 빛으로 머릿속을 가득 채웠다.

길모퉁이

1

 예나의 출입문은 길모퉁이의 꼭짓점에 있고 출입문 양쪽으로 뻗어나간 직각의 측면은 전면 유리로 되어 있다. 주택가로 통하는 오른편 유리에는 '올림머리' '신부화장'이라는 글자가 세로 두 줄로, 그 밑에 '예약'이란 글자가 가로로 코팅되어 있다. 전철역으로 통하는 왼편 유리에는 '녹은 머리' '탄 머리'가 세로 두 줄로, 그 밑에 '재생'이 가로로 되어 있다.
 오전의 따가운 햇살이 코팅된 글자들 사이로 어른어른 쏟아져 들어왔다. 나는 살구색 블라인드를 한 단 더 내리고 돌아왔다. 커트 손님은 자줏빛 의자에 얌전히 앉아 거울을 응시하고 있었다. 나이는 서른대여섯쯤, 미모는 아니지만 두상은 괜찮은 편이다. 나는 여자의 뒷목과 셔츠 사이에 얇은 수건을 끼우고 널찍한 회색 커팅 보를 둘렀다.

"어떻게 잘라드릴까요?"

여자가 소녀처럼 작고 여린 목소리로 대답했다.

"길이만 다듬어주세요. 적당히."

고생을 안 한 여자 같다. 규칙적으로 헤어를 관리하고 취향은 까다롭지 않고 직업은 없다. 이런 여자에겐 무엇을 팔 수 있을까. 의외로 만만치 않을 것이다. 나는 의자의 레버를 눌러 높이를 맞추고 여자의 머리에 조심스럽게 물을 분무했다.

거울을 통해 대기실에 앉아 있던 늙은 여자가 벌떡 일어나는 게 보였다.

"얼마나 더 기다려야 돼? 마담은 언제 나와?"

체구는 작지만 목소리가 걸걸했다. 장사를 하는 여자 같다. 저렇게 바늘 끝도 안 들어갈 것 같은 사람일수록 잘만 파고들면 물건을 왕창 떠안길 수 있다. 나는 여자의 젖은 머리칼을 집게로 올리고 가위를 잡았다. 내가 왜 아직도 이런 쓸데없는 생각을 하는지 알 수 없었다.

"순서대로 해드리니깐요, 잠깐만 기다리세요. 선생님은 잠깐 뒤에 도착하실 거예요."

펌 준비를 하던 막내가 늙은 손님에게 대답했다.

사장은 막내에게 자기를 사장님이라고 부르지 말고 선생님이라고 부르라고 했다. 가르쳐주는 사람은 다 선생님이라고 했다. 내겐 차마 그런 낯간지러운 소리는 하지 못했다. 자기가 내게 가르쳐줄 게 없다는 걸 아는 것이다. 사장이 도착할 잠깐 뒤가 언제일지, 예나에 들어온 지 열흘도 안 된 막내는 모를 것이다.

아침이라 손의 부기가 덜 빠져 가위질에 힘이 들어갔다. 거울을 통해 늙은 여자들이 대기실에 앉아 커피를 타 먹고 수다를 떠는 광경이 눈에 들어왔다. 오전 11시까지 오면 30프로를 깎아주는 '모닝 펌 세일' 기간이라 대기 손님이 많았다.

늙은이들이 조용하다거나 기운이 없어 펌을 하는 동안 잠이나 잘 거라는 생각은 착각이다. 얼마나 부지런하면 문도 열기 전에 미리 와 기다리고 있을까. 30프로 세일 모닝 펌을 하러 오는 손님들 중 절반이 쉴 새 없이 고개를 움직이고 몸을 꼼지락거리고 끝없이 불평과 요구를 쏟아내는 부산한 늙은이들이었다. 하지만 가장 괴로운 경우는, 가위질이 한 번 지나갈 때마다, 롯드 하나를 말 때마다 고양이의 눈으로 뚫어져라 거울을 노려보며 점점 의혹과 공포에 질려가는 말 없는 여자들이었다. 그들은 대개 음울하고 머리숱이 적고 못생긴 중년들이었다. 불행히도 나머지 절반이 또 그러했다. 세일 손님 중 반은 기다리다 제풀에 지쳐 나가떨어질 테지만 나머지 반만 처리하는 데도 오후 2시는 넘어야 할 것이다.

나는 기계적으로 가위질을 했다. 옆머리를 다듬을 때 여자가 눈을 감았다. 머리를 할 때 움직이지 않는 손님, 게다가 눈까지 감아주는 손님은 최상이었다. 그러면 왠지 마음이 편해지고 커팅이 수월해졌다. 왼쪽과 오른쪽 길이를 맞추고 앞머리를 자른 후 틴닝 가위로 바꿔 잡는데 문득 사장이 오늘 안 나올지도 모른다는 불길한 예감이 들었다. 오늘은 모닝 펌 세일 마지막 날이고 내일은 예나가 한 달에 한 번 쉬는 휴무일이다. 놀기 좋아하는 사장이 이틀의 휴가를 놓칠 리가 없다.

 간간이 들어오는 커트 손님과 모닝 펌 무리를 다 해치웠을 때는 오후 4시가 다 되어서였다. 사장은 11시 반쯤 전화해서 지방 세미나에 참가해야 해서 못 온다며 큰 선심이라도 쓰듯 바쁠 텐데 이만 끊겠다고 했다. 누구 때문에 바쁜지는 전혀 알고 싶지 않은 모양이었다.
 내가 마지막 여자의 펌 머리를 말리는 동안 막내가 나가서 떡볶이와 순대를 사왔다. 너무 배가 고파 구역질이 날 지경이었다. 세면실 옆에 딸린 창고 같은 방에서 막내는 오뎅 국물을, 나는 맥주를 마시며 허겁지겁 떡볶이와 순대를 먹었다. 한때 나는 온갖 비품과 잡동사니가 쌓인 이 창고 같은 방에서 밤이면 더욱 섬뜩해지는 세 개의 마네킹 가발본과 함께 지냈다. 생각해보니 예나에서 일한 지도 1년이 가까워오고 있었다.
 휴대폰이 울렸다. 사장인가 싶어 받으려다 모르는 번호라 받지 않았다. 문자가 들어오는 소리가 들리고 다시 벨소리가 울렸다. 같은 번호였다. 다시 문자가 들어왔다. 나는 문자를 확인했다.

'나 상미야. 전화 받아.'

'받으라고. 빨리.'

세번째 벨이 울렸을 때 나는 대기실로 나와 전화를 받았다. 정말 상미였다. 3년 만이었다. 녹은 머리 탄 머리 재생. 나는 거꾸로 된 글자들을 하나씩 돌려 읽으며 말없이 휴대폰을 들고 서 있었다. 거꾸로 읽어서인지 녹거나 탄 머리카락이 아니라, 그렇게 된 머리통이 떠올랐다. 그런 머리통도 재생이 될까. 상미는 빚쟁이처럼 죽어도 오늘 나를 만나야겠다고 말했다. 밤 10시가 넘어야 일이 끝난다고 했는데도 한사코 9시쯤에 이 근처에 와서 전화를 하겠다고 했다. 어디 가지 말고 꼭 있어라 응, 하고 상미는 이를 악무는 소리를 내더니 전화를 끊었다. 내가 무슨 도망이라도 칠 듯이. 창고 방으로 돌아와 포크를 집는데 손이 떨렸다. 순대가 식으면서 동전 크기의 가장자리에 살얼음처럼 얇고 투명한 기름이 굳어 있었다.

오후부터 흐려지더니 저녁이 되면서 빗방울이 떨어지기 시작했다. 비가 조금씩 거세질수록 손님은 점점 뜸해졌다. 비 오는 밤에 커트나 펌을 하고 싶은 여자는 별로 없을 것이다. 막내는 마네킹에 가발본을 씌우고 펌을 마는 연습을 하고 있었다. 나는 머그컵에 맥주를 따라 마시며 비가 내리는 밤거리를 내다보았다. 집으로 돌아가는 사람들의 우산이 녹은 머리탄 머리 쪽 유리에서 출입문을 지나 올림머리 신부화장 쪽 유리로 흘러갔다.

"언니! 여기 앞머리 만 거 좀 봐주세요."
막내가 말했다.

"나는 왜 언니야? 나도 너 가르쳐주는데."
"아앗, 그럼 선생님이라고 할까요?"
버릇인지 아직 어린 탓인지 막내는 종종 심하게 놀라는 척을 했다.

"됐어."
막내가 웃었다.

"언니는 젊잖아요?"

머그컵을 내려놓고 일어서는데 휴대폰이 울렸다. 거울에 비친 둥근 시계가 3시 5분인 걸 보니 9시 5분 전이었다. 나는 점점 거꾸로 된 것에 더 익숙해지고 있었다. 상미는 내가 있는 곳으로 찾아오겠다고 했다. 처음 전화를 받았을 때도 느꼈지만 자기가 바라는 대로 해주지 않으면 재미없을 거라는 모종의 위협이 느껴졌다. 아마 10초나 20초쯤, 아니면 30초쯤 흘렀을 것이다. 나는 예나의 위치를 설명하고 전화를 끊었다. 3년 전에 좋지 못한 사건으로 오해가 생겨 만남이 끊겼던 터였으므로 나는 그녀의 방문이 달갑지 않았다. 피할 수도 있었지만 왠지 그러고 싶지도 않았다. 오랜만에 상미를 보고 싶은 마음도 있었고, 그녀가 내 휴대폰 번호를 어떻게 알았는지 궁금한 마음도 있었다. 그리고 은찬의 소식도. 나는 머그컵에 남아 있는 맥주를 마시고 막내의 컬을 봐주고 세면실에서 가글을 했다.

"오랜만이다!"
상미는 입구에 놓인 우산꽂이에 우산을 꽂으며 말했다.
"그래. 오랜만이다."
상미는 여전히 예뻤지만 3년 전보다는 조금 살이 찐 것 같았다.
"내가 니 번호 알아내느라고 얼마나 고생했는지 아니?"
그러게 도대체 어떻게 알아냈느냐는 물음을 나는 애써 삼켰다.
"미안해. 상황이 안 좋았어."
"그랬겠지."
"안 그래도 자리 잡히면 연락하려고 했어."
상미가 대기실 의자에 앉아 탁자에 놓인 부채를 집으며 말했다.
"개소리!"
어쩌면 그럴지도 몰랐다. 막내가 생글생글 웃으며 대기실로 나와 상미에게 인사를 했다.
"안녕하세요?"
상미가 막내에게 고개를 까딱했다.

"전 예나의 헤어 디자이너 박미애라고 합니다."
어이가 없었다. 커트도 못하고 뒤통수 펌도 겨우 마는 주제에 헤어 디자이너라니. 지방 세미나 운운하는 사장의 뻥 못지않았다. 나쁜 건 참 빨리도 배운다. 나는 비닐 앞치마를 벗으며 말했다.
"미애 씨, 나 좀 나갔다 올게."
"네. 다녀오세요."
"왜? 여기 좋은데. 밖엔 비도 오고."
상미가 천천히 부채질을 하며 막내에게 말했다.
"커피 좀 부탁해도 될까요?"
"아앗, 그럼요. 잠깐만 기다리세요. 더우시면 시원한 냉커피 타 드릴까요?"
"좋지."
상미가 대뜸 말을 놓았다.
"그럼 냉커피 두 잔 탈까요?"
막내가 내게 물었다.
"아니, 난 됐어."
막내가 싹싹하게 네, 알겠습니다, 하고 들어갔다. 상미는 말없이 부채질을 하고 있었지만 나는 그녀가 미용실 구석구석을 살피고 있다는 걸 알았다. 그녀도 한때 미용사였으니 관심이 있는 게 당연했다. 막내가 냉커피를 가져왔다.
"고마워, 미애 씨."

내 말에 막내가 잠시 쭈뼛거리더니 내게 말했다.

"선생님, 제 앞머리 컬링 디자인 좀 봐주세요."

갑자기 웬 선생님인가 싶어 쳐다보자 막내가 히쭉 웃으며 내 팔을 살며시 건드리더니 상미에게 말했다.

"우리 사장님이 그러세요. 사장님 하고 부르지 말고 선생님 하고 부르라고. 가르쳐주는 사람은 다 선생님이라고."

그건 그렇지만, 지금 그런 얘길 상미 앞에서 왜 하는지 알 수 없었다. 아까 장난친 것 때문에 그런가 싶어 나는 막내를 나무라듯 노려보며 자리에서 일어났다.

"그럼 잠시만, 상미야."

막내가 상미에게 꾸벅 인사를 했다.

"말씀 나누시는데 진짜 죄송해요. 그 대신에요, 선생님."

막내가 나를 보며 공손하게 말했다.

"손님도 오셨는데 제 컬링 잠깐 봐주시고 선생님은 그만 들어가세요. 마무리는 제가 잘하고 들어갈게요."

상미가 턱을 살짝 치켜들고 나와 막내를 빤히 쳐다보고 있었다. 생각보다 막내가 훨씬 더 영악한 아이라는 생각이 들었다.

2

비는 계속 내렸다. 나는 막내에게 정리 잘하고 내일 휴무라고 꼭 써 붙여놓으라고 당부하고 예나를 나왔다. 상미는 내일 쉰다니 오늘 밤은 자기가 풀코스로 쏘겠다며 이 동네에서 가장 맛있는 치킨과 맥주를 파는 집으로 안내하라고 말했다. 의외의 선심이었다. 나는 가장 맛있는지는 모르겠지만 가장 널찍한 호프집으로 상미를 데려갔다.

  우리는 차일을 친 야외 테이블에 마주 앉아 비를 바라보며 치킨을 먹고 맥주를 마셨다. 상미는 내가 일하고 있는 미용실에 대해 이것저것 물었다. 하루에 손님이 얼마나 드는지, 매상은 얼마고 순익은 얼마인지. 나는 하루에 손님이 적을 땐 30명에서 많을 땐 50명 정도 들고, 매상은 50에서 7, 80 사이라고 대답했다. 순익에 대해서 사장이 내게 말해준 바는 없지만 나는 어림짐작으로 한 달에 7, 8백가량은 될 거라고 말했다.

  "변두리치고는 짭짤하네."
상미가 말했다.
  "그런 편이지."
나는 고개를 끄덕였다. 3년 만에 만난 친구들의 첫 대화치고는 좀 한심했지만 상미의 기분이 그다지 나쁜 것 같지 않아 다행이었다. 예나에 대한 호기심이 충족되자 상미는 이번엔 건강에 대한 얘기, 특히 발바닥에 모든 피로물질이 쌓여 있다는 얘기를 했다. 나는 말없이 그녀의 얘기를 들었다. 미용사처럼 서서 일하는 직업의 경우에는 직접 귀에 들리지는 않아도 발바닥이 온종일 비명을 지르고 있는 거나 다름없다고 했다.

"우리가 가진 게 뭐가 있니? 뭐니 뭐니 해도 건강을 챙겨야지. 안 그래?"

"그렇지."

나는 고개를 끄덕였다. 이제 너는 발바닥이 비명을 지르지 않는 일을 하느냐고 물으려다 말았다. 상미는 배가 부르다며 맥주 대신 소주를 시키자고 했고 나는 역시 고개를 끄덕였다.

1차에서 상미는 끝내 은찬의 얘기를 꺼내지 않았다. 어쩌면 3년 전에 그 일이 있은 직후 상미는 곧바로 은찬과 헤어졌을 수도 있다. 물론 그 일이나 은찬에 대해서 나도 할 말이 없는 건 아니지만 내가 가장 궁금한 건 상미가 어떻게 내 휴대폰 번호를 알았는가 하는 것이었다. 하지만 나는 묻지 않았다. 상미는 오늘 밤 아무 생각 없이 즐기고 싶은 것 같았고 나도 그러기로 했다. 우리가 고등학교 때부터 얼마나 친한 사이였는지, 그 후로 얼마나 많은 시간을 함께 보냈는지, 얼마나 많은 고민과 위로를 나누었는지 아무도 모를 것이다. 오늘 밤만은 모든 걸 잊고 그때로 돌아가고 싶었다.

2차는 포장마차로 갔다. 상미는 술에 취하자 계속 나를 툭툭 치며 너무 좋아, 너무 좋아, 하는 말을 되풀이했다. 뭐가? 하고 물으면 그냥, 좋아, 했다. 눈이 풀려서인지 그렇게 말하는 상미의 얼굴이 늙고 슬퍼 보였다. 우리는 포장마차에서도 계속 소주를 마셨다. 예전에 서로의 머리를 커트하고 펌 해주던 애기를 하면서는 한참을 웃었다. 상미는 정말 손재주가 없어서 나는 한동안 칼 쓰고 옥에 갇힌 춘향의 머리 스타일을 하고 다녀야 했다.

3차는 노래방으로 갔다. 비가 와서인지 룸에서 눅눅한 냄새가 났다. 잠시 후에 맥주와 양주를 가지고 두 남자가 들어왔다. 상미가 남자 도우미를 불렀다고 했다. 내가 뭔가 불만을 애기하려 하자 상미는 내 어깨를 자기 쪽으로 끌어당기더니 귀에 대고 소리치듯 말했다.

"심각하게 생각하지 마. 그냥 잠깐 데리고 놀자고."
남자들이 그 말을 들었을 것 같아 나는 기분이 개운하지 않았다.

둘 중 한쪽은 금가루가 반짝이는 검은 셔츠에 검은 바지를 입었고 다른 한쪽은 흰 그물무늬 셔츠에 흰 바지를 입고 있었다. 흰 그물무늬 남자가 더 젊고 잘생겼는데 그가 상미의 파트너가 되었다. 내 파트너인 검은 옷의 남자는 예의가 발랐고 맥주를 많이 마셨다. 상미와 흰옷의 파트너는 사랑에 빠진 연인들처럼 노래책에 고개를 박고 노래를 골랐다. 남자가 재빨리 선곡 버튼을 누르면 그들은 함께 나가 어깨와 허리에 팔을 두르거나 마주 보고 몸을 밀착시킨 채 노래를 불렀다. 내 파트너와 나는 맥주를 마시며 탬버린을 흔들거나 박수를 쳤다. 내 파트너가 갑자기 생각난 듯 내게 무슨 노래를 좋아하는지, 블루스를 추고 싶지 않은지 물었다. 나는 좋아하는 노래는 특별히 없고 지금은 춤을 추고 싶지 않다고 대답했다. 남자가 알았다는 듯 두 손을 들어 올렸다. 셔츠에서 묻었는지 손바닥에서 금가루가 반짝였다.

어느 순간부터 상미는 노래는 부르지 않고 양주만 들이붓듯 마셨다. 남자 둘은 노래방 스크린을 사이에 두고 좌우에 흑백의 봉처럼 마주 서서 메들리로 노래를 불렀다. 머리 위로는 음산한 혹성 같은 미러볼이 돌고 있었고 탁자 위에는 맥주병과 양주병, 술잔, 담배와 재떨이, 두꺼운 회계장부 같은 노래책이 놓여 있었다.

만취한 상미가 외쳤다.

"노래 부르지 마! 당장 노래 꺼!"

남자 둘이 즉시 노래를 끄고 얌전한 소년들처럼 자리로 돌아왔다. 흰옷은 상미 옆에, 검은 옷은 내 옆에 앉았다. 상미가 남자들 쪽으로 몸을 틀고 손가락으로는 나를 가리키며 말했다.

"니들, 애 이러고 다닌다고 우습게 보지 마. 그랬다간 큰일 난다. 여기 있는 이 친구, 무섭게 돈 많이 버는 사장님이다."

"아, 그러세요? 영광입니다. 한잔 받으세요."

내 파트너가 내 잔에 맥주를 따랐다. 상미 옆에 앉은 흰옷의 남자가 히죽 웃었다.

"너 웃었어 지금? 내 말이 우습냐? 죽어볼래? 너 내 말 안 믿지? 어떻게 해주까? 이 자식들을 내가 진짜 어떻게 해줘야 하는 거니?"

나는 고래고래 소리를 질러대는 상미를 데리고 노래방을 나왔다. 화장실에서 상미는 오래 토했다. 나는 멍하니 거울을 바라보았다. 커트를 하거나 펌을 말아야 할 누군가의 얼굴이 아니라 오롯이 내 얼굴만 들여다보는 일이 참 오랜만이라는 생각이 들었다. 막내 말대로 나는 과연 젊은가. 그렇다면 3년 전에 우리는 얼마나 더 젊었던가.

화장실 문이 살짝 열려 있어 계단에 서 있는 검은 옷의 남자 상체가 얇고 길쭉하게 거울에 비쳤다. 나는 자동적으로 남자의 자세를 거꾸로 돌려세웠다. 그는 뭔가 기다리는 자세로 담배에 불을 붙이고 있었다.

"모르겠고!"

상대편의 모습은 보이지 않았지만 흰옷의 목소리였다.

"난 형이 무슨 말 하는지 하나도 모르겠고! 근데 형, 나한테 이러면 안 되지, 진짜!"

검은 옷의 남자가 말없이 연기를 내뿜었다.

문득 오래전 은찬의 얼굴이 떠올랐다. 이마가 넓고 머리숱이 적어 나이 들어 보이지만 눈이 착하고 코가 곧아 순한 염소 같은 인상을 풍기던 친구였다. 그는 주방 인테리어 회사에 다녔다. 그가 한밤중에 회사 로고가 찍힌 탑차를 몰고 와 밤바다를 보러 가자고 했을 때 우리는 얼마나 소리를 지르며 기뻐했던가. 비록 상미의 남자친구였지만 은찬은 내게도 든든한 친구가 되어주었다. 상미가 변기의 물을 내리는 소리가 들렸다. 상미는 내게 왜 은찬의 얘기를 하지 않을까. 둘은 정말 헤어졌을까. 그는 지금 어떻게 되었을까. 왠지 모르겠지만 은찬도 검은 옷의 남자처럼 가발을 뒤집어쓰고 금가루가 떨어지는 싸구려 셔츠를 입고 이런 일을 하고 있을지 모른다는 생각이 들었다. 그런데 상미는 어떻게 내 휴대폰 번호를 알았을까. 은찬도 알까. 아마 나는 묻지 못할 것이다.

3

노래방에서 계산을 마치고 나와 한잔 더 할 수 있다고 우기는 상미를 강제로 택시에 태워 보낸 후 나는 한참을 걸었다. 비는 그쳤지만 온통 잿빛으로 흐린 새벽이었다. 주택가 골목 꼭대기까지 올라갔다 여러 번 길모퉁이를 돌아 내려왔다. 취중에도 뒤따라오는 사람이 없는지 확인하는 걸 잊지 않았다. 몸이 지칠 때까지 돌아다니다 고시원으로 돌아왔다. 다행히 골목 입구에는 아무도 없었다.

방에 들어와 옷도 벗지 않고 곧바로 잠들었다. 꿈속에서 예나 사장이 흰옷의 남자와 검은 옷의 남자 머리를 번갈아 커트해주고 있었다. 갑자기 검은 옷의 남자가 벌떡 일어나더니 금가루가 번쩍이는 검은 장갑을 낀 손으로 사장의 목을 조르기 시작했다. 흰옷의 남자는 어느새 버르적거리는 사장의 두 다리를 붙들고 앉아 랩을 하듯 중얼거렸다. 당신이 나한테 이러면 안 되지. 안 되지. 목이 꾹꾹 졸릴 때마다 꽉 끼는 자줏빛 원피스를 입은 사장의 아랫배가 풍선처럼 방방 부풀어 올랐다. 젊은 남자들에게 커트를 해줄 때 가끔 그들의 몸에 슬쩍슬쩍 밀착시키곤 하던 그 역겨운 똥배였다. 당신이 나한테 이러면 안 되지. 이러면 안 되지. 안 되지……

오전 내내 숙취에 시달리다 느지막이 일어나 포트에 물을 끓여 컵라면으로 해장을 하고 미지근한 생수를 마셨다. 책상 밑에 작은 냉장고라도 들여놓고 싶다는 사치스러운 욕망이 부글부글 끓어오르다 거품처럼 사그라졌다. 양변기와 세면대가 딸린 원룸으로 옮기려던 희망도 깨끗이 접은 지 오래였다. 예나의 창고 방에서 벗어난 것으로 충분했다. 욕심은 부리다 보면 끝이 없었다. 결국은 모두 한순간에 잃고 말 것들이었다.

오후에는 씻고 로맨틱한 영화나 한 편 보러 나갈까 싶었지만 공동욕실이 비기를 기다리는 동안 다시 잠들고 말았다. 일어나 보니 5시가 넘었다. 아무것도 한 게 없는데 한 달에 하루 쉬는 금쪽같은 휴일이 다 지나가버린 것이다. 사람들이 퇴근을 하기 전에 서둘러 세탁실 세탁기에 빨래를 집어넣고 공동욕실에서 샤워를 했다. 샤워를 마치고 주방에서 오이를 씻고 계란 두 개를 풀어 계란말이를 부치고 즉석밥을 돌려 방으로 가져왔다. 계란말이의 반은 남겨두고 반은 밥에 간장을 넣고 비벼 오이와 먹었다. 설거지할 것은 없었다. 세탁실에서 탈수가 끝난 빨래를 가져와 방을 가로질러 대각선으로 빨랫줄을 치고 빨래를 빈틈없이 널었다. 손바닥 크기의 선풍기를 돌리고 나자 갑자기 무엇을 해야 할지 알 수 없었다.

나는 침대에 누워 빨랫줄 사이로 드러난 좁고 기다란 직삼각형의 천장을 바라보았다. 저녁이 되어도 후덥지근했다. 방문이 열렸다 닫히는 소리가 들리고 창문으로 옅은 담배연기가 들어왔다. 바깥에서 남자애들이 걸걸한 변성기의 목소리로 욕을 내뱉는 소리와 오토바이가 커브를 도는 소리들이 들려왔다. 뭔가 짜디짠 음식을 조리는 냄새도 났다. 아무것도 하지 않고 시간을 견디다 보면 시간은 물처럼 흐르지도 않고 똑딱똑딱 가지도 않는다는 걸 느끼게 된다. 시간은 계단을 오르는 절름발이처럼 비틀거리거나 고꾸라지고 롯드에서 막 풀어놓은 펌 머리카락처럼 꼬불꼬불하고 미끄덩거리기도 한다. 그나저나 상미는 어떻게 내 휴대폰 번호를 알았을까. 내 휴대폰은 예나 사장의 이름으로 개통된 것이었다. 혹시 벼룩시장이나 부동산에 내 이름과 폰 번호를 남긴 적이 있었던가. 사장 대신 대금을 결제할 때 나도 모르게 본명을 적었나. 나는 거의 없다시피 한 가능성까지 낱낱이 따져보았지만 도무지 알 수가 없었다. 은행에도 동사무소에도 인터넷에도 내 흔적은 사라진 지 오래였다.

나는 자리에서 일어나 지갑을 꺼내 돈을 세었다. 지난 1년 동안 예나에서 번 돈을 꼬박꼬박 모아두었지만 액수는 많지 않았다. 급료는 주급으로 받으니 그나마 다행이었지만, 방세를 낸 지가 일주일밖에 안 됐다는 게 마음이 아팠다. 나는 가방에 짐을 꾸렸다. 만약이라는 것을 우습게 알았다가 어떤 꼴을 당하는지 나는 지난 3년 동안 사무치게 깨우쳤다. 짐이라야 노트북과 옷과 신발을 빼면 수건 양말 세면도구 등 자잘한 잡동사니뿐이었지만, 새로 꾸리다 보면 슬리퍼 하나, 얇은 책 한 권이라도 조금씩 늘어나 있곤 했다.

퇴근한 사람들이 복도를 왔다 갔다 하는 소리, 휴게실에 설치된 텔레비전 소리, 주방에서 그릇들이 부딪치는 소리, 세탁기 돌아가는 소리, 까따 어쩌고 하는 외국인의 말소리 등이 들려왔다. 나는 두어 시간쯤 소리 내어 책을 읽었다. 고시원에서 그럴 수 있는 시간은 이렇게 소란스러운 저녁 시간뿐이었다. 사람들과 오래 대화할 일이 없는 나는 일부러 소리 내어 책을 읽는 습관을 들였다. 그러다 어느새 그렇게 읽는 방식을 좋아하게 되었다. 내 목소리와 책 내용에 집중하면서 천천히, 밖이 시끄러울 때면 조금 큰 소리로 읽고 밖이 조용해지면 속삭이듯 작게 읽었다.

슈퍼마켓이 문을 닫기 직전에 나가 소주를 사 왔다. 남겨둔 계란말이와 손가락 소시지를 안주로 소주를 마셨다. 평일이라 자정이 넘자 고시원은 조용해졌다. 때로 한밤중에 소란이 벌어지기도 하는데 그럴 때면 나는 화가 나기보다 누군가와 얘기하듯 책을 읽을 수 있어 기뻤다. 아무래도 오늘은 틀렸다. 나는 새벽 2시쯤 침대에 누웠다. 알딸딸하게 취기가 올라왔다.

　난 언제나 잠들기 전에 새로운 곳에서 새로운 삶을 시작하는 상상을 하곤 했다. 아무도 모르는 낯선 지방에서 지금까지와는 전혀 다른 삶을 사는 상상이 주는 매혹은 강렬했다. 나는 간단한 짐만 들고 기차역이 있는 소도시나 시외버스 터미널이 있는 시골 읍내 같은 곳에 도착한다. 무뚝뚝하지만 친절한 사람들이 내게 잠자리를 제공하고 일자리를 준다. 나는 어디에서 왔는지, 어디로 갈지 모르는 신비한 여인으로 살아간다. 성실하고 듬직한 공무원도 만나고 우수에 찬 예술가도 만날 것이다. 어쩌면 재산이 많은 중년 남자의 구애를 받을지도 모르고 반항심과 울분으로 가득 찬 청년의 마음을 사로잡을 수도 있다. 그러다 어느 날 나는 간단히 짐만 챙겨 그곳을 떠날 것이다. 무성한 소문과 아련한 상처와 한 다발의 추억만 남긴 채 홀연히.

　초콜릿처럼 달콤한 소설을 소리 내어 읽고 싶은 욕망이 치솟았다. 잠들지 못하고 오래 뒤척이다 목이 말라 자리에서 일어났다. 주방에 나가 냉장고를 열어보았지만 음료수도 생수도 없었다. 텅 빈 주방에 이방의 향신료 냄새만 떠돌고 있었다. 나는 수돗물을 오래 틀어 차갑게 해서 한 컵 마셨다. 방에 돌아와 침대에 눕는데 휴대폰 진동음이 울렸다. 사장도, 상미도 아니었다. 나는 한참 동안 끊어지지 않고 진저리치듯 진동하는 휴대폰 속의 낯선 번호를 들여다보았다. 새벽 4시가 넘은 시간이었다.

4

나는 막내에게 전화해서 좀 늦겠다고 말했다.
"별일 없지?"
"네? 무슨 별일요?"
막내 말로는, 선생님은 정시에 나오셨고 손님은 별로 많지 않다고 했다.

나는 30분가량 예나 헤어샵 주변을 천천히 돌았다. 수상한 사람들이 없는지 확인하고서야 길모퉁이의 출입문을 열고 들어설 수 있었다. 모닝 펌 세일이 끝난 예나의 오전은 한산했다. 여섯 개의 자줏빛 의자에는 아이론 펌을 위해 랩을 쓰고 앉아 잡지를 보는 젊은 여자와 펌을 만 늙은 여자, 둘 뿐이었다. 늙은 여자의 뒤통수 아랫머리를 말던 막내가 고개를 꾸벅했다. 카운터에 앉아 있던 사장이 싱긋 웃었다. 이틀 전에 안 나온 것에 대한 사과와 지각에 대한 용서였다. 씁쓸하고 시큼하게 코끝을 감도는 펌 약 냄새 사이로 아이론이 달구어지는 구수한 쇠 냄새가 섞여들었다. 살구색 블라인드가 길게 드리운 실내는 더없이 아늑하고 평온해 보였다. 작게 틀어놓은 라디오에서 이소라의 노래가 흘러나왔다. 머리를 자르고 돌아오는 길에 내내 글썽이던 눈물을 쏟는다……

나는 비닐 앞치마를 입고 장갑에 훅 바람을 불어넣어 빙빙 돌렸다. 손에 착 달라붙는 고무장갑을 낄 때면 드라마에 나오는 마르고 세련된 여자 외과의사가 된 기분이었다. 세상은 어제와 같고 시간은 흐르고 있고…… 나는 막내가 말아놓은 늙은 여자의 뒤통수 컬을 확인했다. 별로 잘 말리진 않았다. 전부 풀고 다시 말까 하다가 헐렁한 것 두어 개만 풀어 다시 말았다. 짧고 뽀글한 펌 스타일인 데다 뒤통수니 상관없을 것이다. 여자의 앞머리를 6호 롯드로 마는데 갑자기 막내가 내 팔을 꽉 잡았다.

"아앗! 또 오셨어요!"

나는 거울을 통해 상미가 양손에 커다란 상자를 들고 출입문을 몸으로 밀고 들어오는 것을 보았다.

"언니, 어떡해요?"

막내가 죽어가는 소리로 말했다.

"뭘 어떡해?"

"오늘은 사장님, 아니 선생님도 나와 계신데."

"그래서 뭐?"

"아, 아니에요."

고개를 젓는 막내의 얼굴에 혐오인지 존경인지 모를, 울상이 스쳤다. 나는 남은 펌 약을 늙은 여자의 머리에 골고루 뿌리고 헤어 캡을 씌운 후 장갑을 벗었다. 뒤집히지 않도록 조심해서 손가락을 가닥가닥 당겨 벗을 때는 외과의사가 된 기분이 전혀 들지 않았다. 재활용을 하지 않는 그들은 훌러덩 벗기 때문이다.

"미애 씨, 여기 전기 캡 좀 씌워드려."

"네."

나는 세면실에 들어가 손을 씻으며 책을 읽듯 중얼거렸다. 나는 간단한 짐만 꾸려 홀연히 떠날 것이다. 기차역이 있는 작은 도시나 터미널이 있는 시골 읍내에 도착할 것이다. 그곳 사람들은 친절하고 나는 그곳에서…… 새로운 삶을…… 살 것이다……

대기실에 앉아 있던 상미가 나를 보자 눈을 찡긋하더니 선물을 꺼내듯 상자에서 뭔가를 꺼냈다.

"너도 너지만 사업하는 사람이 손님들 생각도 좀 해야지. 발 건강이 얼마나 중요한지는 내가 얘기했지? 손님들이 기다리는 동안 발 마사지 받으면 얼마나 좋니? 매상도 쑥쑥 오를걸."

어쩌면 그럴지도 몰랐다. 사장이 대기실로 나왔다.

"누구?"

사장의 물음에 상미는 자기야말로 당신이 누군지 궁금하다는 듯 멀뚱히 사장을 바라보았다.

"네, 사장님. 여긴 제 친구예요. 상미야, 이분이 예나 사장님이셔."

상미가 미간을 좁히며 뭔가 묻는 듯이 나를 보았지만, 나는 상미가 꺼내놓은 발 마사지기만 뚫어져라 내려다보았다.

"미스 강이 친구가 다 있었어? 아우, 반가워요."

사장의 말에 상미는 잠시 눈알을 굴리더니 벌떡 일어나 인사를 했다.

"안녕하세요, 사장님? 저는 임상미라고 합니다."

"별로 바쁘지 않을 때니까 미스 강, 나가서 친구하고 얘기 나누다 와. 점심까지 먹고 와도 되고."

오늘따라 사장은 기분이 썩 좋아 보였다. 상미가 급히 두 손을 내저었다.

"아니에요, 사장님. 오늘은 제가 사장님 뵈러 온 거예요. 이틀 전에 이 친구 만나서도 얘기했었는데요, 제가 건강에 관심이 많아서 몸에 좋다는 건 웬만하면 다 해본 편이거든요. 그러다가 우연히 발 마사지기를 한번 써봤는데 너무너무 좋은 거예요."

상미가 웃으며 재빠르게 나를 보고 또 사장을 보았다. 사장이 뜨악한 얼굴로 어색하게 웃었다. 나는 최대한 편안한 미소를 짓고 서 있었다.

"사람이 발에 모든 신경이 모여 있다는 얘긴 알고 계시죠, 사장님? 특히 사장님이나 이 친구처럼 서서 일하는 업종일수록 발에 완전 피로물질이 듬뿍 쌓이게 돼 있거든요. 그럴 때 발을 풀어주지 않으면 불면증 소화불량 두통 요통 등등 만병의 근원이 되거든요. 근데 발 마사지 받으러 다니기가 쉽지 않잖아요? 시간도 그렇고 돈도 그렇고. 그래서 제가 여러 회사에서 나온 발 마사지기를 다 써보고 제일 좋은 거 두 가지만 딱 골라서 사장님께 권해드리려고 왔어요."

상미는 발 마사지기 두 개를 사장 앞으로 돌려놓고 롤러식과 에어식의 차이에 대해 설명했다. 롤러식이 더 저렴하지만 에어식이 더 효과적이므로, 이왕 살 거면 비싼 에어식을 들여놓는 게 낫다고 상미는 말했다.

"미스 강은 어떻게 생각해?"

사장이 내게 점심 메뉴라도 묻듯 말했다.

"글쎄요. 전 이런 거 잘 몰라서요. 사장님 좋으신 대로 하세요."

상미의 얼굴이 굳었다. 아이론 펌 손님의 연화 과정이 끝났음을 알리는 알람이 울렸다. 막내가 손님의 머리를 헹구고 나면 달궈진 아이론으로 와인딩 시술을 해야 할 것이다. 내가 보기에 상미는 너무 일찍 정체를 드러냈고 너무 빨리 상품의 정보를 쏟아놓았다. 이럴 때면 언제나 결과가 좋지 않기 마련이었다. 사장이 자리에서 일어났다.

"나 요즘 어려운 거 미스 강이 제일 잘 알지? 자기가 써보고 너무 좋다 싶으면 그때 가서 생각해볼게. 아이론은 내가 할 테니까 자기는 친구하고 편하게 얘기 나눠. 그럼, 또 봐요."
사장이 대기실에서 나갔다.
 "뭐 마실 거라도 줄까?"
내 말에 상미는 고개를 저었다.
 "그럼 같이 나갈까?"
상미가 맥이 풀린 얼굴로 중얼거렸다.
 "니가 하는 건 줄 알았어."
나는 펄쩍 뛰었다.
 "내가? 내가 무슨 돈이 있어서?"
 "그러니까 신기했지. 니가 워낙에 악바리니까 그새 다 갚았나 했는데……"
상미는 뭔가 곰곰이 생각하듯 말을 흐렸다. 나로서는 할 말이 없었다. 그때도 지금도, 모든 건 오해에서 비롯된 일일 뿐이었다.
 "근데 니가 진짜 나한테 이러면 안 되지 않니."
상미가 묻는 것도 묻지 않는 것도 아닌 말투로 내게 말했다.
 "내가 하나 살게, 상미야. 할부로라도."
 "개소리!"
상미가 발 마사지기를 박스에 넣다 말고 나를 노려보았다.
 "은찬이가 요즘 어떻게 사는지 너 알기나 해?"
드디어 은찬의 얘기가 나왔다.
 "어떻게…… 사는데?"

"그건 알아서 뭐할 건데?"

나는 설마 은찬이 아직도 그 일에서 빠져나오지 못한 건 아닐 거라고 생각했다. 마음이 급했다.

"상미야, 그때 일은 니가 오해하고 있어. 내가 먼저 하자고 안 했어. 은찬이가 먼저 하겠다고 했어. 정말이야. 내가 은찬이를 왜……"

"그래? 그러셨어? 그랬을 수도 있지. 그런데 너 아니었으면 그 자식이 잘 다니던 회사 때려치우고 그딴 걸 팔러 다녔을 리가 없잖아? 사채 끌어다 쓸 일도 없었을 거고."

그래서 넌 지금 이딴 걸 팔러 다니느냐고, 은찬도 이딴 걸 팔고 다니고 있느냐고 묻고 싶었지만 상미의 목소리가 더 커질까 봐 물을 수 없었다.

"딱 거짓말을 해야 거짓말인 줄 아니? 말 안 하고 입 처닫고 있으면 거짓말 안 한 게 되는 줄 아냐고?"

어쩌면 그럴지도 몰랐다. 하지만 입 처닫고 사는 일이 얼마나 힘든지 상미는 모를 것이다. 그러니 예전에 은찬과 만날 때마다 늘 나를 불러냈을 것이다. 우리 셋이 죽을 때까지 같이 가자고 말했을 것이다. 나는 가슴 깊은 곳에 꼬불꼬불한 실뭉치가 단단하게 엉켜 똬리를 틀고 있는 것처럼 답답해 숨을 쉴 수가 없었다.

"이쯤 되면 나도 어쩔 수가 없다."

상미는 발 마사지기가 든 상자를 양손에 하나씩 들고 자리에서 일어나며 말했다. 나는 그 말이 무슨 뜻인지 알아들었다. 상미와 이렇게 틀어진 바에야 내 휴대폰 번호를 어떻게 알았느냐고 굳이 물어볼 필요도 없었다. 나는 상미의 전화와 문자를 처음 받았을 때부터 일이 이렇게 되리라고 예상하고 있었다. 그런데 난 대체 무엇을 바라고 상미의 전화를 받았던 것일까.

"암튼 너! 미스 강이랬나, 장이랬나? 잘 먹고 잘 살아봐, 어디."

상미는 예나의 출입문을 어깨로 밀고 나갔다. 전철역 쪽을 향하는 그녀의 옆모습이 '녹은 머리'의 세로 기둥에 가려졌다 나타났다. 그녀의 샌들 굽이 거꾸로 된 '재생'의 ㅅ과 ㅈ 사이를 내딛는 순간 다시 그녀의 몸은 '탄 머리'의 기둥에 가려졌다. 거꾸로 된 ㅌ자 위로 그녀의 머리가 가발본 마네킹처럼 동동 떠오르는 것을 지켜보다 나는 카운터로 달려갔다.

"사장님, 10만 원만 빌려주세요. 친구가 여기까지 왔는데 차비라도 줘서 보내야 할 것 같아요. 내일 갚을게요. 아니면 주급에서 빼셔도 되고요."

"아, 그래. 사람 도리가 그렇긴 하지."
사장은 흔쾌히 캐시 박스를 열더니 잠깐 멈칫하고 입을 쏙 내밀었다.

"근데 미스 강, 어쩌지? 오늘 월세도 내야 하고, 밀린 약값도 줘야 하고. 당장은 7만 원밖에 못 주겠는데."

"네. 그거라도 주세요."

나는 사장에게 7만 원을 받아 앞치마도 벗지 않고 예나를 뛰어나왔다. 조금 전에 내가 상미를 지켜보았듯 사장이 유리를 통해 나를 지켜보고 있는 게 느껴졌다. 나는 상미가 사라진 전철역 방향으로 달려갔다. 무슨 일이 있어도 상미를 붙잡아야 한다. 이제 우리 뭐든 팔러 다니는 앵벌이 짓은 하지 말자고, 둘이 손잡고 뭐라도 같이 해보자고 말해야 한다. 3년 전으로 돌아가 둘이 함께 살자고, 은찬과 셋이 밤바다도 보러 가고, 결혼할 때 서로 올림머리와 신부화장도 해주자고 말해야 한다.

그러나 나는 양손에 상자를 들고 걸어가는 상미의 둔한 등허리와 부은 종아리와 닳은 샌들 굽을 보는 순간 쏜살같이 상가 쪽으로 방향을 꺾었다. 다시 교회 쪽에서 한 번 더 꺾었다. 나는 어디로 향하는지도 모르고 전속력으로 길모퉁이를 꺾으며 달렸다. 3년 전에 이미 나는 올림머리 신부화장 쪽에서 길모퉁이를 돌아 녹은 머리 탄 머리의 세상으로 옮겨왔다. 재생이라니, 그건 간단한 만큼 불가능한 개소리였다. 상미가 나를 못 믿는 만큼 나도 그녀를 못 믿는다. 상미는 내게 얼마나 많은 물건을 떠안기려고 그날 풀코스로 술을 사고 노래방에서 남자 도우미까지 불렀을까. 몇 푼의 돈이 아쉬워 그녀는 언제든 나를 놈들에게 넘길 수 있다. 우리는 너무 멀리 왔고 다시는 돌아가지 못한다.

나는 땀범벅이 되어 어느 낯선 골목에 들어와 있었다. 골목 끝에는 붉고 푸른 빗금이 돌아가는 사인볼이 걸린 오래된 이발관이 있었다. 나는 이발관 앞에 놓인 작은 평상에 걸터앉았다. 꽉 쥐었던 손을 펼치자 만 원짜리 지폐 일곱 장이 축축하게 구겨져 있었다. 나는 앞치마 주머니에 지폐를 넣었다. 언제 넣어둔 것인지 주머니에서 작은 롯드 하나가 나왔다. 나는 노란 롯드를 가만히 내려다보았다.

몇 년 전인지 기억도 할 수 없는 시절, 상미와 나는 미용학원에서 돌아와 고시원 원룸에서 컵라면을 끓여 먹고 각자 자기 마네킹에 싸구려 가발을 씌우고 펌 약을 바르고 롯드를 말았다. 한밤중에 한 쌍의 치즈 빛깔 살결을 한 마네킹의 크게 뜬 눈과 붉은 입술을 보는 일에 익숙해지기 전까지 우리는 잠자기 전에 마네킹들에 드라이 보를 씌워 책상 밑에 넣어놓았다. 하지만 나중에는 자기 마네킹에게 경쟁적으로 인기 있는 걸 그룹 멤버의 이름을 붙여주었고, 아무리 봐도 똑같아 보인다는 은찬에게 어느 아이가 더 예쁜지 말하라며 고문에 가까운 닦달을 하기도 했다. 세 개의 마네킹이 있는 예나의 창고 같은 방에서 혼자 잠들면서 나는 그 시절을 얼마나 그리워했던가. 막연히 불안했지만 막연한 희망도 있었던 그날들을.

나는 양손 엄지와 검지로 롯드를 돌렸다. 펌 약에 젖은 머리칼을 적당량 꼬리빗으로 살짝 떠내 펌 지를 얹고 롯드를 대고 재빨리 빗 끝으로 숱을 안으로 밀어 넣으면서 롯드를 만다. 머리카락 뿌리까지 단단히 말되 뿌리 끝이 눌려 각이 생기지 않도록 1밀리미터도 안 되는 공간까지 둥글게 띄워 말아야 한다. 이제 나는 눈을 감고도 할 수 있다. 예나의 사장은 나만큼 펌을 잘 마는 미용사를 구할 수 없을 것이다. 내 주급은 훨씬 전에 올랐어야 마땅하지만 사장은 내 약점을 이용해 싼값에 부려 먹었다. 그래도 내가 믿을 것은 손기술밖에 없다. 그러나 놈들에게 잡히면 손가락을 잘릴지 모른다. 설사 잘리지 않더라도 손가락이 부러질 만큼 펌을 말아도 다 갚을 수 없는 빚을 떠안게 될 것이다.

　이별은 두렵지 않다. 나는 당장 떠날 것이다. 상미가 알아냈다면 놈들도 알아낼 수 있다. 아니, 상미는 이미 놈들에게 돈을 받고 내 휴대폰 번호를 넘겼는지도 모른다. 새벽 4시에 걸려온 낯선 번호가 그것일 수도 있다. 나는 현명하게도 휴대폰을 예나에 놓고 왔다. 그동안 낸 할부금 따위는 생각할 필요 없다. 어차피 사장 명의의 폰이고 그 번호로 걸려오는 전화를 받을 수도 없다. 미리낸 월세도 어쩔 수 없다. 포기할 건 빨리 포기해야 한다. 그나마 7만 원이면 이번 주에 일한 사흘 치에는 어림없지만 이틀 일당은 된다. 고시원에 돌아가 빨래를 걷고 짐을 챙겨 떠나야 한다. 나는 낯선 곳에서 새로운 삶을 시작할 것이다. 빠르면 빠를수록 좋다.

그러나 어쩐 일인지 나는 달콤한 면도 크림 냄새와 젖은 수건의 쉰내가 흘러나오는 낯선 이발관 앞 평상에 앉아 이소라의 노래를 흥얼거리며 노란 롯드만 돌돌 굴리고 있었다. 세상은 어제와 같고 시간은 흐르고 있고 나만 혼자 이렇게 달라져 있다…… 그렇다. 도박을 하지도, 사치를 하지도 않았다. 로또를 바란 것도 아니었다. 그저 열심히 돈을 벌고 싶었을 뿐이다. 그런데 단 한 번 잘못 든 길모퉁이로 나는 내 인생과 은찬의 인생을 한 큐에 엿 먹이고 말았다. 어쩌면 상미의 인생까지도. 내가 알지 못하는 사이에 빚은 계속 불어나겠지만 내가 명백히 느끼고 있는 것처럼 내 삶은 점점 줄어들 것이다. 나는 아무도 믿지 못하고 누구와도 사귀지 못할 것이다. 남은 내 삶은 고시원의 방보다 좁아지고, 내가 앉아 있는 이발관 앞 평상보다 좁아지고, 내가 겨우 끌고 다니는 짐 꾸러미보다 작아지고, 마침내 지금 내가 들고 있는 앙상한 닭의 목뼈 같은 롯드만 하게 줄어들 것이다. 그건 살아보지 않아도 알 수 있는 일이다. 이 롯드가 제일 가느다란 12호라는 사실만큼이나 분명한 일이다.

소녀의 기도

1

 건물 뒤편에서 석호는 술에 취한 여자애를 발견했다. 여자애는 다리를 벌린 채 잠들어 있었고 그 옆에는 잔뜩 토해 놓은 흔적이 있었다. 석호는 주변을 살폈다. 처음에는 여자애가 느슨하게 쥐고 있는 가방만 낚아채서 튈 생각이었다. 그런데 여자애의 벌어진 허벅지를 보는 순간 오늘 밤 은혜가 집에 없다는 생각이 떠올랐다. 그는 여자애에게 다가가 가방을 빼냈다. 여자애는 움직이지 않았다. 그는 가방에서 지갑을 꺼내 자신의 재킷 안주머니에 넣은 후 여자애를 가볍게 흔들었다.
 "야! 정신 차려! 응?"
여자애가 뭐라고 웅얼거리며 옆으로 넘어갔다. 그 바람에 여자애의 앳되고 못생긴 얼굴이 드러났다.

"에이! 뭐야, 고삐리……?"

그러나 말을 채 끝내기도 전에 그는 강렬한 욕정이 솟구치는 걸 느꼈다. 그냥 가려던 그는 여자애를 일으켜 앉히고 일부러 큰 소리로 다정하게 말했다.

"애가 왜 이래? 큰일 났네. 업어야 안 되겠다."

살집이 투실한 여자애는 업기에 무거워 보였지만 석호는 일단 자신의 힘과 용기를 시험해보기로 했다. 그는 끙 소리를 내며 여자애를 둘러업었다. 여자애는 과연 무거웠다. 무게가 은혜의 두 배는 되는 것 같았다.

석호는 우선 여자애를 가까운 모텔로 업고 갈까 생각했다. 그러나 모텔엔 분명 감시 카메라가 달려 있을 테고, 나중에 여자애가 경찰에 신고라도 하는 날엔 카메라에 잡힌 그의 모습이 절도와 강간죄로 수배될 수 있었다. 그는 일단 택시를 타고 집으로 가기로 했다. 은혜는 오늘 밤 자기 집에 돈을 만들러 갔다. 좋게 말해 만들러 간 거지 급하면 훔치는 일도 불사할 태세였다. 여자애를 집에 업어가 실컷 데리고 논 다음 어디 먼 데다 떨어뜨려놓으면 될 것이다. 중간에 여자애가 정신을 차린다고 해도 한 방 먹이고 냅다 튀면 그만이다. 이런저런 위험에 대한 우려가 그를 더 사내답도록 부추겼다.

공포에 맞서고 싶은 욕망과 뚱뚱한 여자애에 대한 성적 충동이 석호의 내부에서 뒤섞였다. 그의 동거녀인 은혜는 작고 말라 인형처럼 뒤집고 당기고 흔들기는 좋았다. 하지만 그는 자기 덩치에 비해 은혜가 너무 빈약한 상대라는 생각을 늘 해왔다. 가끔은 이렇게 살찐 여자애와 흐벅지게 놀아보고 싶은 충동이 그의 내부에 도사리고 있었다. 세상엔 뚱뚱한 여자애들도 그렇게 많다는데 그가 일하는 유흥가 쪽엔 온통 비쩍 마른 것들만 득실거렸다. 그런 애들은 옷을 입혀놓으면 스타일이 사는지는 몰라도, 벗겨놓으면 자기처럼 거친 사내에겐 그다지 매력적이지도 만족스럽지도 않았다. 은혜만 하더라도 그 짓을 하다가 그의 덩치에 잘못 눌리면 깨갱거리고 죽는시늉을 하며 그를 밀쳐내곤 했다. 그의 입장에서도 까딱 잘못하다간 그년의 송곳같이 뾰족한 팔꿈치나 중국 깡패들이 애용한다는 반월도처럼 날카로운 골반뼈에 급소가 찔려 죽지 않을까 전전긍긍해야 하는 판국이었다.

  석호는 택시를 잡아 여자애부터 뒷자리 안으로 밀어 넣었다. 여자애가 깨어서 허튼소리라도 지껄이면 신속히 차 문을 열고 뛰어내릴 수 있도록 자신은 바깥쪽에 앉았다. 여자애는 뭐라고 웅얼거리더니 다시 정신을 잃었다. 고삐리가 이렇게 정신을 못 차리도록 술을 처먹다니 말세라고 그는 생각했다. 그는 차 문을 닫고 기사에게 행선지를 말했다.

  "여자친구가 많이 취했나 봅니다."

기사가 백미러를 힐끔거리며 말했다.

  "여자친구는 아니고 사촌동생이에요. 기집애가 완전 뻗어가지고, 친구 년이 데리러 와달라고 전화를 했더라고요. 기집애가 이 지경이 되도록 술을 마시다니 말세예요, 말세."
석호는 이 정도면 제법 자연스럽게 대꾸를 했다고 자부했다. 기사가 흐흐 웃었다. 석호는 재킷 안주머니에 손을 넣어 여자애의 지갑을 꺼냈다. 안에 든 두둑한 현금을 보는 순간 그는 여자애에게 뽀뽀라도 해주고 싶었다. 잠이 든 여자애의 다리가 슬슬 벌어지고 있었다. 기다려라, 뚱땡아, 사나이 강석호가 널 오늘 밤 아주 곤죽이 되게 휘저어주마.

석호는 대충의 택시비만 꺼내 바지 주머니에 넣고 지갑은 다시 재킷 안주머니에 넣었다. 그때 희미한 음악 소리가 들려왔다. 그가 들고 있는 여자애 가방 속에서 휴대폰이 울렸다. 그는 당황하여 가방을 열고 휴대폰을 꺼냈다. 엄마, 라는 글자가 화면 창에 반짝였다. 그는 휴대폰을 무음으로 바꾸며 낮게 중얼거렸다.

"아, 이놈의 지긋지긋한 광고전화!"
기사는 아무 반응도 보이지 않았다. 석호는 조심스레 휴대폰의 배터리를 뽑은 후 가방에 넣었다. 처음에 지갑을 빼낼 때 휴대폰 생각도 했어야 했다. 위치 추적이라도 되는 폰이면 어쩔 뻔했나 생각하니 등골이 오싹했다. 하지만 지금이라도 조치를 취했으니 다행이었다. 여자애의 엄마는 아주 적절한 타이밍에 전화를 해서 그를 도와준 셈이었다. 그런 생각을 하니 웃음이 났다. 뭔가 조마조마한 가운데에서도 일이 하나씩 착착 진행되어가고 있다는 쾌감이 밀려왔다.

은혜는 갑갑한 마음에 맥주라도 사러 나갈까 싶었다. 아버지에게 쫓겨나다시피 하여 집에서 나온 후에 돈을 만들려고 여러 군데 전화를 때렸지만 10만 원도 꾸어주겠다는 사람이 없었다. 일주일 안에 어떻게든 천을 마련해야 했다. 빚을 다 갚는 건 어차피 불가능했다. 하지만 천만 원, 아니 8백, 하다못해 5백이라도 있어야 급한 불을 끌 수 있었다. 어디론가 튀어버릴 생각도 안 한 건 아니었다. 하지만 억도 아니고 천에 튄다는 건 왠지 모양이 빠져도 한참 빠졌다. 석호 말도 그랬다. 야, 인간이 놀아도 크게 놀아야지 그깟 천에 무슨 도망질까지 치냐? 천하의 김은혜가 그깟 천도 어디서 못 만드냐? 일단 자기네 집에 가서 긁어보고 아는 애들한테도 닥치는 대로 꾸어봐. 이 인간 강석호도 도울 건덕지가 있으면 도울 테니까.

도울 건덕지? 건덕지 같은 소리 하고 자빠졌다고 은혜는 생각했다. 석호는 이게 모두 은혜의 빚인 양 밀어붙이고 있었다. 그게 분하고 억울했다. 이게 왜 모두 내 빚인가? 따지고 보면 처음 사채를 쓴 건 애를 지우기 위해 수술비가 필요해서였다. 원금은 꼴랑 50을 빌렸을 뿐이지만 이자가 뭉게뭉게 불어나 두 배 세 배가 되도록 석호가 갚아줄 생각을 안 했다. 그러다 그녀가 이것저것 살 게 있어서 돈을 좀더 땡겨 쓰다 보니 이 꼴이 난 것이다. 그렇다고 그녀가 빚을 내서 자기 물건만 산 건 아니었다. 생일 선물로 석호 벨트도 제법 비싼 걸로 사줬고, 삐끼 주제에 비싼 양복 두어 벌은 있어야 된다고 툴툴대는 바람에 양복도 최신형으로 사주었다. 그런데 도울 건덕지? 완전 건덕지 같은 새끼 아닌가.

은혜는 가방도 팔고 구두도 팔고 옷도 팔고, 팔 수 있는 건 모두 팔았다. 그것들을 살 때는 얼마나 떼돈을 들였는데 팔고 나니 그녀의 손엔 고작 150 남짓이 들어왔을 뿐이다. 350은 더 있어야 최소한 그 새끼들한테 빌고 매달려볼 수라도 있다. 아니면 놈들이 그녀를 어딘가에 팔아버리겠다고 했다.

은혜는 작은 발에 슬리퍼를 꿰고 현관문을 나섰다. 될 대로 되라지. 정 안 되면 좀스럽든 말든 150 들고 튀어버리면 그만이지. 이런 생각을 하자 기왕 튈 거면 어떻게든 더 목돈을 만들어 튀는 게 좋겠다는 계산이 섰다. 엄마에게서 최소한 2백은 변통을 할 수 있으려니 했는데 지방 목회에 내려간다던 아버지가 불시에 들이닥치는 바람에 산통이 다 깨져버렸다. 아버지는 자기가 번 돈도 아니면서 불독처럼 엄마 돈을 악착같이 지키려 들었다. 목사라는 작자가 그렇게 욕심이 많은 주제에 입만 열면 회개하라느니 죄를 뉘우치라느니 개소리를 주절거렸다.

골목 어귀에 누군가의 모습이 나타났다. 석호였다. 등에 누군가를 업고 있었다. 은혜는 화부터 났다. 이런 와중에 또 어떤 취한 놈을 끌고 들어와 재우려는지 기가 막혔다. 그런데 더욱 화가 나는 건 석호가 업고 있는 물건이 여자처럼 보인다는 사실이었다. 그녀는 불 꺼진 간판 뒤로 몸을 숨겼다. 이리 보고 저리 봐도 여자였다. 석호가 걸음을 옮길 때마다 치마가 말려 올라가 털을 밀어놓은 허연 돼지 다리 같은 여자의 퉁퉁한 다리가 덜렁거렸다. 석호는 힘이 든지 꽤나 헉헉거리고 있었다. 그녀는 살금살금 그 뒤를 따랐다. 석호가 지하방으로 향하는 계단을 내려가는 걸 보고서야 그녀는 걸음을 멈추고 팔짱을 꼈다. 저렇게 살이 뒤룩뒤룩 찐 애를 어디서 업어온 것일까. 몸매는 저래도 얼굴은 천하절색인가. 두서없는 호기심이 잠시 그녀의 분노를 잠재웠지만, 석호가 지하방의 현관문 따는 소리를 듣는 순간 그녀는 꼭지가 돌 만큼 화가 치솟았다. 내가 없다고 딴 계집애를 집까지 끌어들여?

은혜는 슬리퍼 소리를 짝짝 내며 계단을 내려가 현관문을 잡아당겼다. 문은 잠겨 있었다.

"문 열어! 문 안 열어? 빨리 문 열어, 강석호 이 개새끼야."
은혜는 낮게 앙알거리며 잠긴 현관문을 땄다. 문을 열자 여자는 부엌 쪽에 널브러져 있고 석호는 여자 신발을 벗기던 중이었는지 구두 한쪽을 든 채 벌떡 몸을 일으켰다.

은혜는 묵묵히 석호를 노려보았다.

"은혜 너, 인간 강석호 못 믿어?"

물론 그녀는 인간 강석호를 믿지 못했다. 하지만 여자애의 못생긴 얼굴과 뚱뚱한 몸집을 보고 있자니 좀 헷갈리긴 했다. 그리고 무엇보다 여자애 가방이 짝퉁이 아닌 게 석호 말대로 부잣집 딸년이긴 한 모양이었다.

"그러니까, 뭐야? 저년을 진짜 어떻게 해보려고 데려온 게 아니란 말야?"

"저런 년을 내가 미쳤냐? 내가 쓰레기냐? 내가 항상 말했잖아? 니 빚 갚는 거 도와주겠다고. 사나이 강석호 의리 빼면 시체인 놈이야. 내가 자기 여자한테 헛소리나 지껄이는 놈인 줄 알아?"

"시끄럽고! 그러니까 이제 어쩔 건데?"

석호는 이쯤 되고 보면 은혜를 속여 넘길 희망이 있다고 생각했다. 그는 스스로의 총명함에 내심 감탄했다.

"일단 저년이 깨어나기 전에 묶어야지."

"그러고?"

"그러고? 응, 그리고 저년이 깨어나면 겁을 주든지 때리든지 아무튼 고문을 해가지고 집이 얼마나 사는지, 애비는 뭐 하는 놈인지, 중요한 걸 몽땅 알아내야지."

"그러고?"

"그러고? 응, 그러고…… 아, 씨발, 그러고는 뭐가 자꾸 그러고야? 영화 못 봤어? 경찰에 알리면 애는 죽는다 뭐 그렇게 협박해가지고 크게 한몫 뜯어내는 거지. 그런 걸 우리가 진짜 계획을 잘 짜가지고 잘해야지."

"우리?"

"응. 우리."

은혜는 가만히 그를 쏘아보았다. 석호 또한 그녀를 마주 보았다. 그는 자기가 만든 상황에 스스로 심취해 자못 심각하고 결연한 표정을 짓고 있었다. 은혜는 그에게 다가가 천천히 두 팔을 들어 올렸다. 그는 때리려는 줄 알고 움찔하여 몸을 피할 뻔했다. 은혜가 그의 목에 팔을 두르고 매달렸다.

"자기야."

"응."

"자기야."

석호는 그녀가 감격하여 울먹이고 있다고 생각했다. 엄청 단순한 년이었다.

"왜애, 짜기야?"

석호는 애교를 떨며 혀 짧은 소리를 냈다.

"나 또 임신한 것 같아."

석호가 그녀의 몸을 떼어냈다.

"정말이야?"

"응."

"아. 씨발. 그러니까 조심을 했어야지."

은혜의 동그란 눈이 가느스름해지면서 독기를 내뿜었다.

소녀의 기도 163

"뭐? 씨발? 조심을 했어야지? 야 이 개새끼야. 내가 딴 놈 새끼 뺐냐? 맨날맨날 얘기했잖아? 난 약 먹으면 변비 되고 살찐다고. 근데 니가 덤벼들 때 좆대가리에 모자 쓰고 덤벼든 적 있어? 있으면 말해! 말해봐, 이 개새끼야."
석호는 한 손으로 머리칼을 움켜쥐고 고개를 뒤흔들었다.
"아, 진짜 난 왜 이렇게 되는 일이 없냐?"
"되는 일이 없는 건 나다, 이 새끼야. 병원 가서 가랑이 벌리고 애 긁어내는 것도 나다, 이 개새끼야."
"욕 좀 하지 마, 씨발."
그때 바닥에 쓰러져 있던 여자애가 커다란 애벌레처럼 꿈틀거리며 깨어났다.
"물! 엄마, 나 물 줘! 물!"

2

실컷 매를 맞고 훌쩍이던 여자애가 갑자기 소스라치듯 은혜를 불렀다.
"언니! 언니!"
"왜?"
은혜는 하던 설거지를 계속했다.
"나 피 나!"

"뭐?"

"나 피 난다고요."

은혜가 놀라 돌아보았을 때 여자애의 얼굴은 말갛고 멀쩡했다.

"무슨? 엄살 떨고 자빠졌네."

"아냐, 언니. 나 피 나."

"어디? 어디 나는데?"

"그게요……"

여자애가 조그맣게 웅얼거렸다.

"뭐? 어디?"

"밑에서요."

은혜는 순간 아찔했다.

"밑에서?"

은혜는 싱크대의 수돗물을 잠갔다. 자기가 원하는 게 바로 그런 피였는데 애먼 여자애가 그 피를 대신 흘리고 있었다.

"너 생리해?"

"네?"

"생리하냐고?"

"네? 아, 네, 네. 나 생리해. 아, 나 너무 아픈데."

여자애는 혼이 반쯤 나간 것 같았다.

"아프고 말고 간에 생리대 있지?"

"네."

"어디 있어? 니 가방 안에 있어?"

소녀의 기도 165

"뭐가요?"

"생리대."

"생리대? 내가 그런 게 어디 있어요?"

"있다매?"

"뭐가요?"

이렇게 매를 버는 년을 상대하고 있자니 은혜는 울화가 절로 치밀었다.

"생리대 말야! 생리대!"

"아냐. 난 없어요. 생리대는 엄마가 줘요."

"엄마가 준다고?"

"네."

처음에 은혜는 엄마가 생리대를 준다는 말이 무슨 뜻인지 이해하지 못했다. 그녀의 엄마는 딸이 언제 첫 생리를 시작했는지도 몰랐다.

"아, 기도 안 차네. 그럼 너 생리할 때 엄마가 안 주면 어쩌는데?"

"엄마가 왜 안 줘요, 생리대를?"

"아, 뭐 그 타이밍에 엄마가 없을 수도 있고, 밖에서 놀다 확 터질 수도 있고."

"그런 일 없어요. 내가 생리할 때 되면 엄마가 미리 딱 줘요. 내 양도 다 아니까 첫날에 이거, 둘째 날에 이거, 셋째 날 지나고 나면 팬티라이너 이런 식으로다가."

"그게 그렇게 딱딱 맞냐고?"

여자애가 이상하다는 듯 은혜를 쳐다보았다.

"그럼 맞죠."

"왜 맞냐고? 어떤 때는 안 맞기도 할 거 아냐?"

"아냐, 언니. 다 맞아. 나 그게 신기해요. 울 엄마는 다 알아. 내 피가 얼마나 나오는지, 내가 체육하는 날 전날 할지 체육 다음 날 할지 그런 것도 엄마가 미리 다 알아. 오늘 집에 있었으면 엄마가 아침에 미리 생리대 챙겨줬을 텐데."

"그래?"

"아, 엄마, 엄마."

은혜는 갑자기 가슴 깊은 곳에서 치밀어 오르는 분노를 느꼈다. 무엇을 향한 분노인지는 스스로에게도 분명하지 않았다.

"이런 쌍! 눈 안 깔아?"

"네?"

"눈깔 깔라고."

"나 약도 먹어야 하는데. 생리통 땜에."

"눈까리 깔아! 깔라고! 이 쌍년아! 여기 니 엄마 없거든. 뒈져볼래?"

3

 석호가 올 때가 됐는데 안 온다. 은혜는 손발이 테이프에 묶인 채 졸고 있는 여자애를 돌아보았다. 저 계집애를 보면 부잣집 딸이라고 다 예쁘게 크는 건 아니라는 생각이 들었다. 살은 또 뭐 저렇게 쪘는지, 취해서 늘어진 애를 석호가 업고 들어온 게 용했다. 피부는 흰 편이었지만 살이 쪘으니 퍼져서 그런 것이었다. 그녀는 이 와중에도 졸고 앉았는 여자애가 한심하기 짝이 없었다. 애가 생각이란 게 도통 없었다.

 퍼뜩, 석호 새끼 이대로 튄 거 아냐, 하는 생각이 들었으나 잠깐이었다. 그럴 리는 없다고 은혜는 고개를 저었다. 저 애를 납치해 온 게 석호였다. 그녀는 이틀 전만 해도 저런 계집애가 세상에 있는지도 몰랐다. 그러니 죽으나 사나 석호가 저 애를 책임져야 할 것이다.

 여자애가 먹는 꿈을 꾸는지 입맛을 쩝쩝 다셨다. 저 몸집에 이틀을 굶었으니 배가 고프기도 할 것이다. 하지만 자기 앞에 어떤 일이 기다리고 있는지도 모르고 멍청하게 졸고 자빠졌으니 기도 안 찼다. 저 계집애가 어제 생리만 터지지 않았어도 이런 특단의 조치를 내리는 사태는 오지 않았을 것이다. 아니, 솔직히 말하면 생리를 안 했더라도 아마 이렇게 되었을 것이라고 은혜는 생각했다. 오줌 누고 똥 눌 때마다 여자애를 목욕탕에 끌고 가 볼일을 마치면 밑을 씻겨주는 일은 더 이상 하고 싶지 않았다. 거기다 생리대까지 갈아주어야 하다니. 묶었던 손을 잠깐 풀어주고 직접 처리하게 하고 싶었지만 여자애 덩치가 그녀의 두 배나 되니 몸싸움이라도 벌어지는 날엔 그녀가 밑에 깔리고 말 판국이었다. 모든 게 제 팔자 탓이었다. 뚱뚱한 것도 그렇고, 집이 좀 사는 것도 그렇고.

가만히 상황을 떠올려보다 은혜는 울화가 치밀었다. 자기가 왜 이렇게 귀찮은 일에 휘말려야 하는지 신경질이 났다. 졸고 있는 여자애를 발로 한번 냅다 차버리고 싶은 충동이 솟구쳤다. 정말 자기도 모르게 여자애를 발로 걷어찰까 봐 그녀는 눈을 감고 호흡을 가다듬었다. 대체 배 속의 것은 이런 상황에서도 1밀리씩 자라고 있는 건지 어쩐 건지, 배 속의 것에게까지 발길질을 하고 싶은 심정이었다. 이것도 다 석호 탓이었다. 모든 게 다 석호 탓이었다.

"강석호 이 개새끼!"
은혜는 소리 내어 욕을 했다. 그래도 가슴에 맺힌 응어리가 풀리지 않았다.

석호는 쇠사슬이 연결된 도사견용 목걸이와 변기통을 사왔다. 목을 매어두는 부분은 10센티미터 폭의 반원형 쇠 한 쌍으로, 잠금쇠를 한 번 딸깍 잠그면 열쇠로 열어야 풀리게 되어 있었다. 석호는 쇠사슬 한쪽 끝을 가스관에 묶고 자물쇠를 채웠다. 그리고 한 쌍의 반원형 쇠테를 원형으로 접었다 벌렸다 해보았다. 여자애는 이걸로 자신에게 뭘 하려는지 몰라 불안스럽게 눈알을 뒤룩거렸다.

"일단 입에다 뭐 좀 물려."

석호가 취한 목소리로 말했다. 은혜가 두툼하게 만 수건을 내밀자 여자애는 먹이를 받아먹는 새 새끼처럼 크게 입을 벌렸다. 맹해서 그런지 때린 효과가 보람차게 나타나는 애였다. 은혜는 여자애 입에 수건을 단단히 밀어넣었다. 석호가 여자애 목에 반원형 쇠테 한 쌍을 둘렀다. 그리고 쇠테를 꺾어 동그랗게 만드는 순간 입을 틀어 막힌 여자애가 둔한 비명을 내질렀다. 쇠테 사이에 목살이 집힌 것 같았다. 하지만 석호는 그대로 잠금쇠를 딸깍 잠가버렸다. 둥근 쇠 테두리 위로 졸린 목살이 비어져 나왔다.

"너무 꽉 끼는 거 같은데. 좀더 큰 걸로 사 와야 되는 거 아냐?"

"굶으면 살 빠질 거 아냐? 그럼 좀 넉넉해지겠지."

"며칠 만에 어떻게 목살이 빠져? 뱃살이면 몰라도."

"아 이제 몰라. 난 할 만큼 했어."

여자애가 눈물을 철철 흘리며 엄, 엄, 하는 둔한 울음소리를 내고 있었다. 석호가 눈살을 찌푸렸다.

"입에 물린 수건이나 빼줘. 저러다 숨 막혀 죽겠다."

"뺐다가 소리라도 지르면 어떡해?"

은혜의 말에 여자애가 고개를 마구 흔들었다.

"아, 씨발! 소리 안 지른대잖아?"

"이 새끼가 왜 나한테 소리를 지르고 지랄이야? 내가 니 꼬봉이야? 빼주려면 니가 빼주든지."

"그래, 관둬라, 관둬."

석호가 방으로 들어가버리자 은혜도 마루 끝 쪽으로 가버렸다. 울어서 퉁퉁 부은 여자애의 얼굴에 가련한 공포의 표정이 나타났다. 잠시 뒤에 은혜는 가위를 들고 나타났다. 은혜는 여자애의 입에 물린 수건을 빼고 팔다리를 묶었던 테이프를 가위로 잘라주었다. 그녀는 여자애의 고개를 옆으로 젖혀 목살이 집힌 부분을 살펴보려 했지만 비어져 나온 살들이 쇠테 주변을 빈틈없이 막고 있어 상처를 들여다볼 수는 없었다. 여자애가 눈물이 그렁그렁한 눈으로 신기한 듯 풀린 두 손을 쥐었다 폈다 했다. 은혜는 변기통을 여자애 옆으로 당겨놓으며 말했다.

"목이 좀 갑갑해도 참아. 대신 손발 풀어줬잖아? 이제 생리대도 니가 바꿔 끼고 여기다 똥 누고도 니가 닦아. 알았지?"

개줄에 묶인 여자애가 코맹맹이 소리로 냉큼 대답했다.

"네. 언니. 잘할게요. 때리지만 마세요."

4

 집을 나서면서부터 석호는 기분이 나빴다. 철없는 두 계집년 때문에 머리가 돌아버릴 지경이었다. 친구들이랑 생일빵인지 뭔지 한다고 나대다 이 꼴 난 고삐리 계집애야 그렇다 쳐도 은혜 년까지 왜 이렇게 사태의 심각성을 모르고 쓸데없는 잔소리만 해대는지 몰랐다. 그까짓 목줄이 뭐가 중요하다고 저 지랄인가. 얼마나 중요한 일들이 쌨는데.
 어제만 해도 그가 얼마나 바빴는지 은혜 년은 짐작도 못할 것이다. 그는 우선 껄렁한 애들을 통해 대포폰을 수배해놓고, 안전하게 돈을 받고 튈 수 있는 장소를 물색하느라 하루 종일 시 외곽을 돌아다녔다. 그리고 사 오라는 개 목줄과 변기통도 사 왔다. 그가 어제 하루 동안 해낸 이 모든 일들을 은혜 년이 한 달이 걸린들 해낼 수 있겠나 말이다.
 그는 오늘은 도심 쪽을 돌며 장소를 물색해볼 생각이었다. 아무래도 번화한 곳이 더 나을 것 같았다. 외진 장소는 이쪽에서 경찰을 발견하기도 좋지만 경찰도 이쪽을 발견하기 좋았다. 물론 여자애네 가족이 경찰에 신고를 했을 경우 말이다. 그런데 번화가라면 또 어디라야 한단 말인가. 어떤 구조로 되어 있어야 이쪽에서만 잠복한 경찰들을 알아보고 경찰은 이쪽을 알아볼 수 없단 말인가. 돈은 또 얼마를 요구해야 하나. 아버지가 치과의사라니 3천 정도는 쉽게 만들지 않겠나 싶었지만 자꾸 돈 욕심이 났다. 앗싸리 5천을 부를까? 1억? 급히 긁어모으려면 억은 좀 어려우려나. 일단 대포폰이 손에 들어와야 여자애 집에 전화를 걸 수 있을 테지만, 장소 물색이 안 된다면 전화를 걸더라도 어디로 돈을 가지고 오라고 한단 말인가. 이런 중차대한 문제로 그는 골이 깨질 듯 아팠다.

모든 일은 신속하고 정확하게 진행되어야 했다. 한 군데서라도 삑사리가 나면 끝장이었다. 그런데 은혜 년은 그까짓 목줄을 다시 사 오라고 생트집이었다. 사실 여자애를 목줄에 매달자고 먼저 얘기한 것도 지년이었다. 그는 사람을 개 목줄에 매단다는 생각은 꿈에도 하지 못했다. 계집애 밑 닦고 기저귀 갈아주기 싫어서 자기가 그런 아이디어를 내놓고 이제 와서 뭐 어쩌라고 사람을 이렇게 들들 볶느냐 말이다. 거기다 대포폰 값을 내놓으라고 몇 번이나 말했는데도 의심쩍게 노려보기만 할 뿐, 마치 영수증이라도 받아야 돈을 내주겠다는 식의 어처구니없는 태도를 보이는 것이다. 누가 대포폰 팔면서 영수증을 발급해주는가. 이런 식으로 꼬치꼬치 따지고 들어선 사업이 한 뼘도 진척될 수가 없었다.

석호는 강남 번화가에서 시작해 잠실을 거쳐 종로 청계천 미아리 등의 유흥가를 돌아다녔다. 썩 내키지는 않지만 두세 군데를 점찍어 지도를 그리고 휴대폰으로 주변 사진을 찍어두었다. 장소는 미리 한곳을 지정하지 않고 계속 통화를 때리면서 두세 군데 뺑뺑이를 돌리는 게 좋을 것 같았다.

저녁 무렵에 단란주점 동생에게서 대포폰 두 대가 입수됐다는 전화가 왔다. 그런데 대당 가격이 예상보다 셌다. 두 대로 번갈아 통화를 때리려 했는데 아무래도 하나밖에 못 살 것 같았다. 그러면 위험부담도 그만큼 커질 수밖에 없었다. 집을 나설 때 은혜 년이 돈을 주지 않았으니 그는 다시 집구석에 들렀다가 대포폰을 가지러 가야 한다. 빚 얻어 쓸 땐 그렇게도 헤프던 년이 사업자금 몇 푼 내놓는 덴 이렇게 쫀쫀하다. 사실 말이야 바른 말이지 이 건이 실패해도 그는 아쉬울 게 없었다. 돈이 급한 건 지년이고 팔려가는 것도 지년이지 이 강석호가 아니란 말이다. 그리고 그는 은혜 년이 돈에만 헤픈 게 아니라는 걸 익히 알고 있었다. 어쨌든 사나이 앞길 막는 년임엔 틀림없었다. 생각할수록 은혜 년과 지낸 3년의 동거 생활이 지긋지긋하게 느껴졌다. 이 일만 매듭지어지면 칼같이 찢어질 생각이었다.

은혜는 여자애 가방을 들고 방 화장대 거울 앞에서 포즈를 잡아보았다. 컬러가 애매하긴 했지만 디자인은 나무랄 데가 없었다. 판 마르셀 재킷을 팔지 않았더라면 이 가방과 딱 어울렸을 텐데 아쉬웠다. 마루에서 여자애가 토하는 소리가 들렸다. 그녀는 방에서 나왔다.

"내가 못살아. 또 토하냐? 짜증 나."

여자애가 변기통에 수그리고 있던 얼굴을 들었다.

"미안해요, 언니."

"그래서 내가 먹을 걸 안 주는 거라고."

"근데 자꾸 먹고 싶……"

여자애는 은혜가 멘 가방을 보더니 말을 뚝 그쳤다. 은혜는 뭐가? 하는 투의 뻔뻔한 표정을 지었다. 여자애가 곧 히죽 웃으며 말했다.

"그 가방 언니 가져요."

그럼 내가 가지지 너 도로 줄 줄 알았냐는 심보였지만 예의상 음, 글쎄, 하고 뜸을 들인 후 물었다.

"이거 어디서 산 건데?"

"내가 산 거 아니고, 아빠가 지난달에 일본 갔다 오면서 사다 줬어요."

은혜는 또 화가 치밀었다. 애비란 원래 그러라고 있는 것이다. 그런데 그녀의 애비란 작자는 딸에게 악마의 씨앗이라느니, 지옥 유황불의 심판이 기다린다느니 노상 저주만 퍼부어 댔다. 정작 회개하고 죄를 뉘우치며 가슴을 쳐야 할 쪽은 그녀가 아니라 아버지인데 말이다.

"나한테 어울리는 것 같니?"

은혜는 여자애 쪽으로 한발 다가서서 몸을 옆으로 살짝 틀어 보였다.

"완전 멋있어요. 언니는 날씬해서 좋겠다. 얼굴도 조그맣고."
그건 그랬다. 여자애는 점점 말이 많아졌다. 언니는 옷을 주로 어디서 사냐느니, 언니는 아무 옷이나 입어도 예뻐서 좋겠다느니, 자기는 맘에 드는 옷이 있어도 사이즈가 없어서 못 살 때가 많다느니, 나중에 자기가 집에 돌아간 다음에도 언니랑 만나서 같이 쇼핑 다니면 안 되겠냐느니, 말이 되는 얘기부터 안 되는 얘기까지, 여자애는 떡이 진 머리에 얼룩덜룩 초췌해진 얼굴로 조잘조잘 잘도 떠들어댔다. 얘기를 하면서도 목이 불편한지 쇠테 밑으로 손가락을 넣어 긁거나 휴지를 넣어 뭔가를 닦아냈다. 그 모습이 짠해 은혜는 차라리 목줄을 풀어주고 대신 손발을 묶어둘까도 고민했지만, 그렇게 되면 자기가 또 저 애의 살찐 아랫도리 수발을 들어야 한다고 생각하니 선뜻 내키지가 않았다. 그래, 석호 말대로 굶기면 어쨌거나 목살도 좀 빠지겠지.

은혜가 가방을 메고 모델처럼 가볍게 턴을 하는 순간 여자애가 비호같이 몸을 날렸다. 여자애는 그녀의 왼쪽 발목을 낚아챘다. 그녀는 엉덩방아를 찧으며 주저앉았다. 여자애가 그녀의 오른쪽 발목도 붙잡으려고 필사적으로 덤벼들었다. 그녀는 가방으로 여자애를 내려치면서 오른발로 있는 힘껏 여자애의 목을 내질렀다. 여자애가 컥 소리를 냈다. 여자애의 손힘이 약해진 틈을 타 그녀는 왼쪽 발목을 빼내 재빠르게 기다시피 하여 마루 끝으로 도망쳤다. 여자애는 목줄을 잡고 한

동안 캑캑거렸다.

"너 미쳤어?"

여자애는 숨을 헐떡거리며 은혜를 노려보았다.

"니가 어쩐지 야실랑거린다 했더니 날 이렇게 배신해? 이게 어디서 잔머리를 굴리고 자빠졌어? 오케이, 너 오늘 완전 뒈졌어."

은혜는 방으로 들어가 여자애를 때릴 때 쓰는 밀대 봉을 가져왔다. 그녀는 멀찌감치 서서 봉으로 여자애를 세차게 내리치기 시작했다. 여자애는 평소처럼 두 손으로 머리를 감싸고 피하기는커녕 머리고 어깨고 봉으로 두드려 맞으면서도 어떻게든 봉을 붙잡아 자기 쪽으로 당기려고 두 손을 휘저으며 달려들었다. 봉이 잠깐 여자애 손에 잡혔다 뽑혀 나왔다.

"이 개 같은 년이! 너 진짜 안 찌그러질래?"

여자애는 찌그러지기는커녕 불곰처럼 더 격렬히 날뛰었다. 은혜는 이런 식으로는 저 미친년을 제압할 수 없다는 걸 깨달았다. 그녀는 봉을 내던지고 가스레인지 쪽을 힐긋 보았다. 그쪽으로 가기 위해서는 여자애와 가장 가까운 지점을 지나야 하는데 아무래도 위험해 보였다. 그녀는 멀리 돌아 현관 쪽으로 갔다. 신발장에서 가스버너를 꺼냈다. 석호와 삼겹살을 구워 먹을 때 쓰는 버너였다. 그녀는 욕실에서 커다란 양은대야에 물을 받아 가스버너에 올려 끓이기 시작했다. 그녀가 하는 짓을 지켜보던 여자애의 표정이 점점 굳어졌다.

소녀의 기도

물이 끓기 시작했다. 은혜는 차분히 기다렸다. 물이 펄펄 끓어 마룻바닥으로 물방울이 튀었다. 그제야 그녀는 버너의 불을 끄고 수건으로 대야 양쪽을 감아쥐었다. 끓는 물이 든 대야를 들고 천천히 여자애 쪽으로 다가섰다. 여자애가 주춤 몸을 수그렸다. 그녀는 끓는 물을 여자애에게 조금 끼얹었다. 여자애의 맨종아리에 끓는 물이 닿았다. 아, 하고 여자애가 짤막하게 비명을 질렀다.

"뜨거워?"

은혜가 물었다. 여자애는 말없이 시무룩한 얼굴로 그녀를 올려다보았다.

"뜨겁긴 뭐가 뜨거워? 이제 시작인데. 안 그래?"

은혜는 잔인하고 달짝지근한 미소를 지었다. 여자애가 벽 쪽으로 슬슬 붙기 시작했다.

"잘 들어. 내가 오늘 니년을 끓는 물에 삶아 죽일지 아닐지는 니년한테 달려 있거든. 이 물을 내가 니년한테 다 부을 때까지 끽 소리도 안 하면 사는 거고, 안 그러고 소리 지르고 지랄 떨면 내가 열 번이고 스무 번이고 끓여서 퍼부을 거야. 알았어?"

여자애가 고개를 끄덕였다.

"대답해! 알았어?"

"네, 언니."

"이 개 같은 년이 언니는 무슨!"

말을 마치기가 무섭게 은혜는 뜨거운 물의 반을 여자애에게 끼얹었다. 여자애는 허억 하고 등을 돌리고 두 팔로 머리를 감쌌다. 그녀가 나머지 물을 다 붓도록 여자애는 엄, 엄, 하고 신음을 삼키면서 엎드려 두 손을 모아 빌었다.

장하다, 강석호! 이 병신 새끼가 결국 일을 망치고 돌아왔다. 찍찍 그려놓은 지도를 보여주면서 잘난 체할 때부터 은혜는 알아봤다. 그가 마지막 접선 장소로 택한 곳은 은평구에 있는 복합상가 2층 카페에서 내려다보이는 화장실이었다고 했다.
"화장실? 남자, 여자?"
은혜가 물었다.
"남자 화장실이지. 내가 여자 화장실에 어떻게 들어가냐?"
장소를 남자 화장실로 정하다니, 만약 경찰에 신고라도 들어갔다면 대놓고 범인은 남자라고 알려준 꼴이나 다름없었다. 하긴 범인이 남자긴 하지만 말이다. 그는 하필 카페 유리에 '특별메뉴'라고 중간 띠를 붙여놓은 자리에 앉는 바람에 화장실 쪽을 잘 내려다볼 수 없었다고 했다. 그렇다고 의심스럽게 몸을 구부리고 띠 아래를 살필 수도 없었다. 그는 10분 넘게 살펴보았지만 돈이 든 듯한 커다란 검은 봉지를 들고 화장실로 들어가는 남자는 보지 못했다. 바로 철수하기는 그래서 10분

더 지켜봤지만, 검은 봉지를 들고 화장실로 들어가는 남자도, 화장실에서 나오는 남자도 없었다.

"그래서?"

"그래서 일단 카페에서 나왔지."

"경찰은? 경찰은 깔린 거 같았어, 어땠어?"

"모르겠어. 그 새끼들이 어디 경찰이라고 마빡에 써 붙이고 댕기냐?"

"이런 병신 새끼! 그럼 결국 경찰에 신고했는지 안 했는지도 확인 못 한 거야?"

"아니, 그 집에 전화 걸었더니 자기네는 죽어도 신고 안 했대. 미쳤냐고, 애 죽일 일 있냐고? 돈도 시키는 대로 정각에 화장실 두번째 칸에 갖다 놨었대. 믿어달라고 울고불고 하는데 사기 치는 것 같지는 않고, 참."

"두번째 칸? 어디서 두번째 칸?"

은혜의 물음에 석호는 멀뚱한 표정이 되었다.

"두번째 칸이면 입구에서 두번째 아니겠어?"

이런 병신, 소리가 절로 나왔다.

"화장실이 전부 몇 칸이었는데?"

석호는 당황하여 어물어물했다.

"네 갠가 다섯 갠가?"

"전화 끊고 가봤는데 없더란 말이지?"

"응. 그런 셈이지."

그런 셈? 은혜는 눈썹을 꿈틀거렸다.

"그럼 그 돈이 어디로 간 거야?"

"내가 어떻게 알아?"

"너 화장실 안 가봤지?"

"아냐, 가봤어. 왜 안 가봐? 내가 전화 걸고 그러는 동안 누가 들고 튄 거야."

은혜는 석호가 그 화장실에 가지 않았으리라고 확신했다.

"말이 앞뒤가 안 맞잖아? 저쪽에선 정각에 돈을 갖다 놨다는데 넌 못 봤다매? 돈 들고 들어간 사람도 나온 사람도 못 봤다매?"

"자기야, 내 말 좀 들어봐. 그래서 내가 곰곰이 생각해봤는데, 그쪽에서 병신들같이 돈을 5만 원짜리로 갖다 논 거야."

"그걸 어떻게 알아?"

"그쪽 집에서 그러더라고. 5만 원짜리로 3천 갖다 놨다고."

은혜는 이 새끼가 그 돈을 혼자 차지하려고 이러는 건 아닌가 의심스러웠다.

"근데 자기야, 나는 처음부터 그걸 만 원짜리로 생각한 거야."

석호가 의기양양하게 설명을 시작했다.

"그래서 3천 장으로 계산했지. 그러면 돈 봉투가 이만은 하거든. 근데 5만 원짜리면 그 반도 안 되는 거잖아. 반이 뭐야? 5분지 1 아냐? 그러면 요만한 거지. 나는 이만한 거 들고 들어가는 놈만 생각했지 요만한 거 들고 들어가는 놈은 생각 못 한 거야. 거기서 삑사리가 난 거 같더라고."

어려운 수학 문제라도 푼 듯이 자랑스러워하는 석호의 대가리에 은혜는 뜨거운 물이라도 한 대야 퍼부어주었으면 속이 시원하겠다고 생각했다. 은혜의 얼굴을 힐끔 보곤 석호는 이렇게 덧붙였다.

"아직 가망이 없는 건 아냐. 그 집에서 3천은 어렵고 그 반만이라도 어떻게 다시 만들어보겠대. 나중에 내가 연락하겠다고 했는데, 아 골치 아파 죽겠어."

석호는 은혜의 눈치를 다시 살피곤 죽는소리를 했다.

"이거 사람이 할 짓이 아니다. 자기가 대포폰만 두 개 사줬어도 일이 이 지경은 안 됐을 거 아냐?"

"말도 안 되는 소리 하고 자빠졌네. 대포폰이 두 개면 뭐가 달라지는데?"

"폰이 두 개였으면 내가 카페에 앉아서 바로 다른 폰으로 걸어서 확인할 수 있었을 거 아냐? 폰이 하나니까 혹시 추적이라도 당할까 봐 거기서 나와가지고 전화하느라 자리를 비운 거잖아. 아, 이런 얘기해서 뭐하냐? 자기야, 나 하루 종일 굶었어. 우리 치킨이랑 맥주 좀 배달시켜 먹자."

은혜는 참다못해 빽 소리를 질렀다.

"쟤가 저러고 있는데 배달을 어떻게 시켜?"

"아, 그렇구나. 그럼 자기가 나가서 좀 사 와라. 나 하루

종일 너무 긴장했더니 기운이 하나도 없다. 근데 쟤는 오늘따라 왜 저렇게 조용해? 징징대지도 않고."

"몰라!"

"돈 받으면 바로 보내버리려고 했는데 어떡하냐? 집에서 저거 지키고 앉아 있는 것도 답답하고 힘들지, 자기야? 우리 맥주 마시면서 대책을 강구해보자. 빨리 맥주 좀 사다 줘."

은혜는 속으로 욕을 바가지로 퍼부으며 방에서 나왔다. 석호 새끼를 위해서가 아니라 그녀 자신이 맥주를 마시고 싶어서였다. 현관에서 슬리퍼를 신는데 여자애가 놀란 얼굴로 속삭이듯 물었다.

"어디 가요, 언니?"

"집 나간다, 왜?"

"가지 마요, 언니. 가지 마요."

저건 밸도 뭐도 없나, 자기한테 그렇게까지 당하고도 뭐가 좋다고 매달리는지 기가 막혔다. 그러면서도 은혜는 왠지 기분이 나쁘지는 않았다. 까짓것, 밑져야 본전이지. 정 안 되면 튀어버리면 그만이지. 이런 자포자기적인 생각을 하니 차라리 마음이 가뿐했다.

은혜가 먹을 것을 잔뜩 사가지고 돌아왔을 때 석호는 샤워 중이었고 여자애는 등을 돌린 채 벽 쪽을 보고 누워 있었다.

"자니?"

여자애가 움찔하여 몸을 뒤틀다 얕은 신음 소리를 냈다. 등의 덴 부위가 바닥에 닿은 모양이었다. 은혜는 살이 많이 붙은 닭튀김 두 조각을 골라 접시에 담고 컵에 콜라를 부어 여자애 앞에 놓아주었다.

"이번엔 먹고 토하지 좀 마라, 응?"

그녀의 예상과 달리 여자애는 잽싸게 덤벼들어 먹는 대신 이상한 물건을 보듯 닭튀김과 콜라를 물끄러미 내려다보고만 있었다.

"왜? 너도 맥주 주까?"

여자애가 창백한 얼굴을 흔들었다.

"왜? 술 끊었냐?"

은혜의 농담에도 여자애는 말없이 고개만 흔들었다. 그러고 내키지 않지만 은혜를 위해서라는 듯 닭튀김 한 조각을 집어 천천히 핥듯이 먹기 시작했다. 설마, 하는 마음에 은혜는 욕실 쪽을 보았다. 욕실에서 돼지 멱따는 듯한 석호의 태평한 노랫소리가 들려왔다. 아니겠지, 하고 그녀는 맥주캔을 따서 벌컥벌컥 마셨다.

5

여자애는 입마개를 물리지 않아도 조용했다. 텔레비전을 틀어달라고 하지도 않았고, 질질 짜면서 그놈의 지긋지긋한 엄마를 찾는 일도 없었다. 조용히 있다가 갑자기 생각났다는 듯 뭐가 먹고 싶다, 뭐가 먹고 싶다 중얼거렸다.

"언니, 나 나가사키 짬뽕 먹고 싶어요."

"언니, 나 초밥 먹고 싶어요."

메뉴판을 보고 주문이라도 하는 투였다. 처음에 은혜는 먹기만 하면 토하는 주제에 나가사키 짬뽕 같은 소리 하고 자빠졌다고 생각했지만 잊어버릴 만하면 여자애가 자꾸 먹을 걸 주워섬기니 덩달아 식욕이 동했다. 간혹 별로 안 땡기는 메뉴도 있었지만, 잡채니 갈비니 조기구이 같은 데에 이르러서는 침이 뚝뚝 떨어질 지경이었다.

아침부터 열이 오르던 여자애는 저녁이 되면서 양 볼이 홍시처럼 붉게 달아올랐다. 그래선지 여자애가 읊어대는 메뉴 또한 점점 차가운 쪽으로 흘러가고 있었다.

"냉면이 먹고 싶어요, 언니."

"냉면?"

은혜는 하마터면 주문을 받는 종업원처럼 물인지 비빔인지 물어볼 뻔했다. 냉면은 뭐니 뭐니 해도 회냉면인데.

"아니, 아니, 아이스크림이 먹고 싶어요."

"그만 좀 해라. 짜증난다."

"아, 아이스크림, 아이스크림."

여자애가 나른한 목소리로 중얼거렸다.

"야! 내가 지금 너 땜에 꼼짝도 못 하고 있는 거 안 보여?

나도 먹고 싶다, 나도."

"난 스트로베리 아이스크림이 좋아요, 언니."

"아, 진짜! 한 번만 더 뭐 먹고 싶다 그러면 뜨거운 물 확 부어버린다."

"아, 뜨거운 물이 먹고 싶어요."

"이년이 미쳤나?"

"언니도 뜨거운 물 먹고 싶어요?"

여자애가 그녀 쪽으로 힘없이 고개를 돌렸다. 여자애를 내려다보는 순간 은혜는 깜짝 놀라 식탁 의자에서 굴러떨어질 뻔했다. 여자애의 눈빛이 이상했다. 붉게 타오르는 양 볼 위에 얹힌 두 눈이 가짜 눈알을 박아놓은 것처럼 탁했다. 뭔가 뿌연 안개 같은 막이 눈을 완전히 덮고 있어 마치 썩은 물이 고인 것처럼 보였다.

은혜는 못 볼 것이라도 본 것처럼 다리를 후들후들 떨며 의자에서 일어나 간신히 방으로 들어왔다. 여자애가 또 뭐가 먹고 싶다고 웅얼대는 소리가 들렸다. 그녀는 떨리는 손으로 서둘러 엠피스리를 켜고 이어폰을 귀에 쑤셔 박은 뒤 침대에 드러누워 꼼짝도 하지 않았다.

"이제 와서 쟤를 놔주자고?"

은혜는 날카롭게 물었지만 자신도 이제 그만 여자애에게서 벗어나고 싶은 생각이 굴뚝같았다.
 "오늘 전화해봤는데 뭔가 느낌이 안 좋아. 물 건너간 거 같아."
석호가 고개를 설레설레 흔들었다.
 "한 번 더 안 해보고? 그쪽에서 반이라도 만들어준댔다매?"
석호가 픽 웃으며 그녀를 내려다보았다.
 "그럼 이번엔 니가 돈 가지러 갈래?"
은혜는 욕이 튀어나오려는 것을 간신히 억눌렀다.
 "하긴 쟤도 열이 있는 게 좀 아픈 것도 같고."
 "아프긴 개뿔! 엄살이야, 엄살. 그나저나 그럼 니 돈은 어쩌냐?"
끝까지 니 돈이란다. 은혜는 비웃듯이 입매를 뒤틀었다. 석호에 대한 증오심을 억누르느라 사지가 다 떨렸다. 뭔가 이 새끼를 확 열 받게 할 말이 없나 생각하다가 불쑥 이렇게 말했다.
 "생각해보니까 돈 받으러 빚쟁이 새끼들이 내일모레쯤 들이닥칠지도 몰라."
 "아 씨발! 그런 얘길 왜 지금 해?"
석호가 인상을 확 썼다. 은혜는 웃음을 참느라 천천히 말했다.
 "확실하진 않아."
 "확실하지 않은 건 또 뭐야? 씨발! 아, 되는 일 없어."
 "그럼 우리 쟤 깨끗이 놔주고 여기 뜰까?"
 "깨끗이 놔주고 여길 뜬다?"

석호가 갑자기 유들유들한 말투로 물었다. 너는 몰라도 내가 꼭 그렇게 할 필요가 있겠는가, 내겐 더 나은 방도도 있지 않겠는가, 궁리하는 표정이었다. 법적으로 석호는 그 빚에 아무 책임도 없었다.

"깨끗이 놔주고 여길 뜬다. 우리가…… 깨끗이…… 뜬다."
석호는 그녀를 약 올리듯 이렇게 중얼거리며 방 안을 서성이기 시작했다. 은혜는 팔짱을 끼고 그런 그를 차갑게 쏘아보았다. 불현듯 지독한 피로감이 밀려왔다. 쿵쿵 소리가 들려온 건 그때였다. 지진이라도 난 듯 벽이 쿵쿵 울렸다.

"뭐야?"
석호가 몸을 돌렸다. 이어서 찢어지는 듯한 비명이 울렸다. 그들은 동시에 방문을 열고 뛰어나갔다.

정신줄을 놓은 여자애가 발광을 하고 있었다. 여자애가 차버린 변기통이 뒤집혀 마룻바닥엔 오물이 흐르고 있었다. 여자애는 오물 위를 뒹굴며 손으로 옷을 찢고 발버둥을 치고 머리를 벽에 박고 목줄을 힘껏 당겨 끼익끼익 죽어가는 짐승의 소리를 냈다.

"저년이 갑자기 왜 저래?"
"나도 몰라. 자기가 어떻게 좀 해봐."
서로 눈치만 보다 마침내 그들이 행동에 돌입한 것은 여자애의 비명을 누가 들을까 봐 두려워서가 아니라 그들 자신이 듣기에 너무 괴로워서였다. 석호가 여자애의 목줄을 움켜쥐고 여자애의 뺨을 후려쳤다. 여자애는 코피를 흘리면서도 숨이 넘어갈 듯한 소리를 내지르며 계속 몸부림을 쳤다. 석호가 발로 배를 걷어찼다. 은혜는 여자애의 입에 수건을 물리려다 손가락을 물어 뜯겼다. 석호가 모질게 패는데도 여자애는 끔찍한 울부짖음을 그치지 않았다. 은혜가 신발장에 놓인 작은 화분으로 여자애의 머리를 내리쳤다. 뚝, 하는 둔탁한 소리가 났다. 이상하게도 화분은 깨지지 않았다. 여자애가 눈을 까뒤집으며 뒤로 넘어갔다.
 "엄……"
바르작거리던 여자애가 드디어 조용해졌다.
 "이 미친년, 드디어 기절했네, 기절했어."
석호가 떨리는 소리로 말했다.
 "기절한 거 맞지?"
 "맞아. 숨도 쉬잖아? 봐."
 석호는 일단 여자애 입을 벌려 수건을 단단히 물리고 테이프로 손발을 묶고 뒷걸음질쳐 일어났다. 그 순간 은혜는 스스로도 알 수 없는 충동에 휩싸여 석호를 있는 힘껏 떠다밀었다. 그가 쏟아진 오물 위로 나뒹굴었다. 그녀는 그 위로 몸을 날렸다. 그녀는 작은 주먹으로 그의 얼굴이며 목을 닥치는 대로 때렸다. 그가 그녀의 머리칼을 휘감아 쥐었다. 그녀가 그의 귀를 물어뜯었다. 그가 그녀의 머리통을 후려갈겼다. 그녀가 그의 목을 쥐어뜯었다. 그가 그녀의 셔츠를 찢었다. 그들은 옷을 찢어발기듯 벗어던지고 허겁지겁 서로의 살을 더듬었다. 그가 그녀 위로 타고 올라왔다. 그녀가 용을 쓰며 그의 맨가슴을 할퀴었다. 그가 그녀의 젖가슴을 움켜쥐고 가랑이를 벌렸다. 그들은 개처럼 헐떡거렸다.

　오물 위에 널부러져 있던 그들이 몸을 일으켰을 때 여자애는 묶인 두 손을 포갠 채 기도하는 자세로 누워 있었다. 머리 뒤쪽엔 광배처럼 둥근 핏자국이 퍼져 있었다.
　"죽었나 봐."
은혜가 낮게 중얼거렸다.
　"니가 죽였나 보다, 은혜야."
은혜는 입술을 질끈 깨물었다. 강석호 이 개새끼, 또 무슨 독박을 씌우려고? 모든 빚을 그녀만의 빚으로 밀어붙이려고 했듯이, 여자애의 죽음도 그녀만의 탓으로 밀어붙이려는 심보였다. 하지만 이번만은 그렇게 호락호락 안 될 것이다.
　"깨끗이 처리하고 떠나겠다, 우리."
석호가 불안한 눈빛으로 그녀를 내려다보았다.
　"우리?"
은혜는 눈을 홉떴다. 우리라는 말속에는 그들이 평생을 함께 가야 한다는 무시무시한 의미가 담겨 있었다. 그래, 이제 알아듣겠어? 강석호랑 김은혜는 이제 공범이 된 거라고. 석호의 눈이 그렇게 말하고 있었다.

석호가 열쇠를 가져와 여자애의 쇠 목줄을 딸깍 풀자 악취가 풍겼다. 여자애의 목은 쇠테에 졸리고 쓸려 붉은 벨트 모양의 자국이 선연했다. 쇠테에 집힌 오른쪽 목의 상처는 길쭉한 타원형 모양으로 썩고 짓물러 있었다. 상처 중앙에는 잔뜩 성이 난 녹색 고름 주머니가 화산처럼 부풀어 있었고, 그 주변에 매달린 자디잔 고름 주머니들은 오글오글한 애벌레들처럼 보였다.

"그러게 목줄 좀 큰 거 사오라니까, 개새끼야!"

"이 씨발년이 끝까지 진짜!"

석호가 한 대 내려칠 기세로 팔을 치켜들었다. 은혜는 눈을 동그랗게 뜨고 덤벼들었다.

"왜? 쳐! 패 죽여. 배 속의 니 새끼까지 패 죽이라고. 이 개만도 못한 새끼야."

석호가 팔을 내리고 떨리는 목소리로 이죽거렸다.

"그러는 너는, 명색이 목사 딸년이라는 게, 애 등짝을 그 지경으로 지져놨냐?"

은혜는 온몸을 부들부들 떨었다. 그랬구나. 그랬어. 석호 새끼는 결국 여자애 옷을 벗겼다. 여자애를 건드렸던 것이다. 그걸 지금 제 입으로 실토하고 있는 중이다.

"야, 이 짐승 같은 새끼야! 생리 중인 애를……"

은혜는 더 말을 잇지 못했다. 심한 욕지기가 치미는 바람에

소녀의 기도

그녀는 목욕탕으로 내달렸다. 격한 토악질이 밀려왔다. 배 속의 것이 발광을 하는 것 같았다. 그래, 너도 발광을 하다 죽어버려라.

변기 물을 내리며 그녀는 거울을 힐긋 보았다. 새빨갛게 달아오른 조막만 한 얼굴에 젖은 두 눈이 질척한 구멍처럼 뚫려 있었다. 벌거벗은 상체는 앙상하고 더럽고 긁힌 상처투성이였다. 그녀는 오른손으로 자신의 가느다란 목을 지그시 눌러 보았다. 침을 삼킬 때마다 눌린 목에서 구역질이 올라왔다. 이렇게 나흘을 살았구나. 은혜는 눈을 감고 생각했다. 내가 사람을 죽였다. 내가 그 애를 죽였다. 앞으로는 허튼소리를 지껄이게 될까 봐 마음 놓고 술에 취할 수도 없을 것이다. 악몽에 시달릴까 봐 잠도 잘 수 없을 것이다. 다시는 섹스를 할 수도 없을 것이고, 아이를 낳을 수도 기를 수도 없을 것이다. 여학교 앞을 지나가지도, 생리대를 갈거나 수건을 말거나 목줄을 맨 강아지를 보거나 엄, 엄, 하고 우는 이웃집 아기 울음소리를 제정신으로 들을 수 없을 것이다. 그 밖에 할 수 없는 것이 얼마나 많을까.

"걸레 좀 가져와!"

마루에서 석호가 소리를 질렀다. 그 소리에 은혜는 눈을 번쩍 떴다. 꿈에서 깬 듯 번개 같은 깨달음이 왔다. 모든 게 불을 켠 듯 분명해졌다. 그녀의 죄는 오로지 저 악마 새끼를 만난 것밖에 없었다. 취한 애를 납치해 온 것도 저 새끼였고, 애의 목에 쇠테를 조인 것도 저 새끼였고, 그녀가 없는 동안 애를 강간한 것도 저 새끼였다. 그래서 애 눈빛이 그 지경이 된 거고 결국 발작까지 일으킨 거다. 다 저 새끼 탓이었다. 그녀는 그 애를 인간적으로 대해주려고 얼마나 노력했는지 모른다. 그 애 밑을 닦고 생리대를 갈아준 게 누구며, 목줄을 큰 걸로 사 오라고 닦달한 게 누구며, 토할 걸 알면서도 꼬박꼬박 먹을 걸 챙겨준 건 누구인가. 더러운 변기통을 비운 건 누구고, 텔레비전을 틀어준 건 누구인가. 그 애가 어리석은 꼼수만 쓰지 않았더라도 뜨거운 물을 퍼붓는 일은 없었을 것이고, 그 애가 발작을 일으키지만 않았더라도 화분으로 내려치지 않았을 것이다. 모든 책임은 저 악마에게 있다. 그녀 자신은 결백하다. 그녀도 죽은 그 애와 똑같이 피해자일 뿐이었다. 그런 의미에서 죽은 그 애는 그녀의 친동생이나 마찬가지였다. 그녀가 어제 맥주와 치킨을 사러 나갈 때 그 애는 제발 가지 말라고 그녀를 처연히 올려다보지 않았던가.

"그래! 이 언니가 복수해주겠어!"

은혜는 이를 갈며 말했다.

"저 새끼를 짓뭉개버리겠어!"

어디선가 서툰 솜씨로 피아노를 뚱땅거리는 소리가 들려왔다. 관절을 부러뜨리듯 또박또박 끊어지는 피아노 소리에 잠시 귀를 기울이고 있던 은혜는 여자애에게 끓는 물을 붓기 직전처럼 잔인하고 달짝지근한 미소를 지었다.

저 악마의 죄를 입증하기 위해서라면 그녀는 모든 고통을 달게 받아들일 준비가 되어 있었다. 화분을 내리쳐 여자애를 죽인 죄로 처벌받는 것도 기꺼이 감수할 생각이었다. 그러니 이제라도 손잡고 경찰에 자수하러 가든지 아니면 평생 속죄하는 마음으로 살자고, 그녀는 석호 새끼의 목줄을 바싹 잡아챌 작정이었다. 저 새끼는 분명히 싫다고 할 것이다. 그래도 상관없었다. 시간은 얼마든지 있었다. 혹시라도 저 양심 없는 새끼가 어느 순간 잠도 잘 퍼자고 밥도 잘 처먹게 된다면, 그릇된 삶을 교정하여 갱생의 길로 이끄는 목자처럼 그녀가 나서서, 그가 한시도 마음 편히 살 수 없도록 그의 죄를 낱낱이 새록새록 일깨워줄 생각이었다. 백발이 되고 이가 빠지고 손발에 주름이 잡히고 무릎관절이 닳아빠질 때까지 끊임없이, 목을 다 파먹어 들어가는 녹색 고름처럼 악착같이, 저 사악한 영혼을 물컹물컹 짓무르게 녹여버릴 것이었다. 그렇다. 모든 것을 예비하시는 그분께서 이런 시련을 통해 그녀에게 이런 소명을 주신 것이다.

오, 주여! 은혜는 수난을 당하는 성녀(聖女)처럼 공포와 희열에 휩싸인 채 알몸을 달달 떨면서 거울 앞에서 두 손을 모았다.

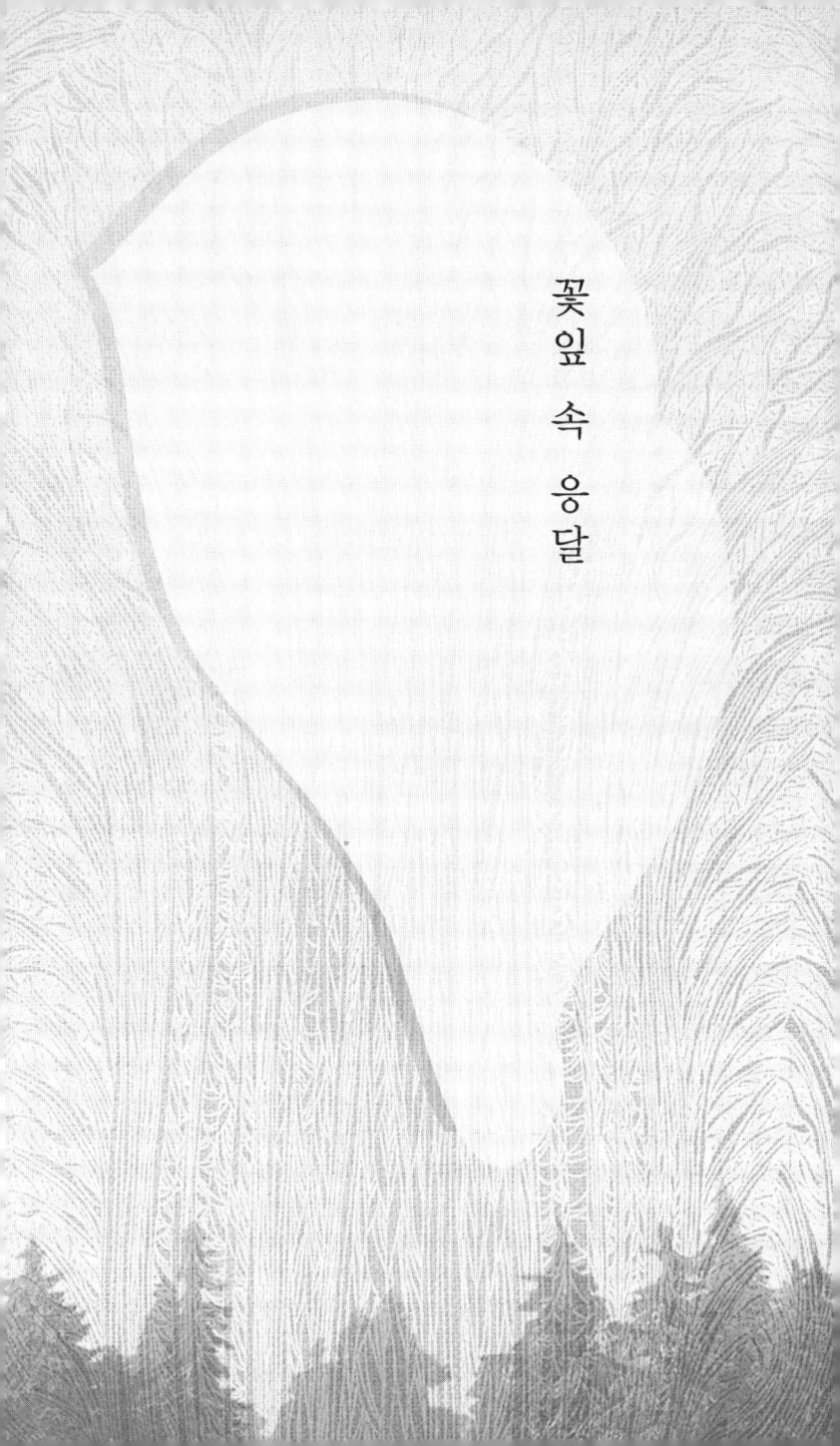

꽃잎 속 응달

1

 업무차 잠깐 들렀던 조교가 인사를 하고 나가면서 물었다.
 "선생님, 언제까지 계실 예정이세요?"
 "곧 가야지."
버릇처럼 부드럽게 치켜 올라갔던 그녀의 입가는 연구실 문이 닫힌 후에도 몇 초쯤 굳어 있었다. 그녀는 코앞에서 뭔가를 놓친 사람처럼 눈도 깜빡이지 않고 입꼬리도 내리지 않았다. 움직이면 기억이 사라질 것 같았다. 그때가 언제였지. 정확한 날짜를 기억할 수 없지만 오래전 그날도 이렇게 연구실에 혼자 남아 있었던 기억이 났다. 그녀는 석고처럼 굳어 있던 눈가의 힘을 풀고 입꼬리를 늘어뜨렸다. 꼽아보니 14년 전, 스물여덟의 일이었다. 그 당시에는 영원히 잊지 못하리라 생각했는데 언제 잊었는지도 모른 채 잊어버리고 살아왔다. 망망한 망각의 힘에 그녀는 아찔함을 느꼈다.

창밖에는 만개한 꽃송이를 뭉실뭉실 매단 벚나무가 느릿느릿 어두워지고 있었다. 그날도 이렇게 창밖의 벚나무를 바라보았던가. 그때 대학원 연구실 창밖에 벚나무가 있었는지는 기억나지 않았다. 다만 석사과정 후배가 언제 가실 거냐고 물었을 때 그녀는 곧 가야지, 하고 입꼬리를 올리며 웃었다. 그리고 곧바로 비장하게 연구실을 나가 한 교수의 아파트 근처로 갔던가.

그녀는 고개를 저었다. 아니다. 형광등 불빛이 스산한 그 넓고 휑한 대학원 연구실에 그녀는 조금 더 남아 있었던 것 같다. 그때 무엇을 했던가. 그녀는 조바심이 나서 초조하게 손을 맞비볐다. 잠시 눈을 감고 있으니 생각이 났다. 혼자 남은 그녀는 문가에 있는 세면대로 가서 손을 씻고 한참 동안 거울을 들여다보았다. 그때 거울에 비친 자신의 표정을 지금도 똑똑히 기억해낼 수 있을 것 같았다. 그날 입었던 푸른 셔츠의 빳빳한 깃까지도.

그녀는 창가에서 몸을 돌려 연구실 세면대로 가서 거울을 들여다보았다. 분홍 하트형 거울에 마르고 화장이 뜬, 그때보다 14년 늙은 얼굴이 비쳤다. 그때는 직사각형의 쇠테를 두른 거울이었다. 그녀는 머리칼을 귀 뒤로 넘기고 정성껏 파운데이션을 덧바르고 눈화장을 가다듬었다. 거울 속엔 여전히 주름이 얇게 드리운, 탄력을 잃은 피곤한 얼굴이 들어 있었다. 14년 전 그녀는 거울 속에서 무엇을 보았던가. 다들 떠나버린 대학원 연구실 거울 앞에서 아무 목적 없이 자기 얼굴만 물끄러미 들여다보았을, 시리게 젊으면서도 그런 줄 몰랐을 스물여덟의 자신을 떠올리자 딸처럼 애틋한 느낌이 들었다.

지금 당장 출발해도 회식에 늦을 거라고 생각하면서도 그녀는 창가 자리로 돌아와 흥미진진한 스토리를 이어가듯 그날의 기억을 차근차근 더듬기 시작했다. 그리고 또 무엇을 했더라. 거울 앞에 서 있다가 어느 순간 누군가 갑자기 대학원 연구실 문을 열고 들어올지 모른다는 불안감에 사로잡힌 그녀는 얼른 제자리로 돌아와 글쓰기에 몰두한 것처럼 보이도록 펜을 움켜쥐었다. 그러나 글은 써지지 않았을 것이고 어둠이 내리면서 창밖은 어두워졌으리라. 담배를 피웠던가. 아마 그랬을 것이다.

그녀는 창문을 열고 전열기를 켰다. 서랍에서 뚜껑이 덮인 재떨이와 담배를 꺼내 불을 붙였다. 연기는 바람을 타고 일직선을 그으며 실내로 날아들었다. 등이 따뜻해지고 고소한 담배 냄새가 퍼졌다. 그녀는 14년 전의 그날을 생각했고 스물여덟이란 나이를 생각했다. 그때 대학원 연구실에서 담배를 피웠다면 그 전에 문을 잠갔어야 할 것이다. 재를 떨었다면 연탄처럼 둥글고 구멍이 뚫린 재떨이였을 것이다. 또 무엇을 했던가. 책을 읽었던가, 자료집을 정리했던가. 그런 사소한 것은 기억나지 않았다. 그녀는 담배를 끄고 재떨이 뚜껑을 덮어 서랍에 넣었다. 담배 한 대를 피운 만큼 창밖은 더 어두워졌다. 그날 밤 대학원 연구실에 볼일이 있거나 무엇을 빠뜨리고가 되돌아오는 사람은 아무도 없었다. 그날 그녀가 몇 시쯤 대학원 연구실을 나왔는지는 기억나지 않았다. 하지만 연구실을 나오기 전에 수첩 뒷면의 지하철 노선표에서 한 교수 아파트 근처 전철역을 확인했던 것, 딱 소주 세 병만 마시자고 결심하는 순간 청신하고 잔혹한 기쁨이 샘솟았던 것, 그리고 연구실을 나와 열쇠로 도어를 잠글 때 흐릿한 복도에 무뚝뚝하게 울리던 쇳소리는 기억에 선명했다.

그녀는 손을 비누질해 씻고 가방을 챙겼다. 명 교수 퇴임기념논총 출판기념회 초대장은 뽑기 쉽도록 가방 앞쪽에 꽂았다. 술자리에 한 교수도 오겠지, 하고 그녀는 생각했다. 이호재도 올 것이고. 연구실을 나오면서 그녀는 밑도 끝도 없는 분노에 어깨를 으쓱했다. 아무나 문을 벌컥 열고 들어올 수 없도록 도어록이 장착된 개인 연구실을 갖게 된 지가 고작 5년밖에 안 되었는데 내년이면 2년치 연봉을 퇴직금으로 받고 사표를 쓰거나 교양학부로 내려가 몇 년을 버티거나, 둘 중 하나를 선택해야 한다. 도무지 이럴 수는 없다는 생각이 들었다.

120킬로 내외의 속도로 한 시간 이상 달리고 나자 미사대

교가 나타났다. 한강을 건너 조금 더 달리자 톨게이트였다. 그녀는 차의 속도를 줄여 하이패스 구간을 통과했다. 귀 모양의 우회로를 지나 올림픽대로로 접어들자 속도가 형편없이 줄어들었다. 내비게이션이 알려주는 길을 두 번이나 놓치고 그녀는 신경질적으로 중얼거렸다.

"병신같이!"

14년 전이나 지금이나 병신 같은 건 여전했다. 그날 그녀는 소주 세 병을 먹고도 용기를 내지 못했다. 한 교수에게 전화를 걸어 그가 받자마자 재빨리 수화기를 내려놓는 짓을 두 번, 고작 두 번 하고 공중전화 부스에서 나왔다. 차라리 전화를 하지 말든지, 했으면 캑 소리라도 냈어야 했다. 아무 말도 못하고, 병신같이. 일러줘도 길도 못 찾고, 병신같이. 그때는 고작 두 번이었고 지금은 두 번씩이나였다. 횟수 하나 딱딱 못 맞추고, 병신같이. 그녀는 클랙슨을 최고의 데시벨로 아주 오랫동안 꾹 누르고 싶은 충동을 억눌렀다. 한 교수도, 이호재도 이미 와 있을 것이다.

2

기념회 뒤풀이 장소인 외갓집 화로구이 식당은 기와지붕 아래 동굴 모양의 입구가 뚫린 그로테스크한 외관이었다. 대갓집의 풍요로움과 뭔가를 숯으로 구워 먹는 혈거의 생생함을 결합하려는 의도인 듯했으나, 반질반질한 기와와 거친 질감의 동굴 입구는 끔찍할 만큼 안 어울렸다. 그녀는 건물 왼편으로 돌아 뒤편 주차장에 차를 세우고 다시 앞쪽으로 돌아와 동굴이라기보다는 동물의 아가리처럼 보이는 입구로 들어섰다.

안내된 룸에 들어갔을 때 회식 자리는 교수와 강사, 대학원생 들로 제법 북적이고 있었다. 옅은 담배 냄새가 났지만 환기가 잘 되는지 실내 공기는 깨끗했다. 어쩌면 더 이상 고기를 굽지 않아 그런지도 몰랐다. 상 위에 놓인 놋그릇과 도자기 술병이 선명하게 눈에 들어왔다.

길게 이어 붙인 탁자의 중심에는 오늘의 주인공인 명 교수가 앉아 있었다. 위에서 내려다보아 그런지 머리털이 거의 다 벗겨진 정수리는 불빛에 반사되어 반짝거렸고 술기운에 달아오른 얼굴은 대추처럼 쭈글거렸다. 명 교수 왼편에는 출판사 사장이, 오른편에는 편집위원이 앉아 있었고, 맞은편에는 한 교수를 비롯한 나이 든 선배 교수들이 앉아 있었다. 양옆으로 뻗어나가면서 참석자들의 연령은 점점 젊어져, 비정년 연구교수들, 시간강사들이 자리를 잡았고, 맨 끄트머리 쪽에는 대학원생들로 보이는 젊은 남녀들이 다닥다닥 둘러앉아 있었다. 이호재는 제 나이와 직급에 맞게 왼편 끝에서 두번째 탁자에 앉아 있었다.

"오, 양숙현! 어서 와, 어서 와."

명 교수가 손을 들어 알은척을 하자 모두의 시선이 그녀에게로 쏠렸다.

"좀 늦었습니다, 선생님."

"괜찮아. 멀리서 오느라고 수고했어. 앉아."

한 교수 옆에 앉아 있던, 그녀의 3년 선배인 김 교수가 벌떡 일어났다. 그녀가 괜찮다고 하는데도 그는 자리를 내주고 왼편 끝쪽 탁자로 걸어갔다. 그가 탁자 앞에 서서 익살스럽게 여기 끼어 앉아도 되겠냐고 묻는 포즈를 취하자 젊은이들에게서 환호성이 터져 나왔다. 그러나 그녀는 반색하는 대학원생들 사이에서 고개를 살짝 틀며 단연코 환영하지 않는 뜻의 불만스런 표정을 짓는 여학생을 놓치지 않았다.

그녀가 자리에 앉자 명 교수가 술잔을 내밀었다.

"일단 잔부터 받아."

그녀는 술잔을 받았다.

"한 선생이 좀 따라줘. 내가 요즘 눈이 잘 안 보여서 술을 못 따라."

명 교수의 말에 그녀는 몹시 안타까운 표정을 지었다. 옆자리의 한 교수가 도자기에 든 중국 술을 따랐다. 그녀는 술잔을 잠시 내려다보다 입술만 적시고 내려놓았다. 모르는 남학생이 와서 꾸벅 인사를 하고 책이 든 종이봉투를 건네주고 갔다. 그녀는 봉투에서 두툼한 하드커버의 논총을 꺼냈다.

"표지 좋은데요, 선생님."

그녀의 말에 명 교수 왼편에 앉은 출판사 사장이 반색을 했다.

"괜찮지요? 내가 신경 좀 썼지. 내용도 참 알차요. 우리 명 교수님 제자 복도 많으시지."

그녀가 목차를 뒤적이는데 옆자리의 한 교수가 식사를 했느냐고 물었다. 그녀는 괜찮다고 대답했다. 한 교수가 뭐라고 더 말을 하려는데 명 교수가 입을 열었다.

"내가 말이야."

그녀는 목차를 들여다보다 말고 고개를 들었다. 사람들도 일제히 고개를 돌려 경청하는 태도를 보였다.

"사십대 후반에 3년 동안 깊은 우울증을 앓은 적이 있어요."

양 끝 쪽 탁자에 앉은 여학생들이 내지르는, 아니, 어머, 하는 짧은 외마디 소리가 들려왔다.

"하도 상태가 안 좋아서 정신과 의사를 다 찾아갔다고, 내가."

좌중이 조용해졌다.

"의사가 일단 얘기를 해보라고 하더라고. 무슨 얘기를 하냐고 물었더니 그냥 미주알고주알 길게 얘기를 하라는 거야. 일기를 써도 충분할 일을 굳이 의사랑 얘기할 필요를 못 느꼈지. 의사가 하는 질문이란 게 또 나를 고양시키는 질문도 아니었어. 게다가 나올 때 보니까 병원비가 너무 비쌌어. 그때 돈으로 7만 원을 냈던가? 의료보험도 안 되고 하여튼 굉장히 비쌌던 기억이 있어."

오른편에 앉은 편집위원이 물었다.

"그 돈으로 차라리 지인분들과 술 먹고 얘기하는 게 더 낫지 않습니까?"

명 교수는 잠시 가만히 있다가 말을 이었다.

"그때는 원인도 없는데 모든 일이 우울했으니까 사람들 만나기도 싫었지. 어떤 사람들은 사치다 뭐다 그러는데, 그 말도 언즉시야이지만, 그래도 도대체 우울하지 않을 도리가 없었어."

한 교수가 물었다.

"그럼 어떻게 나으셨습니까, 선생님? 저도 요즘 우울증인가 싶은데요."

그녀는 제법 진지한 표정을 짓고 있는 한 교수를 힐끔 쳐다보았다.

"자가치료가 제일 좋아."

명 교수가 주름진 두 손가락으로 탁자를 살짝 누르며 말했다.

"자가치료면, 스스로 치료하는 거요?"

명 교수가 고개를 끄덕였다.

"그렇지. 스스로 치료하는 거지. 내가 만든 병이니까 내가 치료해야 돼. 누가 해줄 수 있는 일이 아니라고."

"아, 그렇군요. 그런데 어떻게요?"

한 교수의 추임새에 힘을 받은 명 교수가 기나긴 얘기를 시작했다. 어차피 그렇게 흘러갈 대화였다. 명 교수는 자가치료의 예로 조선 후기 문인인 존재(存齋) 위백규(魏伯珪)의 『연어

(然語)』를 들었다. 그녀는 책의 목차 앞머리에서 명 교수가 쓴 위백규에 대한 소논문을 확인했다. 명 교수는 위백규가 매화를 매군(梅君)이라 부르며 매군과 나눈 문답의 내용을 일일이 소개하면서 정신과 의사의 경우와 달리 이 얼마나 존재를 고양시키는 문답이냐고 말했다.

"아하, 존재 선생이 선생님의 존재를 고양시켰군요."
한 교수가 감탄했다.
"『연어』, 다시 한 번 꼭 읽어봐야겠습니다."
"응. 꼭 읽어봐. 한 자 한 자 음미하면서 읽어야 돼, 한 선생."
그녀는 독한 중국 술이 든 잔을 들어 한 번에 비우고 캑 소리를 냈다. 한 교수가 그녀를 돌아보았고 명 교수가 손뼉을 짝 쳤다.
"아이고, 양숙현이 여전히 술을 잘 먹네. 내가 이래서 양 선생을 좋아해."

주차장으로 가는 중간에 작은 뒷마당이 있었다. 그녀는 잔디가 깔린 뒷마당을 가로질러 어두운 주차장으로 갔다. 승용차 문을 열고 운전석에 앉자 밋밋한 식당 건물 뒤편과 그녀가 통과해 온 뒷마당이 보였다. 가로등이 있어 주차장보다 조금 밝은 뒷마당에는 빨간 파라솔이 두 개 놓여 있고 감나무 한 그루가 마당의 일부를 짙은 그림자로 물들이고 있었다. 그녀는 파우치에서 담배 케이스를 꺼내 담배를 피워 물었다. 술기운이 오르면서 공연히 울적하고 심술이 났다.

"존재가 존재를 고양시켜?"

소리 내어 말하자 기분이 조금 나아졌다. 그녀는 더 큰 소리로 말했다.

"존재 같은 소리들 하고 자빠졌네."

그녀는 담배를 피우며 얌전하면서도 위엄 있게 서 있는 커다란 우산 모양의 감나무를 바라보았다. 그녀가 14년 전에 나누고 싶었던 문답이야말로 바로 그런 문답이었다. 그때 전화를 걸어서 한 교수에게 하려던 말은 얼마나 근사하고 매혹적이고 난폭했던가. 다시는 얼굴 못 들고 다니게 만들어놓을 거야. 다시는 그 짓을 못하게 해줄 수도 있어. 다시는 눈을 뜨지 못하게 만들어놓을 수도 있지. 다시는, 다시는…… 그녀는 꽉 쥐었던 주먹을 풀었다. 만약 그런 말들을 할 수 있었다면 그건 진정 한 교수의 존재를 매화의 향처럼 한껏 그윽하게 고양시켜주는 말들이었을 것이라고 생각하며 그녀는 나른한 아쉬움을 느꼈다.

담배를 끄고 파우치에서 분홍색 알약을 꺼내 침으로 삼켰다. 그녀는 마지막 생리를 마흔 살 음력 생일에 시작했다. 그때는 그날이 생일인 줄도 몰랐지만 그 후로 그녀는 그 일치가 주는 의미, 처음과 끝이 어긋나게 도는 의미에 대해 오랫동안 숙고해왔다. 그녀가 처음 여자로 태어난 날 그녀는 마지막으로 여자 노릇을 했다. 사실 생리란 여자 노릇이라기보다 여자 노릇의 실패한 흔적이지만 어쨌든 여자만이 실패할 수 있는 노릇이다. 일반적인 경우보다 10년은 빠른 폐경이라고 했다. 그래서 매일 앙증맞은 분홍색 호르몬 약을 먹어야 하고 매년 유방암과 골밀도 검사도 받아야 한다고 했다. 언제까지. 대체 언제까지.

그녀는 다시 담배를 하나 꺼내 손으로 만지작거렸다. 그녀는 한 인간의 탄생이 그 인간의 육체에 깊은 각인을 남긴다고 믿었다. 탄생을 하나의 출발점으로 하여 육체는 음력이나 양력으로는 계산되지 않는 자기만의 어떤 신비한 주기를 회전하는 것 같았다. 그 회전의 시작과 끝이야말로 생명체의 유일한 개성일지 모른다고 그녀는 생각했다. 때로 그녀는 자신이 죽는 날을 미리 알고 싶어 미칠 듯할 때가 있었다. 죽음의 시간만 알면 자신의 인생의 주기와 의미가 소급적으로나마 완벽히 계산될 것 같은 느낌이 들었다.

그녀는 담배를 다시 케이스에 집어넣으며 오늘은 아무래도 대리운전을 해야겠다고 생각했다. 차 문을 열려다 식당 뒤편에서 사람이 나오는 걸 보고 잠시 그대로 있었다. 뒤편에도 문이 있는 줄 알았다면 굳이 으스스한 정면 출입구로 돌아 나오지 않아도 되었을 것이다. 뒷문으로 나온 사람은 남녀 둘이었다. 그들은 뒤를 흘끔거리며 조심스런 걸음으로 잔디밭에 내려서더니 빛을 내뿜는 가로등을 피해 감나무 아래 벤치에 앉았다.

  벤치는 반이 감나무 그림자에 가려지고 반은 드러나 있었는데, 어두운 쪽에 여자가 앉았고 밝은 쪽에 남자가 앉았다. 그들이 식당 건물을 향해 앉는 바람에 그녀는 그들의 뒷모습만 볼 수 있었다. 하지만 이미 그들의 앞모습을 본 그녀는 남자 쪽이 이호재이고, 여자 쪽이 그녀에게 자리를 양보하고 끝쪽 탁자에 합류한 김 교수에게 불만스런 표정을 짓던 여학생이라는 걸 알아보았다.

  감나무 그림자 속에서 여학생은 고개를 숙이고 등을 약간 웅크린 채 정면을 응시하고 있었다. 이호재는 여학생 쪽으로 몸을 약간 틀고 나직하게 얘기하고 있었는데 뭔가를 납득시키려는 듯도 보이고 위로하려는 듯도 보였다. 그는 점점 여학생 쪽으로 고개를 기울였다. 어둠 속에서 여학생이 고개를 끄덕이거나 흔드는 것이 느껴졌다. 가끔 이호재는 식당 뒷문 쪽을 재빨리 확인하곤 했는데, 그쪽으로 누가 나오는지만 신경 쓰느라 뒤에도 사람이 있다는 걸 모르는 게 그녀는 우스웠다. 이호재는 어느새 왼팔을 들어 여학생의 어깨를 감싸는 자세를 취했다. 언뜻 보면 그림자 속으로 들어간 그의 팔이 검은 동물의 아가리에 잡아먹히고 있는 듯 보였다.

  먼저 일어난 쪽은 여학생이었다. 여학생이 밝은 쪽으로 튀어나오자 그녀는 호기심을 가지고 상체를 앞으로 내밀었다. 이십대 후반쯤으로 보이는, 해사하고 내성적인 얼굴이었다.

그들은 일어나 잠시 마주 보고 서 있었다. 이호재가 고개를 끄덕이자 여학생은 꾸벅 인사를 하고는 몸을 돌려 가볍게 잔디밭을 뛰어갔다. 뛸 때마다 여학생의 올려 묶은 머리가 상추 포기처럼 까딱거렸다. 이호재는 여학생이 뒷문으로 들어가는 걸 지켜보더니 주머니에서 휴대폰을 꺼내 들여다보았다. 그는 휴대폰을 집어넣고 담배를 꺼내 피워 물었다. 그 모습에서 그녀는 짧은 짬을 내어 정사를 하고 헤어지는 불륜의 남녀를 엿본 듯한 느낌을 받았다.

  그녀는 차 문을 열고 나왔다. 일부러 소리 내어 문을 쾅 닫고 자동키를 꾹 눌렀다. 요란한 문소리와 잠금장치가 작동하는 소리에 이호재가 돌아보았다. 그녀는 잔디밭을 향해 경쾌하게 걸어갔다.
  "이호재 선생?"
이호재가 벌떡 일어났다.
  "안녕하세요, 선생님?"
  "여기서 뭐해요?"
  "아, 예. 담배 좀 피우려고 나왔습니다."
그는 큰 죄라도 지은 듯 담배를 떨어뜨려 밟아 껐다.
  "아, 그랬구나. 난 차에서 뭐 꺼낼 게 있어서."
  "아, 그러셨어요?"

"뒤쪽에도 문이 있나 봐."

"네. 모르셨어요?"

"난 그런 줄도 모르고 돌아왔네. 앞쪽 출입구, 드나들기 끔찍하지 않아?"

"네. 좀 그렇죠."

이호재는 적이 안심한 얼굴로 웃었다. 그녀는 아무것도 모르는 척하고 여학생이 앉았던 감나무 그늘 쪽 벤치에 앉았다. 아직도 벤치에 온기가 남아 있는 듯했다. 이호재가 옆에 앉았다.

"이번 학기엔 우리 학교에 강의 안 나오데?"

"네, 선생님. 안 그래도 연락드리려고 했는데요, 제가 이번 학기부터 저희 학교에서 프로젝트 연구교수로 근무하게 됐어요."

그녀는 이호재가 절대 그런 일로 자신에게 연락하지는 않았을 거라고 생각했다.

"그래? 잘됐다. 몇 년짜리?"

"3년입니다."

"운 좋으면 연장도 된다던데."

"그건 그때 가봐야 알죠."

그녀는 속이 뒤틀렸다. 그녀가 근무하는 대학의 교수 연구실은 관처럼 좁고 창문틀 하나 딱딱 맞지 않았다. 교수들이라는 게 남자들은 복덕방 사장처럼 옷을 입었고 여자들은 10년 전 화장을 하고 다녔다. 그곳 학생들은 서울 학생들보다 투박

하고 솔직해 깜짝 놀랄 만한 무식을 드러내고도 태연했다. 그런 지방대까지 밀려 내려갔을 때는 명예퇴임까지 보장받을 수 있으려니 해서였지 6년 만에 폐과되어 쫓겨날 줄은 꿈에도 상상하지 못했다. 따지고 보면 그 용을 써서 그 후진 대학에서 3년짜리 비정년 트랙을 두 번 돌고 나가떨어지는 꼴이었다.

"잘됐네. 이제 여기저기 강의 안 뛰어도 되고."

"네."

"우리 학교는 솔직히 강의 나오기 너무 멀었지?"

"아니에요. 멀긴요."

그녀는 이호재의 이런 순순함이랄까 둔감함이랄까, 무척추동물같이 물렁하고 몰개성한 처신이 늘 불쾌하고 지겨웠다. 그래서 방학 때면 텀을 두고 만나지 않다가 개학하면 반갑기도 하고 또 만만하기도 해서 다시 밥도 먹고 술도 먹곤 했다. 그렇게 지낸 지가 3년이었다. 지난가을 학기에 조교에게서 이호재가 결혼한다는 얘기를 들었을 때 그녀는 부조금만 보내고 가지 않았다. 그땐 결혼할 때가 됐으니 결혼하는군 하는 느낌 외에 특별한 건 없었다. 그런데 지금 보니, 결혼이든 임용이든, 이호재가 중요한 얘기는 자신에게 직접 말해준 적이 한 번도 없다는 생각이 들어 괘씸했다.

"이호재 선생 올해 나이가 몇이지?"

"서른다섯입니다, 선생님."

"부지런히 돈도 벌고 공부도 해야지."

그녀는 오금을 박듯 덧붙였다.

"이제 결혼도 했으니."

"네. 열심히 해야죠."

그녀는 돌발적인 말을 하고 싶은 충동에 갑자기 떠오른 생각을 아무렇게나 내뱉었다.

"이호재 선생도 이제 5년밖에 안 남았어."

그가 돌아보았다.

"뭐가요, 선생님?"

"내 생각에 공부하는 사람의 정년은 마흔이야. 마흔 넘으면 꽝이야. 마흔이 넘어서도 그럭저럭 현상 유지야 할 수 있겠지만, 오로지 연구자로서 그렇게 할 수는 없어."

"그렇게 생각하세요, 선생님?"

"응, 그래. 난 그렇게 생각해."

그녀는 힘주어 말했다.

"선생님도 마흔 넘으셨는데요."

"그래. 그러니까 공부 못 하잖아. 강의하고 업무 보고, 그게 다지."

"그래도 논문 내시잖아요?"

"1년에 몇 편씩 내라니까 의무적으로 이것저것 꿰맞춰서 내는 거지. 안 내면 잘리니까. 그건 연구자가 아니야. 논문 기계지."

이호재는 말이 없었다. '네, 선생님'이 입에 붙어 자동적으로 발사되는 그의 성향상, 침묵은 동의하지 않는다는 뜻이었다. 그녀는 그가 식당으로 되돌아갈 기회만 노리고 있다는 걸 알고 심술궂게 말했다.
　"담배 좀 줘봐, 이 선생."
　"아, 네."
이호재가 셔츠 주머니에서 담배를 꺼내는데 뒷문으로 종이컵을 든 한 교수가 나왔다.
　"선생님, 나오셨습니까?"
이호재가 벌떡 일어나 인사를 했다. 이 남자는 벌떡 일어서지 않고는 일어서지를 못하는 모양이군, 하고 생각하며 그녀도 자리에서 일어났다. 한 교수가 그와 그녀를 번갈아 보았다.
　"다들 여기 나와 있었나?"
이호재가 급히 변명을 늘어놓았다.
　"아, 예. 저는 담배 피우러 나왔고, 양 선생님은 차에 뭐 가지러 나오셨다가 지금 막 만났습니다."
　"근데 왜들 그 침침한 데 앉아 있어? 이리로 오라고."
한 교수는 가로등이 비추는 빨간 파라솔 아래로 갔다. 한 교수가 앉고 맞은편에 그녀가 앉았다. 이호재는 앉는 대신 꾸벅 인사를 했다.
　"전 그만 들어가보겠습니다, 선생님."
　"왜 내가 오니까 들어가?"

"그게 아니고요, 선생님. 맥주를 많이 마셔서 화장실 때문에 그럽니다."

"그래, 그럼 가봐."

"얘기 나누십시오."

이호재가 뒷문으로 사라졌다. 언제 봐도 젊은 사람이 옷을 지지리도 못 입는다고 그녀는 생각했다.

3

한 교수가 장난스럽게 둥근 플라스틱 테이블을 톡톡 쳤다.

"양 선생, 오랜만이야."

"네."

"아직도 담배 피우나?"

"네. 전 자식도 없고, 그냥 피우려고요."

"난 끊었어."

"얼마나 되셨는데요?"

"1년 넘었지. 너는 피워도 돼. 지금 피워."

"됐어요."

"제발 피워라. 피우는 냄새라도 맡고 싶어서 그래."

"술자리에서도 담배들 피우잖아요?"

"그 냄새하고 이 냄새하고 같나? 밀폐된 데서 피우면 텁텁

하고 눈만 쓰리지. 나는 이렇게 야외에서 피우는 담배 냄새가 좋아. 모닥불 냄새 같기도 하고."

그녀는 파우치의 담배 케이스에서 담배를 꺼내며 이호재 그 자식이 담배도 주지 않고 가버렸구나 생각했다. 종이컵에 담긴 커피를 홀짝거리며 그녀가 내뿜는 담배 연기를 흠향하듯 즐기던 한 교수가 말했다.

"내가 요즘, 사람이 그 뭐랄까, 자꾸 자질구레해지는 거 같아."

그녀는 한 교수를 힐끔 쳐다보았다. 그녀를 연구실로 불러 전날 밤에 있었던 일에 대해 누구에게도 발설하지 않겠다는 맹세를 시키던 오래전 그날부터 당신은 이미 자질구레했다는 말이 목구멍 속에서 맴돌다 사라졌다. 그나마 다행인 건 지금이라도 한 교수가 자신이 자질구레하다는 걸 알게 된 정도였다. 그녀는 잔디밭에 재를 떨며 무뚝뚝하게 대꾸했다.

"아까는 우울하시다면서요?"

"몰라. 그게 그거 같기도 하고."

"또 괜히 그러신다."

"아냐. 그래."

그녀는 뭐라고 더 말을 하려다 그만두었다. 그때도 하고 싶은 말들을 꾹 눌러 참고 살았다. 그 격한 젊은 날에도.

"근데 넌 왜 결혼도 안 하고? 숙현이 너 나이가 얼마더라?"

그녀는 그저 웃고 말았다.

"거기 학교는 지내기 괜찮아? 옮길 생각은 없고?"
그녀는 갑자기 눈이 반짝 뜨이고 목이 바싹 말랐다. 시원한 맥주가 마시고 싶었다. 그녀가 담배를 끄고 자리에서 일어나려 하자 한 교수가 손을 까딱거렸다.

"숙현아, 조금만 더 앉아 있어. 들어가서 뭐하게. 맨날 하나 마나 들으나 마나 한 소리. 거기서 떠드는 건 아무 소용도 없다고. 원래 역사는 이런 귀퉁이에서 이뤄지는 거야."
그녀는 한 교수 말의 숨은 메시지를 알아들은 느낌이었다.

"아뇨, 그래서 저도 여기로 맥주 두 병 시키려고요. 어떠세요, 선생님? 괜찮으세요?"

"아, 좋지, 나야. 그래, 양 선생. 우리 맥주 마시면서 좀 깨자. 깨고 들어가자."

그녀는 뒷문으로 들어가 종업원에게 맥주 두 병과 잔을 받아가지고 돌아왔다. 짙은 갈색 코듀로이 재킷에 연갈색 셔츠를 받쳐 입고 가로등 불빛 아래 앉아 있는 한 교수를 보자 여전히 옷을 멋지게 잘 입는다는 생각이 들었다. 그녀가 한 교수의 잔에 맥주를 따르자 한 교수가 그녀의 잔에 맥주를 따랐다. 둘은 잔을 가볍게 부딪쳤다. 그녀는 맥주를 반 이상 벌컥벌컥 마시고 내려놓았다.

"우리 양 선생, 예나 지금이나 눈치도 빠르고 동작도 빠르고. 이런 양 선생이 그 시골구석에 처박혀 있기는 정말 아깝지. 내가 언젠가 얘기했지, 양 선생? 연구자의 정년은 마흔이라고. 마흔 넘어서는 공부 못 한다고."
그녀는 눈을 크게 떴다.
"선생님이 그런 얘기를 하셨다고요?"
한 교수가 맥주를 조금 마시고 내려놓았다. 맥주잔을 들었을 때 한 교수의 재킷 팔꿈치에 덧댄 가죽의 스티치가 보였다.
"그래. 그거 내가 늘 하던 얘기 아냐? 양 선생도 이제 마흔 넘었을 테니 공부는 할 만큼 했다고. 스무 살부터 20년 했으면 다 한 거 아냐? 그다음은 자리야. 어디다 자리를 잡느냐, 어디다 둥지를 틀 거냐."
혼란에 빠진 그녀는 기계적으로 고개를 끄덕였다.
"내가 그쪽 학교 사정을 들었어. 알고 있다고."
그녀는 한 교수의 얼굴을 물끄러미 보았다. 14년 전에도 그랬다. 지도교수인 명 교수가 반 이상 진척된 그녀의 박사논문 테마를 바꾸라고 했을 때, 그때도 한 교수는 이렇게 차분하고 너그러운 목소리로 말했다. 그 얘기 들었다고, 알고 있다고. 그때 그는 지금의 그녀보다 두 살이나 젊은 마흔이었다. 그녀는 남은 맥주를 마시고 입가를 닦았다.
"그래서 여기저기 알아는 보고 있는데, 숙현아."
"고맙습니다, 선생님."
한 교수가 정말 자질구레해진 건 아니라고 그녀는 믿고 싶었다. 진짜 자질구레한 사람은 자신이 자질구레하다는 말을 할 수 없을 것이다. 그러니 자신이 요즘 자질구레해진다고 한 그의 말은 그가 완전히 돌이킬 수 없이 자질구레해지지는 않았다는 증거 같았다.

"내가 양 선생한테 미안해. 나도 사람인데 미안하지."
그녀는 잠자코 귀 기울여 들었다.

"그때 말이야. 니가 전화해서 학교를 뒤집어엎어 놓겠다고 했을 때, 다시는 얼굴도 못 들고 다니게 만들어놓겠다고 그랬을 때, 내가 화가 났지. 화가 안 날 수가 있나. 화가 나서 소리도 지르고 그랬지. 근데 전화 끊고 울었어, 내가. 참 사람이 이렇게 죄를 짓고 사는구나 싶어서."

그녀는 자기도 모르게 침을 꿀꺽 삼켰다. 망망한 망각의 힘은 도대체 어디까지인가. 그녀는 고작 두 번 전화했다. 한 교수가 받기도 전에 끊어버린 건 생생히 기억하고 있었다. 그러고 나서 포기한 게 아니었던가. 얼마나 취해서 또 전화를 걸어 속에 있던 말들을 다 쏟아놓았던가. 다시는 그 짓을 못하게 해주겠다는 말도 했을까. 했겠지. 그녀는 잠시 눈을 감았다 떴다. 이게 꿈이 아닌가 싶었다.

"양숙현!"
한 교수가 부르는 소리에 그녀는 고개를 들었다.
"네, 선생님?"
그녀는 한 교수를 보았다. 여자라면 누구나 아는 그 눈빛이었다. 순간 그녀는 침착해졌고 부드럽게 입꼬리를 올리며 미소까지 지을 여유가 생겼다.
"숙현아."
"네, 선생님."
어쨌든 지나간 일이었다. 중요한 건 지금 일어나는 일과 앞으로 일어날 일들이었다. 다시는 이호재 같은 것들이 그녀 앞에서 거드름을 피우지 못하게 하는 일이었다.
"숙현아."
"네, 선생님."
어쩌면 이호재는 그녀가 처한 상황을 알고 있었는지도 모른다. 배가 난파되면 쥐새끼부터 빠져나가는 법이니까.
"숙현아, 내가 왜 이러냐."
"선생님이 왜요?"
"아이고, 숙현아."
"네, 선생님."
한 교수의 코밑에 콧물이 쪼록 맺혀 있었다.
"선생님, 추우신가 봐요."
"아냐, 아냐. 조금만 더 있자, 숙현아."
"네, 선생님."

회식 자리는 엉망으로 흐트러졌다. 먼저 자리를 뜬 사람들도 있고 룸 구석에 따로 몰려 앉아 쑥덕거리는 패들도 있었다. 여전히 제자리를 지키고 있는 사람은 명 교수와 그의 좌우에 있는 출판사 사장과 편집위원뿐이었다. 그들 맞은편 자리는 비어 있었다. 퇴임을 앞둔 교수란 그런 존재인 것이다. 잠시 반짝 주인공이었다가 이내 불청객이 되고 마는.

 한 교수는 룸에 들어서자마자 명 교수에게 붙들릴까 두려운지 가까운 탁자에 슬그머니 눌러앉았다. 어디에 앉을까 망설이는 그녀를 명 교수가 발견하고 불렀다.

 "아, 양숙현! 이리 와. 여기 앉아봐."
그녀는 웃으며 명 교수 맞은편에 앉았다.
 "아이고, 내가 좋아하는 우리 양 선생."
 "네, 선생님. 건강은 어떠세요?"
 "그런 얘기 하지 마. 오늘은 그런 얘기하기 싫어. 우리 술 먹자."
명 교수가 혀 꼬부라진 소리로 말했다. 늙으면 몸뿐 아니라 마음도 성격도 죄다 쪼그라드는 것인지, 지도학생들에게 무소불위의 권력을 휘두르고 모진 소리를 퍼붓던 예전의 면모는 찾아볼 수 없었다. 눈이 잘 안 보인다더니 명 교수는 그녀의 잔이 넘치도록 술을 붓고도 몰랐다. 그녀는 약간 감상적인 기분이 되어 명 교수가 따라준 술잔을 한 번에 비웠다. 명 교수가 늙은 원숭이처럼 손뼉을 짝 쳤다. 출판사 사장이 그녀의 잔에 술을 채웠고 그녀는 또 한 번에 비웠다. 출판사 사장도 손뼉을 짝 쳤다.

"윤 사장. 우리 양 선생 멋있지?"

명 교수의 말에 윤 사장이 맞장구를 쳤다.

"아주 멋있습니다."

"숙현아, 우리 마누라가 말이야."

"네, 선생님. 사모님이 왜요?"

"마누라가 아직도 나를 안 만나줘."

그녀는 명 교수의 말이 무슨 뜻인지 몰랐지만 다 이해한다는 얼굴로 고개를 끄덕였다.

"병원에도 못 오게 해."

"네."

"병원에까지 못 오게 하는 건 뭐냐고. 그렇게 오래 같이 살았는데. 다 죽게 생겼다면서 그렇게 오래 화를 내고 있을 건 뭐야."

그녀는 명 교수의 부인이 언제 입원했는지, 어떤 죽을병에 걸렸는지, 뭐에 화가 났는지 몰랐지만 그저 입에서 나오는 대로 말했다.

"사모님이 많이 아프신 거 안 보이고 싶으셔서 그러신 거겠죠."

"그게 아냐, 숙현아. 재훈이가 스마트폰으로 사진 찍어온 거 내가 다 봤거든."

재훈이라면 명 교수의 둘째 아들이었다.

"모자 쓰고 있으니까 괜찮더라고. 재훈이도 뭐라 했대. 아버지 왜 못 오게 하냐고. 근데 막무가내야. 무조건 내가 보기 싫대, 죽을 때까지. 죽어서도 안 보고 싶다는 거야."
졸던 편집위원이 부스스 깨어나 끼어들었다.
"명 교수님, 우리 마누라는 말입니다, 아직도 짧은 이불을 준다고요."
"이 사람이 뭐래는 거야?"
명 교수가 이맛살을 찌푸렸다.
"내가 발이 차면 악몽을 꾸는 걸 알면서도 지가 키가 작으니까 짧은 이불만 산다고요. 내 이불은 긴 거 사라고 백 번을 말해도 세트로 짧은 이불만 사들입니다. 마누라 맹하고 고집 센 건 죽어서도 못 고쳐요."
명 교수가 껄껄 웃었다.
편집위원은 다시 졸기 시작했고 윤 사장이 명 교수의 잔에 술을 따랐다. 모두들 명 교수가 자리를 파하거나 아예 술에 취해 나가떨어지길 기다리고 있었지만, 명 교수가 이도 저도 아닌 상태로 버티는 바람에 술자리는 지루하게 이어졌다. 그녀도 화장실에 다녀오는 척하고 일어나 다른 자리로 옮겨 앉았다. 거미줄을 피하는 곤충들처럼 사람들은 조심스럽게 명 교수의 시선이 닿는 부채꼴 공간을 피해 다녔지만 부주의하고 불행한 곤충 한두 마리는 언제나 있기 마련이었다. 그녀가 중간에 힐끗 보니 이호재가 그 자리에 붙들려 고개를 끄떡거리며 네네거리고 앉아 있었다.

4

명 교수와 윤 사장과 편집위원이 한 차로 떠나고 나자 사람들은 눈에 띄게 활기를 띠었다. 젊은 축들을 중심으로 2차를 어디로 갈 것인지를 놓고 큰소리로 떠들어대는 게 들려왔다. 그녀도 2차에 합류해 한 교수와 얘기를 좀더 해볼 생각이었다. 그런데 그녀가 주차장 입구에서 선배인 김 교수, 신 교수와 담배를 피우며 얘기를 나누는 사이 사람들이 순식간에 어디론가 사라져버렸다. 그래도 한 교수가 젊은 학생들과 남아 있는 걸 보고 안심했는데 잠시 뒤에 보니 그들이 택시를 향해 걸어가고 있었다. 그녀는 급히 담배를 끄고 한 교수 쪽으로 뛰어갔다.

"선생님."

한 교수가 돌아보았다.

"2차 가시는 거죠?"

한 교수는 마치 모르는 사람을 대하듯 서먹한 얼굴로 고개를 끄덕였다.

"저도 갈 건데."

"그럼, 나중에 봅시다."

한 교수는 학생들과 함께 택시를 타고 가버렸다. 그녀는 멍한 상태로 서 있었다. 나중에 보자는 말이 2차에서 보자는 말일까 생각했지만 아무래도 뉘앙스가 이상했다. 그녀는 담배를 피우고 있는 선배 교수들에게 돌아왔다. 그들은 쓸데없는 얘기들을 늘어놓으며 시간을 질질 끌었다.

"이제 그만 우리도 가죠."

그녀의 말에 김 교수가 말했다.

"대리가 와야 가지, 이 사람아."

"2차 안 가세요?"

"무슨 2차를 가? 나 내일 일이 산더미야."

그녀가 신 교수를 보자 신 교수가 말했다.

"난 죽으나 사나 김 교수 차에 얹혀 가야 해서. 숙현이 너는 2차 가게?"

그녀는 애매하게 고개를 저었다.

대리기사가 도착하자 그들은 그녀에게 인사를 하고 떠났다. 그녀가 대리를 부르지 않았다는 것도, 2차 장소를 모른다는 것도 그들은 모르는 듯했다. 그들뿐 아니라 아무도 몰랐다. 그녀는 휴대폰을 꺼냈다. 그녀가 2차 장소를 알아내기 위해 연락을 취할 수 있는 사람은 한 교수와 이호재뿐이었다. 그러나 그들 중 누구에게도 전화를 걸고 싶지 않았다. 그녀는 대리운전 콜 번호를 누르려다 힘없이 손을 늘어뜨렸다. 굳이 대리를 해서 가양동 사는 동생네 가서 자려던 생각이 부질없게 느껴졌다. 그녀는 자신의 차만이 덩그러니 주차된 텅 빈 주차장을 둘러보았다. 여기는 어디인가. 그 먼 길을 달려와 미술관에 가려다 전당포로 잘못 들어오고 만 느낌이 들었다.

  그녀는 감나무 아래 벤치에 앉아 담배를 피우며 마지막에 한 교수가 보인 그 서먹하고 쌀쌀한 태도가 의미하는 바에 대해 생각해보았다. 많이 취해서 그랬던 것일까. 하지만 그렇지 않다는 걸 그녀는 너무도 잘 알고 있었다. 주는 것도 뺏는 것도 제 변덕대로 하는 것, 그게 손톱만큼의 힘이라도 가진 인간들이 언제나 행사하고 싶어 안달하는 권리였다. 명 교수가 직접적이고 노골적으로 그래 왔다면 한 교수는 간접적이고 은밀하게 그래 왔다. 한 교수는 희망, 온기, 감동 같은 것으로 아랫것들을 다루는 방법을 누구보다 잘 아는 인간이었다. 그래도 번번이 속을 수밖에 없는 것이, 아랫것들은 그게 너무 절실하기 때문이다. 희망, 온기, 감동 같은 것이. 그녀는 입술을 깨물었다. 하지만 한 교수, 너도 한 바퀴만 돌면 명 교수처럼 된다. 술자리에서는 유령거미 취급을 받을 것이고, 네 마누라는 죽을병에 걸려서도 너를 만나주지 않을 것이다. 너는 평생 콧물이나 질질 흘리며 자질구레하게 굴러다니다 끝날 것이다.

  그녀는 담배를 끄고 허리를 구부려 양손으로 얼굴을 감쌌다. 제 딴에는 잘해보려고 온갖 발버둥을 쳤지만 결국 돌아보면 온 청춘을 다 바쳐 망조가 드는 길로만 숨 가쁘게 치달려 온 셈이었다. 자신이 가려던 곳과 전혀 다른 곳에 와버렸음을 실감하는 이 순간, 이 절대적인 낯섦은 차라리 이곳에 대해서가 아니라 그녀가 애초에 가려던 곳에 대해 느껴지는 것이었다. 나는 도대체 어디로 가려고 했던 것일까. 애초부터 그곳은 전당포 같은 곳이 아니었을까. 가장 배우고 싶었던 것도 전당포 노파처럼 자질구레한 한 교수의 수완이 아니었을까.

그녀는 벤치에서 일어나 차에 탔다. 껌을 꺼내 씹고 시동을 걸었다. 어떻게든 음주 단속을 피해 가까운 모텔까지만 몰고 갈 생각이었다. 그녀는 주차장을 빠져나와 뒷길로 차를 몰았다. 건물 사이로 번쩍이는 불빛들로 보아 한 블록만 돌아가면 모텔촌이 있을 것 같았다. 그녀는 차를 인도 쪽으로 바짝 붙인 채 주변을 살피며 서행했다.

그녀는 맞은편 인도에서 이호재와 여학생이 걸어오는 것을 보았다. 이호재가 앞서 걸었고 여학생은 한 걸음 정도 뒤떨어져 걷고 있었다. 그들은 2차에 가지 않았거나 갔다가 바로 빠져나왔으리라. 그녀는 조용히 차를 세웠다. 그들도 그녀와 마찬가지로 모텔을 찾고 있는 것이다. 그들의 옆모습이 차창 너머로 스쳐 지나갔다. 괜찮아, 숙현아. 이런다고 인생이 뭐가 달라지냐. 또 이러지 않는다고 뭐가 달라지냐. 괜찮아. 한 번쯤은 우리 마음에 정직해지자. 14년 전 벚꽃이 막 꽃망울을 터뜨리던 무렵 그들은 어두운 모텔 숲을 헤매고 있었다. 저 여학생도 논문에 대해 혹평을 들었거나 프로젝트에서 제외됐거나 연구자적 자질에 대한 깊은 회의를 느꼈을 것이다. 바람 속 봄꽃처럼, 밤바다의 어린 물고기처럼 그렇게 대책 없이 불안한 젊은 날에 문득 어디선가 벼락같은 따스함이 찾아오기도 하는 것이다. 벚꽃이 딱딱한 가지 위에서 꽃망울을 터뜨리는 순간처럼 몸속에서 끌어올려진 물기가 아름답고 하늘하늘한 촉감의 기적을 만들고 어느 순간 그것은 감격적으로 톡 터지는 것이다. 그리고 나면 영겁처럼 기나긴 인내와 응달의 시간을 견뎌야 하리라. 그녀는 불자동차처럼 차의 모든 불빛을 켜 번쩍거리고 사이렌처럼 클랙슨을 아주 오랫동안 울리고 싶은 충동을 간신히 억눌렀다.

그녀는 고개를 돌려 두 남녀를 끝까지 지켜보았다. 이호재가 모퉁이를 돌았고 보이지 않는 끈에 묶인 듯 여학생이 그 뒤를 따라 모퉁이를 돌았다. 묶은 머리가 한 포기 상추처럼 까딱거리다 사라지는 걸 본 순간 그녀는 지독한 경멸과 쓰라린 그리움이 결합된, 형언할 수 없는 감정에 사로잡혔다. 그것은 달고 쓰고 시고 떫은, 아주 기묘하면서도 익숙한 감정이었다.

그녀는 자세를 바로 했다. 그녀의 턱은 여전히 충실하게 껌을 씹고 있었다. 그녀는 껌을 뱉고 룸미러를 바라보았다. 동굴의 뻥 뚫린 구멍 같은, 실주름에 감싸인 자신의 두 눈이 비쳤다. 그 시절이 영영 가버렸으며 다시 돌아오지 않는다는 엄연한 사실이 과연 기쁜 일인지 슬픈 일인지 그녀는 알 수 없었다. 알고 싶지도 않았다. 그녀는 그들이 사라진 쪽과 반대 방향으로 차를 천천히 몰았다. 이쪽으로 가도 모텔은 나온다. 카운터에서 언제까지 계실 예정이냐고 물으면 그녀는 버릇처럼 입꼬리를 부드럽게 올리며 웃을 것이다. 곧 가야죠. 잠깐만 눈을 붙이고 다시 그 먼 길을.

어느 날 우연히 대학 시절을 돌아보다, 내가 2학년 2학기 때 휴학을 한 적이 있다는 사실을 기억해내고 나는 갑자기 의아해졌다. 그때 휴학하고 도대체 뭐했지? 처음엔 아무 기억도 떠오르지 않았다. 고향집에 내려가 있었던가 생각하니 그런 것도 같았다. 집에 내려가 있었다면 근처 저수지 주변을 산책하기도 했겠지, 라고 생각하며 그 주변의 풍경을 회상하려는 순간, 갑자기 찰싹거리는 물소리와 함께 '고추와 붕알'이라는 해괴한 낱말 두 개가 한 끈에 엮여 수면 위로 살포시 떠올랐다. 이건 뭐람, 저절로 웃음이 났다.
　"어떻게 안 웃어? 웃자고 한 얘긴데."
아니, 또 내 귓전에 이토록 잔잔한 파문을 일으키는 목소리는 누구의 것일까? 설마…… 경은이?

그해 가을에서 겨울까지, 일요일만 빼고 나는 거의 매일 도서관에 다녔다. 학교 도서관에 갔으므로 매일 등교를 한 셈이지만, 실제로는 휴학한 상태였다. 휴학하기 전에는 하루도 빠짐없이 꼬박꼬박 월요일부터 토요일까지 연달아 등교한 적이 한 주도 없었다. 휴학을 하고 나서 모든 걸 의무가 아닌 취향의 관점에서 해석하게 되자, 나는 대학이라는 공간이야말로 내가 하루를 가장 유익하고 쾌적하게 보낼 수 있는 곳이라는 것을 깨달았다. 대학은, 거기에 소속되어 들볶이지만 않는다면, 도시의 그 어떤 공원보다 편안하고 매력적인 장소였다.

1학기를 휴학하는 것은 모종의 결심이나 계획에 따른 것으로 보이는 반면, 2학기를 휴학하는 건 어쩐지 패배적이고 충동적이라는 느낌을 주었다. 하지만 여름방학이 끝나갈 무렵 감당 못할 수준의 성적표를 받아든 나는, 1학기고 2학기고, 패배고 충동이고, 모든 것을 감수하겠다는 불분명한 결의와 아무려면 어떠냐는 자포자기적 무력감으로 등록을 포기하고 2학년 2학기를 휴학했다.

경은도 그런 식으로 휴학을 했는지 어쩐지는 잘 모르겠다. 휴학 때문에 가까워졌고 마침내 함께 살기로 의기투합했음에도 불구하고, 우리가 서로에게 휴학한 이유에 대해서 묻거나 대답한 적은 없었다.

젊은 시절에는 누구나 타인과 같은 방을 쓰며 쌍둥이처럼 바짝 붙어 지내는 시기가 있기 마련이다. 형제와는 이미 끝났고, 애인은 아직 없고, 결혼은 너무 요원한 시절, 그렇게 이십대에 경험하는 친구와의 길거나 짧은 동거생활 같은 것 말이다. 스물한 살의 후반부 넉 달 동안, 경은과 나는 대단히 유난스러웠다고는 말할 수 없지만 나름대로 특별한 룸메이트이긴 했다.

경은과 함께 살던 때를 생각하면 무엇보다 허무할 만큼 큼직했던 욕실이 가장 먼저 떠오른다.

우리는 오전 10시에 일어나 교대로 욕실을 사용했다. 경은이 세 들어 살던 자취방은 혼자 쓰기에도 그리 넉넉지 않은 크기로, 막상 내가 하숙을 정리하고 짐을 싸들고 들어가자 무척 비좁게 느껴졌다. 방은 작은 대신 곁달린 욕실은 복수라도 하듯이 컸다. 그렇다고 고급스런 목욕 설비가 구비된 것도 아니어서, 사방 흰 타일로만 둘러싸인 휑뎅그렁한 공간은 언뜻 시체 안치소 같은 느낌을 주었다. 방이 워낙 협소했으므로 우리는 욕실의 빈 공간을 어떤 식으로든 활용하고자 했다. 그래서 욕실 한쪽에 가구나 덩치 큰 물품을 쌓아놓을까도 생각했지만, 아무리 궁리해도 물이 튀거나 습기가 차도 상관없을 만한 가구나 물품은 없었다. 그나마 주방용품은 괜찮겠지 싶어 커다란 양은 들통과 냄비, 도마 같은 것들을 들여놓았다가 우리는 며칠 만에 도로 꺼내놓고 말았다. 그런 것들이 놓이자 욕실은 전혀 다른 분위기를 풍겼는데, 시체 안치소처럼 보일 때는 그나마 깔끔하고 위생적인 느낌을 주던 공간이, 큰 들통과 도마 같은 취사도구들이 놓이자 밀도축을 하는 도살장처럼 살벌한 피비린내를 내뿜을 듯한 공간으로 돌변했기 때문이다. 우리는 주방용품을 꺼내 장롱 위에 첩첩이 쌓고, 욕실에는 죽음이나 소독의 이미지를 희석시켜줄 만한 자그마한 소품들, 이를테면 핑크빛 비눗갑이라든가 연두색 양치 컵, 샛노란 바가지나 파란 대야처럼 되도록 현란한 빛깔을 내는 목욕용품을 비치했다.

매일 아침 경은이 먼저 욕실을 사용하는 게 우리 공동생활의 암묵적인 합의사항이었다. 10시에 자명종이 울리면 경은은 눈을 비비고 일어나 잠시 멍한 자세로 앉아 있었다. 1분에서 2분 남짓, 그보다 더 길지는 않았는데, 그 이상 같은 자세로 앉아 있다간 다시 잠들게 된다는 걸 알고 있었기 때문이다. 경은은 얕은 신음 소리를 내고, 주전자에서 보리차를 따라 마신 후, 욕실로 기능하지만 우리는 수술실이라 부르는, 그 서늘하고 창백한 공간으로 들어갔다. 잠에서 깨자마자 그런 델 들어가야 하는 운명이라니, 가엾은 경은!

달그락 칙칙 쏴아 찰싹 하는, 경은의 씻는 소리를 들으며 나는 다시 잠에 빠져들었다. 잠들면서 나는 내 머리카락이 반곱슬이 아닌 것을 하늘에 감사드렸다. 너무도 달콤한 잠에 빠져 경은이 다 씻고 나와 머리를 털어 말리고 로션을 바르는 것도 몰랐던 나는 왜애앵 하는 굉음이 좁은 방 안을 뒤흔들 때에야 가까스로 잠에서 깨어났다. 나를 깨운 것은 경은의 헤어드라이어 소리였다. 반곱슬을 곧게 펴느라 경은이 헤어드라이어가 뜨끈뜨끈해지도록 긴 머리카락과 씨름하는 동안 나는 찬물밖에 안 나오는 욕실에서 찬물로 씻었다. 찬물로 씻다 보면 욕실은 거대한 냉장고이고 나는 그 속에 든 고깃덩어리 같다는 느낌이 들었다.

가끔 경은의 드라이어는 모터가 과열돼 작동을 멈추기도 했는데, 내가 욕실에서 나와 바들바들 떨면서 힐끗 보면, 길쭉한 직사각형 거울에 충분히 곧게 펴지지 않은 머리카락과 뜨거운 고구마 모양으로 죽어버린 헤어드라이어를 번갈아 살피는 경은의 난감한 표정이 비치곤 했다.

우리는 나란히 집을 나와 정류장에서 학교행 버스를 기다렸다. 내가 경은보다 키가 컸으므로, 느지막한 오전의 마른 햇살이 아직도 드라이어 열기를 간직한 경은의 진갈색 머리카락 위로 반짝거리며 쏟아져 내리는 걸 볼 수 있었다. 눈이 마주치면 우리는 서로를 재빠르게 점검했다. 됐어, 하는 의미로 경은의 턱선이 짧고 절도 있게 끄덕이는 걸 보면 나는 안

심했다. 눈곱도 없고, 어깨나 등허리에 긴 머리카락이 떨어져 있지도 않고, 옷의 단추도 제대로 달려 있는 것이다. 그리고 내가 내려다본 경은도 그랬으므로 나도 고개를 살짝 끄덕여 주었다. 그럴 때마다 경은은, 고마워, 라는 입 모양을 했다. 뭐가 고맙다는 건지는 나도 몰랐다.

 학교에 도착하면 우리는 곧바로 학생식당 건물 쪽으로 방향을 잡았다. 경은은 항상 나를 떠보듯이 물었다.

 "그래도 밥을 먹어야겠지?"

 "그럼. 아침엔 밥을 먹어야지."

나는 늘 표어처럼 같은 말을 되풀이했다.

 "그래. 밥을 먹자, 밥을. 사람이 밥을 먹어야지."

경은은 체념한 투로 받아들이면서도 조심스럽게 토를 달았다.

 "그래도 정말 먹을 만한 반찬이 하나도 없으면 2층으로 가는 거야?"

 "하나도 없을 리는 없어."

 "만약 그렇다면 말이야."

 "그렇다면 그러지 뭐."

 "고마워."

 거대한 ㄱ자 형태의 평면도를 가진 학생식당은 상당히 소란스러웠다. ㄱ자의 위쪽 수평면은 대형 유리창이 달려 햇살이 환하게 쏟아져 들어왔지만 창에서 멀어지는 수직면의 아래쪽은 급격히 조도가 낮아지면서 장기 밀매자나 범죄자까지는 아니어도, 낙제생이나 휴학생 등이 모여 수군거리기 좋은 음습한 분위기를 풍겼다. 때로 오후 서너 시쯤이면 그곳에서 두꺼운 책으로 바리케이드를 치고 몰래 술을 마시며 카드를 치는 복학생 팀들도 몇 있었다. 그 어두침침한 입구에 식권 판매대가 있었다. 식권을 사서 빈 식판에 반찬을 한 가지씩 받으면서 한 걸음씩 전진하다 보면 우리는 점점 더 밝은 공간으로 나아가게 되어 있었다. 그것은 이를테면 갱생을 주제로 한 영화의 흐름과 같은 구조로 되어 있어, 마지막에 식권을 반납함에 딸랑 떨어뜨리면 우리는 어느새 유리창 가득히 햇살이 쏟아져 들어오는 광명천지에 서 있게 되는 식이었다.

"정말 오늘은 아닌 것 같아. 2층으로 올라가자."

경은이 고개를 저으며 입구에서부터 나를 만류하는 날엔 식당에 비린내가 진동하는 날이었다.

"그래도 메뉴가 뭔지 보고 나서. 생선이 아니라 오뎅 조림 같은 것일 수도 있잖아?"

"이렇게 냄새가 지독한데?"

"가만 있어 봐. 다른 반찬이 좋을 수도 있어."

내가 메뉴판을 보고 와서 메인이 꽁치조림이라고 말하자 경은은 거의 애걸하는 자세가 되었다.

"내가 꼭 생선을 싫어해서가 아니라, 정말 이런 데 앉아서 밥을 먹다가는 온몸에 비린내가 배고 말아. 하루 종일 머리카락에서 비린내가 날 거라고. 제발 부탁해, 응?"

그쯤 되면 나는 마지못하는 척하고 경은의 손에 이끌려 2층으로 올라갔다.

2층의 샌드위치 바에서는 손바닥 반만 한 크기의 삼각형 식빵 사이에 얇은 계란과 햄이 든 샌드위치를 라면 한 그릇 값보다 더 비싸게 팔았는데, 그걸 먹기 위해 줄을 서는 학생들이 의외로 많았다. 2층 라운지의 햄에그 샌드위치가 그렇게 날개 돋힌 듯 잘 팔리는 이유, 그리고 경은이 늘 아침에 밥 대신 샌드위치를 먹으려는 이유는, 빵과 햄과 계란 때문이 아니라 그 사이에 스미듯 발려 있으면서 전체의 맛을 고소하고 새콤하게 돋우는 독특하고 야릇한 소스 때문이었다. 그런데 나는 바로 그 소스 때문에 샌드위치를 먹기가 두려웠다. 만약 그 당시 누군가 내게 은밀히 다가와 돈은 얼마든지 낼 테니 샌드위치를 스무 개나 서른 개 이상 먹을 수 있겠냐고 물었다면 나는 미친 듯이 고개를 끄덕였을 것이다. 물론 실제로는 그만큼 먹을 수 있을 리 없다. 하지만 아무튼, 그렇게 맛있는 소스가 들어간 샌드위치를 단 한 개밖에 먹지 못하느니 나는 차라리 먹지 않는 편을 택하고 싶었다. 그러나 경은은 그렇지 않았다.

경은은 샌드위치 두 개와 블랙커피 한 잔을 사 왔다. 우리는 라운지에 앉아 각자의 샌드위치를 아껴 먹으며 묽고 씁쓸한 블랙커피를 조금씩 마셨다. 먹는 동안 우리는 주변에 눈에 띄는 남녀 학생들에 대해 이런저런 품평을 하길 즐겼다. 어머, 쟤 좀 봐! 정말 너무하는군. 심하게 겉멋이 든 것 같아. 머리라도 저렇게 뒤흔들지 않으면 그나마 정상적으로 보이련만. 5초마다 경기를 일으키는 것 같잖아. 저런 남자애를 좋아하는 여자애가 과연 정상일까? 남자애가 좀 이상해 보인다고 여자애까지 의심하는 건 좀 그렇잖아? 좀 그렇다니? 그렇잖아? 좋아하는 마음까지 어쩔 수는 없는 거잖아? 어머, 넌 그렇게 생각하니? 응, 난 그렇게 생각해. 좋아하는 게 죄는 아니라고 생각해. 멋진 생각이군.

라운지는 지나다니는 사람들을 관찰하고 논평하기에 아주 적합하고 흥미로운 공간이었다. 왼편에는 샌드위치 바와 아이스크림 가게가 있었고 오른편에는 불온한 서클룸들이 다닥다닥 붙어 있었다. 그 한가운데에 널찍하게 자리 잡은 라운지는 양극단의 성향이 공존하는 장소였다. 알록달록하고 화사한 차림의 남녀들 사이로, 검은색에 수렴하는 우울한 잿빛 옷을 입은 남녀들이 섞여들었다. 달콤한 향수 냄새와 씁쓸한 담뱃진 냄새가 어울렸고, 날카로운 여자들의 웃음소리와 굵직한 남자들의 밀담이 교차했다. 다이아몬드형 무늬로 직조된 니트 조끼에 짧은 스커트를 입은, 막 『논노』 잡지에서 뛰쳐나온 듯한 패션의 여자애가, 꽁초를 안쓰러울 정도로 뻑뻑 빨며 때가 낀 손톱으로 더럽고 부스스한 머리를 긁는 남학생의 얘기를 온 정열을 다해 주의 깊게 경청하는 모습도 가끔 볼 수 있었다.

언젠가 한번은 샌드위치를 먹는 동안 경은이 말없이 어딘가 한쪽을 계속 힐끔거리며 쳐다보았다. 그녀가 힐끔거리는 곳에는 남학생 네 명이 앉아 담배를 피우고 있었는데, 내가 보기에 그들에게서 딱히 품평할 만한 특징은 발견되지 않았다. 경은은 마침내 그들에게서 시선을 거두고 내게 이렇게 말했다.

"저기, 짙은 밤색 스웨터 입은 애 있지?"

짙은 밤색 스웨터를 입은 남학생은, 스웨터 어깨까지 닿도록 머리카락을 길게 기른 자그마한 남학생이었다.

"키 작은 애 말야?"

"키가 작아? 아니, 키가 작지는 않은데."

당황한 경은은 다시 힐끔 그쪽을 보고 나서 말했다.

"앉아 있어서 그래. 쟤가 다리가 좀 긴가 봐. 앉은키가 작아서 그렇지 서 있을 땐 나보다 15센티는 더 컸어."

"아는 애야?"

"응."

"근데 왜 알은체 안 해? 쟤들 이제 일어나려나 본데."

"너무 그렇게 쳐다보지 마. 알은체할 만큼 대단한 사이는 아니라 그래. 예전에 과 친구가 소개를 시켜준 적이 있는데, 쟤가 나를 보자마자 다짜고짜 대마초를 같이 한 대 피워보자는 거야."

역시 경은의 말대로 밤색 스웨터는 자리에서 일어나자 또래들보다 키가 훌쩍 커 보였다. 가느다란 다리가 길기도 했다.

"쟤들 간다."

내 말에 경은이 그쪽을 다시 쳐다보았다. 그녀는 밤색 스웨터의 뒷모습을 유심히 노려본 후 고개를 돌렸다.

"그래서, 피웠어?"

내가 물었다.

"아니."

"왜, 피워보지? 그거 별로 몸에 해롭지 않대. 선입견을 버려."

"해롭고 말고 그런 문제가 아니라, 억지로 예의상 권하는 것 같은 태도였어. 그래서 나도 그냥 싫다고 했지. 근데 헤어질 때 그러는 거야. 자기를 너무 이상한 사람으로 생각하지 말아달라고. 그 말을 들으니까 마음이 흔들리더라고. 그렇게 이상하게 굴어놓고 이상하게 생각하지 말아달라는 건 무슨 뜻일까? 처음에 난 그렇게 생각했거든. 내가 별로 마음에 안 들어서 털어내려고 괜히 대마초 얘기를 하는 거라고."

"설마 털어내려고 대마초 얘기까지 했을까?"

"그럼 진지하게 사귀려고 대마초 얘기를 한 거라고 생각해?"

"그건 잘 모르겠는데."

"만약 그랬다면 대마초 아니라 더 끔찍한 약초라도 같이 피웠을 거야."

내가 아무 말도 하지 않자 경은은 사약을 마시듯 남은 커피를 말끔히 마시고 얼굴을 있는 대로 찡그렸다. 보통은 커피가 아무리 적게 남았어도, 내가 다 마셔도 돼,라는 말 정도는 하는 게 관례였는데 말이다. 밤색 스웨터를 다시 본 것만으로도 경은은 마음이 적잖이 흔들린 것 같았다.

브런치와 같은 첫 끼를 마친 우리는 벤치에서 담배를 한 대씩 피운 후 도서관 4층 열람실로 올라가 각자 자리를 찾아 할 일을 했다. 중간에 3시쯤 만나 휴게실에서 커피를 마시며 담배를 피웠고, 석식을 팔기 시작하는 5시가 되면 도서관에서 나와 학생식당 식권 판매소 앞에 줄을 섰다. 학생식당의 저녁 메뉴는 늘 카레나 하이라이스, 육개장 같은 일품 메뉴로 늘 밥에 비해 소스나 건더기가 부족했다. 저녁을 먹고 나서 담배를 피운 후 우리는 헤어졌다. 경은은 예촌에 아르바이트를 하러 갔고, 나는 다시 도서관 4층 열람실로 올라갔다.

그 당시 내가 도서관에서 주로 한 일은 편입이나 취업, 자격증을 따거나 전공 과목 점수를 올리기 위한 준비가 아니라, 독서와 낙서였다. 닥치는 대로 교양서적과 소설과 시 들을 읽어치우는 매우 소모적이고 사치스러운 유희로서의 독서와, 읽고 난 책에 대한 감상이나 일기 같은 것을 간단히 적어두는 쓸모없는 낙서였다. 그때의 낙서 노트가 하나도 남아 있지 않은 것에 대해 나는 진심으로 안도한다. 정말 지금 와서 본다면 눈을 질끈 감고 싶을 정도로 과열된 문장이었을 것이 뻔하기 때문이다.

그런데 그 시절 경은은 과연 도서관에서 무얼 했는가? 그것에 대해 나는 전혀 아는 바가 없다. 그녀가 내게 자신이 하는 일을 숨기거나 한 것은 아니다. 그녀는 내 옆자리나 앞자리 또는 몇 자리 건너에서 나처럼 뭔가를 열심히 읽거나 쓰고 있었는데, 그게 시험 준비였는지 전공 공부였는지 아니면 나처럼 두서없는 독서와 낙서였는지 나는 도무지 기억할 수가 없다. 그녀가 읽던 책 제목은 관두고라도 하다못해 표지 색깔만이라도 떠올리려 해도 아무 소용이 없다. 핑크빛 비눗갑과 연두색 양치 컵은 욕실의 흰 타일을 배경으로 그 자잘한 무늬와 질감마저 선명한데, 경은의 책, 노트, 그런 것에 대해서는 그야말로 암전이다.

도서관은 11시에 문을 닫았다. 나는 도서관 마감을 알리는 방송이 나오면 책과 필기구를 챙겨 가방에 넣고 4층 열람실에서 천천히 내려와 도서관을 빠져나왔다. 어둠이 내린 고요하고 한적한 교정을 가로질러 교문에 도착하면 11시 20분쯤 되었다.

나는 버스를 타지 않고 두 정류장 남짓한 거리를 걸었다. 적당한 보폭으로, 내가 지나치게 고독하고 우울하고 허기지지 않도록 조금씩 나를 달래는 방식으로 소삭소삭 걷다 보면, 밤의 산책은 독서로 혼미해진 내 영혼에 가느다란 실금을 내고 그 사이로 신선한 바람을 살그머니 들여보내주었다. 그 당시 내가 매일 밤 40분 넘게 걸으면서 무슨 생각을 했는지는 정확히 설명할 수 없다. 하지만 아무튼 나는 뭔가 밤의 세례를 받고 씻기고 정화되는 느낌을 받았으며, 혼돈된 사색 속에서 우주라든가 신, 불멸 같은 불분명하고 추상적인 테마들을 사유하고자 애썼다. 그리고 그런 사유를 통해 내가 내 본연의 모습으로 회귀하는 느낌을 얻었다. 그러나 그런 위대한 사색과는 별개로, 다른 한편 나는 심각한 허기에 시달리면서 세상의 온갖 기름진 음식과 짜릿한 소주 한 잔과 담배 한 모금을 그리워하며, 솔개 앞에 놓인 작은 병아리처럼 말초적인 감각의 유혹에 무방비로 노출되어 있었다. 너무도 까마득하게 머나먼 추상적 사유와 지나치게 가까운 구체적 감각 사이를 빛의 속도로 오가면서도 나는 어떤 균열이나 모순도 느끼지 못했다. 당시 내 사유체계는 우주와 김치찌개, 신과 소주, 불멸과 한 개비의 담배가 병존하는, 투박하고도 초현실적인 유아론의 세계였다.

경은의 아르바이트는 오후 6시에 시작해 밤 12시에 끝났다. 내가 예촌에 도착하는 시간은 대략 11시 40분에서 45분 사이였다. 나는 예촌의 두 출입구 중 큰길 쪽으로 난 문을 열고 들어갔다. 문 바로 옆 왼쪽 구석의 작은 2인용 테이블은 항상 비어 있었다. 나는 그 자리에 앉아 경은의 일이 끝나기를 기다렸다. 언제든 내가 경은을 찾을 수 있고 경은도 나를 찾을 수 있도록 문을 등지고 예촌의 내부를 바라보는 방향으로 앉았다. 예촌의 평면도는 T자 형태였는데, T의 맨 아래쪽에 앉은 내가 볼 수 있는 전경은, T자 두 획의 교차점에 자리 잡고 있는 뮤직 박스와 그쪽을 향해 곧게 뻗은 좁은 통로뿐이었다. 내가 갔을 땐 늘 뮤직 박스의 불이 꺼져 있었다. 경은의 말로 디제이는 이십대 후반의 여자로 11시에 퇴근한다고 했다. 나는 그 디제이 아가씨를 한 번도 본 적이 없었지만, 그녀가 틀어주는 음악이라든지 음악에 대한 그녀의 몰취미와 빈약한 지식에 대해서는 경은으로부터 익히 들어 알고 있었다.

입구에 앉은 내게는 보이지 않는 T자의 윗면 공간이 술집 예촌의 주된 공간이었는데, 아마 경은은 그 부근의 탁자들을 치우고 있을 터였다. 나이 든 주방 아주머니가 내가 앉아 있는 문 쪽부터 청소를 시작했다. 가끔 큰길 쪽으로 나가는 손님들 두엇이 좁은 통로를 비틀거리며 빠져나가기도 했지만, 내가 앉은 T자의 아래쪽 끄트머리 자리는 학생식당의 ㄱ자 공간의 아래쪽처럼 후미지고 한적한 구역이었다.

예촌의 문은 두 군데였는데, 하나는 내가 들어온 큰길 쪽 문이었고, 다른 하나는 하숙촌으로 통하는 뒷길 쪽 문이었다. 경은에게 듣기로 그 뒷문은 한때 예촌 여사장의 골칫거리였다고 했다.

"돈을 안 내고 뒷문으로 슬쩍 도망가는 학생들이 종종 있었거든. 하지만 그 문을 막아버리자니 우리 사장 생각에 손해가 막심할 것 같은 거야. 하숙촌 학생들이 주로 그 문으로만 드나드는데, 그 문이 막히면 건물 옆쪽으로 빙 돌아서 와야 하거든. 그 사이사이에 얼마나 많은 식당들이 큐빅처럼 촘촘하게 박혀 있는지 몰라. 밖에 솥을 내걸고 해장국을 파는 집도 있고 연탄 화덕에 생선을 굽는 집도 있어. 사실 예촌이 음식 맛 하나는 괜찮은 편이야. 우리 주방장 아저씨들 요리 솜씨가 이 일대에서는 최고래. 하지만 어떤 손님들한테는 맛의 미세한 차이 같은 건 별로 중요하지 않거든. 더 싼 쪽 아니면 먼저 손짓하는 쪽으로 끌려가니까."

오시는 분들 때문에 폐쇄를 못 하지만 도망가는 놈들 때문에는 막아버려야 하는 뒷문 개폐의 딜레마 앞에서 고뇌하던 여사장은 드디어 결단을 내렸다. 선불제로 간다! 선불로 받고 나면 문이 둘이건 셋이건, 누가 어떤 문으로 들락거리건 상관이 없었다. 그 혁명적인 결단은 의외의 결과를 가져왔다. 꼭 의도했던 건 아닌데 선불제로 인해 한결 편해진 건 여사장이었고, 한결 바빠진 건 경은과 같은 처지의 시급제 서버들이었다. 서버들은 주방과 홀을 오가며 음식을 나르는 일에 더해, 카운터와 홀을 오가며 계산서와 지폐를 나르는 일까지 추가로 떠맡아야 했다. 카운터와 홀을 오가는 일은 특히 돈이 걸린 일이라, 제육볶음이 늦게 나온다거나 과일안주가 마른 안주로 바뀌어서 나오는 문제와는 차원이 달랐다. 처음에 선불제를 시작한 직후에는 계산이 맞지 않아 중간에서 일을 처리한 서버가 시급을 떼이는 일도 잦았다고 했다.

자정이 되면 아르바이트를 마친 경은이 가방을 메고 뮤직박스 앞에 모습을 드러냈다. 그녀는 카운터에 폭 파묻혀 내 눈에는 보이지 않는 능구렁이 여사장에게 꾸벅 인사를 한 후 시급으로 계산된 그날치 일당을 받았다. 경은은 내게로 바삐 걸어오면서 돈을 가방에 쑤셔 넣고 뾰족한 턱으로 얼른 나가자는 표시를 했다. 우리는 오랜만에 만난 연인들처럼 손을 꼭 잡고 큰길 쪽 입구로 나왔다. 나는 배가 고팠고 경은은 피곤했다. 나는 기다렸고 경은은 손에 돈을 쥐었다. 우리에게 필요한 건 동일한 것이었다. 술, 담배, 음식. 문제 될 건 전혀 없었다. 우리의 하루는 이제 바야흐로 시작된 것이나 다름없었다.

자정에 시작된 술자리는 새벽 서너 시까지 이어졌고 적당히 취한 우리는 어깨동무를 하고 자취방으로 돌아왔다. 아침과 달리 밤에는 내가 먼저 욕실을 사용했다. 씻고 누워 천장을 바라보다, 나는 경은이 내는 찰싹거리는 물소리를 들으며 먼저 잠들어버리기 일쑤였다. 어쩌면 나는 아침저녁으로 경은이 커다란 욕실에서 내는 공허한 물소리를 들으며 잠들기 위해 그녀와 함께 살았는지도 모른다는 생각마저 들었다. 그녀가 도서관에서 무엇을 읽고 쓰는지는 알려고 하지도 않채, 늘 다른 사람들에 대한 시시껍적한 품평이나 하면서.

 그 시절을 말하려면, 특별했던 일요일에 대해 얘기하지 않을 수 없다. 일요일은 내게 지극히 복잡한 감정을 불러일으키는 날이었다. 늘 경은을 기다리던 내가 경은을 기다리게 하는 날이었고, 늘 경은의 돈으로 술을 먹던 내가 제법 거하게 술을 살 수 있는 날이었다. 하지만 결코 기다려지지 않는, 유쾌하다고는 할 수 없는 날이었다.
 일요일 오후에 나는 버스를 타고 강남에 있는 아파트에 과외를 하러 갔다. 나의 피교육자인 고등학교 2학년 여자애는 피부가 희고 뚱뚱하고 목소리가 상냥했다. 하지만 나이에 어울리지 않는 시큰둥한 짜증과 무료함이 그 애의 표정이나 몸짓 어딘가에 즙처럼 잔뜩 고여 있었다. 어느 순간 그게 주르륵 흘러내리는 바람에 나는 종종 놀라곤 했다.
 내가 방에 들어서면 여자애는 나를 끌어다 테이블 앞에 앉히고는 귀여운 미소를 지으며 말했다.
 "잠깐만요, 선생님. 아주 잠깐이면 돼요. 아시죠?"
여자애는 짜잔, 하며 경은과 내가 사는 자취방 크기의 반에 육박하는 옷장을 열었다. 그 애는 자신이 그 주일에 새로 구매한 것들을 내게 구경시키지 않고는 어떤 수업도 받으려 하지 않았다. 그 애는 새로 산 재킷과 바지를 입고 굽이 높은 구두를 신고 워킹을 하며 윙크를 날렸다. 새로 산 시계와 목걸이와 향수를 내보이고, 심지어는 새로 한 파마의 효과를 자랑하기 위해 묶은 머리를 차르르 풀어 내가 직접 만져보게까지 했다. 경은보다 더 심한 곱슬머리였던 그 애의 머리칼을 직모로 바꾸어놓은 파마의 효과는 과연 경탄할 만한 것이었지만, 내가 경은에게 예촌의 한 달치 급료보다 많은 금액을 들여 미용실에서 똑같은 처치를 하라고 권할 수는 없었다. 종종 먹통이 되는 헤어드라이어를 새로 사는 게 더 현실적인 대안일 터였다.

여자애는 자기가 하고 싶은 쇼를 마치고 나면, 내가 무슨 말을 해도 제대로 된 응대를 할 마음이 없는 것 같았다. 가끔 나는 여자애가 과연 다른 누군가와는 대화를 하는지, 다른 과외 교사들에게도 이런 식으로 대하는지 궁금했다. 이제 그만 자습서 좀 펴자, 라고 말하면, 아, 생선 초밥 먹고 싶다, 하는 게 그 애의 대응 방식이었다. 그럴 때마다 낯선 짐승을 대할 때처럼 막막한 두려움이 일었다. 무엇을 하고 싶다고 생각하면 그대로 하지 않고는 못 견디는 성미의 여자애는 그날 곧바로 뛰어나가 엄마에게 초밥을 요구했고 그 엄마라는 여자는 일식집에 전화를 해 초밥을 배달시켰다.

"죄송해요, 선생님. 애가 하루 종일 과외만 받다 보니까 따로 밥 먹을 시간이 없어요. 이렇게라도 먹이지 않으면 안 될 것 같아서 제가 배달시켰어요. 넉넉히 주문했으니까 선생님도 같이 드시면서 하세요."

그 애 엄마 얼굴에는 언제 봐도 신경질적인 다급함이 깃들어 있어 나는 괜시리 숨이 가빴다. 여자애는 초밥을 먹고 나서 졸기 시작했고, 나는 욕실에서 먹은 것을 남김없이 토했다. 변기의 물을 내리고 주변을 깨끗이 닦았지만 나올 때 자꾸 뒤돌아보게 될 정도로 깨끗하고 화려한 욕실이었다. 여자애 방에 돌아와보니 강아지가 남은 초밥을 사납게 삼키고 있었다. 여자애 엄마에게 강아지가 초밥을 먹어도 되는지와 초밥의 선도가 좋지 않았다는 것 등에 관해 얘기를 하고 싶었지만, 도우미 할머니 말로는 그새 벌써 외출했다는 것이었다.

내가 다음 일요일에 가서 초밥에 관한 얘기를 하자 그녀는 기겁을 하며 빽 소리를 질렀다.

"아니 이거 진짜 큰일 날 학생이네. 그런 건 나한테 진즉에 얘길 했어야지. 어머, 그래서 그랬구나, 그래서 그랬어."

그녀는 딸아이를 당장에 병원에 입원시켜 검사를 받게 하겠다고 고래고래 소리쳤다. 나중에 사정 얘기를 듣고 보니 여자애가 키우던 강아지가 그 주에 다이닝룸 바닥에서 죽은 채 발견되었다고 했다. 겨우 정신을 수습한 여자애 엄마는 내게 실연을 고백하듯 씁쓸하게 말했다.

"무척 비싼 개였는데."

죽은 강아지는 운전기사가 처리했는데 엄마라는 여자 말로는 그 때문에 딸애가 얼마나 상심했는지 모른다는 것이었다.

"그나저나 선생님, 오늘 헛걸음하셔서 어떡해요? 수업료는 미리 드릴게요. 다음 주에 꼭 보충해주세요."

그 집에서는 특이하게 월급이 아닌 주급으로 과외비를 지불했다. 여자애 엄마가 외출하고 없는 날엔 여자애의 책상 위에 '국어' '영어' '수학' 등의 과목명이 적힌 봉투가 줄줄이 놓여 있었다. 수업이 끝나면 여자애는 '국어'가 적힌 봉투를 집어 내게 내밀며 이렇게 말했다.

"수고하셨어요, 선생님."

그럴 때면 그 애 엄마를 대할 때처럼 숨이 가빴다. 아니, 나는 솔직히 그 아파트 단지에만 들어서면 숨이 가빴다. 무섭게 확장해가는 부의 속도에 수반되는 일종의 틱 현상처럼, 신경질적인 다급함은 그 아파트 단지 전체에 미열처럼 만연해 있었다.

경은은 아파트 단지 입구에 있는 놀이터 벤치에 앉아 나를 기다리고 있었다. 우리는 손을 꼭 붙잡고 버스 정류장을 향해 종종걸음을 치면서 평소에 먹고 싶었지만 비싸서 먹지 못한 것들이 뭐가 뭐가 있는지 목청 높여 떠들어대기 시작했다. 초밥 사건 이후로 얼마 동안은, 초밥은 절대 안 돼,라고 소리 높여 외치곤 했다.

늘 단둘이 지내다시피 하고 거의 매일 단둘이 술을 먹는데도, 서로 나눌 얘기가 부족하다든가 상대가 점점 지겨워진다든가 하는 생각은 전혀 들지 않았다. 그렇다고 경은과 내가 썩 잘 맞는 스타일이었냐 하면 그렇지만도 않았다. 식성도 다르고 옷에 대한 취향도 다르고, 어떤 인물에 대해 품평을 할 때도 의견의 일치를 보는 일이 드물었다. 그런데도 나로서는 경은과 함께 지내는 게 조금도 불편하지 않았다. 머리로 이해하려고 하면 이상하게 생각되지만 막상 겪어보면 하나도 불편하지 않은 그런 삶도 있는 법이라고 나는 생각했다. 경은과의 생활은, 나와 아주 잘 맞는 어떤 사람과 사는 것도 그보다 나을 수는 없으리라 생각될 정도로 편안하고 수월했다.

예촌에는 두 명의 주방장이 있었다. 정확히 말하면 젊은 쪽이 주방장이고 나이 든 쪽은 보조일 따름이었다. 젊은 박 주방장은 빠른 칼질과 능숙한 손놀림을 자랑하는 이십대 후반의 청년이었다. 그를 보조하는 김 씨는 둥글둥글하고 풍채 좋은 사십대 초반의 아저씨였다. 하지만 예촌에서는 둘 다 주방장으로 불렸다. 젊은 쪽은 박 주방장이라 불렸고, 나이 든 쪽은 김 주방 아저씨라고 불렸다. 박 주방장이 월급은 더 많이 받았지만, 김 주방 아저씨가 신뢰는 더 많이 얻었다. 김 주방 아저씨는 주방 일을 시작한 경력이 짧아 여러모로 부족한 점이 많았지만, 온통 둥글고 둥글어 둥긂의 현신처럼 보이는 기분 좋은 외모에다, 인품도 넉넉하고 말수도 적고, 무엇보다 음식에 대한 진지한 애정과 맛에 대한 탁월한 감각이 있었다.

경은의 말로는, 박 주방장이 디제이 아가씨를 좋아하는 것 같은데 우리의 까다로운 디제이 아가씨는 박 주방장에게는 관심이 없고 김 주방 아저씨에게 꼬리를 치는 기색이 역력하다는 것이었다.

"우리 디제이 언니는 매일「진짜 진짜 좋아해」로 시작해서「남자는 배 여자는 항구」로 끝나거든. 그 노래를 틀 때마다 얼마나 김 주방 아저씨 쪽을 의미심장하게 쳐다보는지 몰라."

여기에 덧붙여 능글맞은 여사장 또한 김 주방 아저씨를 그렇게 믿고 의지하는 데다, 자기가 아는 모든 재미난 음담패설을 김 주방이 있는 자리에서만 한다는 것이었다.

"음담패설은 박 주방장이 진짜 좋아하는데 말이야."

나는 예촌의 비극적인 연애 상황에 탄식을 보냈다. 한번은 여사장이 주방 입구에 턱을 괴고 서서, 미스 심도 일루 와봐라, 하고 콧소리로 부르더라고 했다.

"나를 미스 심이라고 부르는 건 기분이 좋다는 뜻이야. 보통 때는 심 양이라고 부르고, 야단칠 땐 뜬금없이 학생이래. 화났을 땐 곧바로 야 이년아지, 뭐."

예촌 식구들을 주방 입구에 모아놓고 여사장이 얘기를 시작했다.

"결혼한 지 얼마 안 된 신랑이 낚시하러 갔다가 연못에 빠져 죽어부렀어잉. 남편 죽었다는 연락을 받고 신부가 놀라서 영안실로 뛰어왔거등. 근데 의사가 허는 말이……"

여기까지 얘기했을 때 마침 식재료를 실은 트럭이 도착했고 김 주방 아저씨가 그걸 나르러 가자 여사장은 얘기를 딱 그쳤다.
 "의사 말이 뭐래요?"
박 주방장이 물었지만 여사장은 입을 오물거리기만 하다 카운터로 돌아가버렸다. 그래서 예촌 식구들은 나중에 김 주방 아저씨가 식재료를 다 나르고 난 뒤에야 결론을 들을 수 있었다.
 "의사가 허는 말이, 신랑분 꼬추와 붕알을 물고기들이 뚝 따묵어부렀소, 하는 거야. 그러니까 신부가 곡을 허매 허는 말이, 인저는 살아와도 소용없소, 살아와도 소용없소."
그 얘기를 하며 깔깔거리는 경은에게 나는 진지하게 물었다.
 "너 그 얘기 정말 재밌어?"
 "아니. 그다지."
 "그런데 왜 그렇게 웃어?"
 "어떻게 안 웃어? 웃으라고 한 얘긴데."
 "그렇다고 억지로 웃을 것까지 뭐 있어?"
 "억지로 웃는 건 아냐. 근데 난 웃자고 하면 웃어져."
 "신기하네."
 "그럼 이건 어때? 이건 정말 너도 안 넘어오고 못 배길 재미난 제안인데."

 김 주방 아저씨의 제안은 우리를 대단히 행복하게 했다. 제

안의 내용인즉, 경은과 내가 12시에 예촌을 나갔다가 30분쯤 후에 소주를 사가지고 돌아오면 자기가 공짜로 안주를 만들어주겠다는 것이었다.

"이를테면 우리가 소주를 사고 그 아저씨가 안주를 산다는 식?"

"간단히 정리하면 그렇지."

"그 아저씨는 소주를 얼마나 드시는데?"

"두 병 정도."

"와우!"

그래서 우리는 모두가 퇴근한 예촌에서 돈 걱정 없이 술을 마시게 되었고, 김 주방 아저씨는 이런저런 요리를 만들어 우리에게 선보이며 메뉴 개발 기회를 갖게 되었다. 그렇다고 그가 우리를 위해 엄청난 요리를 만든 건 아니었다. 비싼 재료를 마구 쓸 수 없으니, 줄어들어도 별로 표가 나지 않는 값싼 재료들로만 음식을 만들었다. 또한 모든 일에 숙달되기 위해선 시행착오가 필수적이기 마련이듯, 한동안 그는 제육볶음 소스의 비율을 맞추기 위해 떡볶이나 양배추볶음처럼 고추장 소스로 볶은 안주만을 만들기도 했고, 재료에 입힐 계란물에 다진 쑥갓을 넣는 게 나은지 파래김 가루가 나은지를 알아내기 위해 호박전이니 감자전이니 하는 부침 종류만 만들기도 했다. 하지만 그렇다고 해서 우리가 크게 괴로울 것은 없었는데, 언제나 예촌 주방에는 국과 생야채, 밑반찬들이 공짜로

널려 있었기 때문이다.

김 주방 아저씨가 경은과 나 사이에 끼어들지 않았더라면 우리는 더 오래 함께 지냈을 수도 있었을 것이다. 그의 선량하고 유쾌한 품성이 쐐기처럼 박히면서, 우리의 관계는 과도에 찍힌 사과처럼 금이 가기 시작했고 서서히 둘로 쪼개어졌다. 처음부터 그런 기미를 느꼈다면 우리는 그 즉시 김 주방 아저씨를 관계 밖으로 밀어냈을 것이다. 하지만 처음에 그는 오히려 우리 둘을 더욱 가깝게 만들어주고 우리 관계를 더 빛나게 해주는 고마운 사람이었다. 모든 사태는 그가 의도해서 그런 것도 아니고 누가 의도해서 그런 것도 아니었다. 그렇게 흘러갔을 뿐이었다.

날이 거듭할수록 김 주방 아저씨가 만든 안주는 점점 세련된 맛을 냈고, 김 주방 아저씨는 점점 더 숙련된 요리 꾼이 되어갔다. 그에게는 상대의 얘기를 잘 들어주는 능력과 상대를 잘 먹이는 능력이 있었다. 경은과 나는 그가 만든 음식을 먹으며 그가 좋아할 만한 얘기들을 경쟁적으로 쏟아놓았다. 우리 셋의 술자리는 너무나 유쾌하기 짝이 없었는데, 다소 기묘한 것은 자꾸자꾸 유쾌해지려다 보니 모든 얘기들이 점점 더 사납고 공격적이고 부정적인 경향을 띠게 되었다는 사실이다. 그리고 그 배틀에서 승리한 사람은 나였다.

"그 정도는 댈 것도 아니라니까."

언젠가부터 내 입에서는 이런 식의 말들이 자주 튀어나왔다.

내가 툭툭 내뱉는 비난에 경은은 어쩔 줄 모르고 하던 얘기를 멈췄다. 어떤 때는 내 스스로 생각해도 심하다 싶어서 아무리 그녀가 재미없는 얘기를 하더라도 절대 제동을 걸지 말고 맞장구를 쳐주어야겠다고 결심하기도 했지만, 김 주방 아저씨의 둥그런 갈색 눈이, 사실 저 아이 얘기는 별로 재미가 없잖아? 그러니 네가 무슨 재미난 얘기를 한번 해보렴, 하는 식으로 나를 응시하는 걸 느끼면, 나는 갑자기 기세가 등등해져 경은의 한심한 얘기들을 깡그리 뭉개버릴 만한 놀라운 얘기를 하기 위해 눈을 번득이며, 내 짧은 삶의 갈피갈피에 깃들어 있던 사소하고 수줍은 뉘앙스의 진실을 난폭하게 짓밟고 과장해 전혀 다른 내용의 얘기를 조작해 떠벌리게 되었다.

스물두 살이 되던 새해 첫날 새벽, 술에서 깨어났을 때 내 주변에는 아무도 없었다. 나는 비틀거리며 일어나 예촌의 T자형 공간을 샅샅이 찾아다니기 시작했다. 큰길 쪽으로 난 문은 셔터까지 내려져 단단히 잠겨 있었다. 나는 칸막이 된 테이블을 차근차근 들여다보고 뮤직 박스 문도 열어보았다. 잠시 카운터 앞에 서 있던 나는 뮤직 박스로 들어가 음악을 틀어볼까 생각했다. 이 엉망인 새해를 「진짜 진짜 좋아해」로 시작하면 제대로 망가질 수 있을 것만 같았다. 나는 의미 없이 주방 쪽을 보며 나지막이 읊조렸다.

누가 너를 내게 보내주었나.

가사 첫머리를 흥얼거리는 순간 나는 알 수 없는 섬뜩함에 몸을 가볍게 떨었다. 주방은 아무도 없이 텅 비어 있었다. 나는 주방 입구의 냉장고에서 시원한 음료를 꺼내 마셨다. 나중에 개수가 모자라서 김 주방 아저씨가 곤란한 일을 겪지 않을까 하는 염려는 하지 않았다. 우리가 술을 마신 탁자에 어지럽게 널린 그릇과 술잔들, 망년회를 한다고 켜놓았던 초들을 치울까 하다가 그마저도 그만두었다. 다행히 뒷길 쪽 출입구는 반쯤 셔터가 내려진 상태였지만 문은 안에서 열 수 있었다.

밖으로 나오니 이미 어둠이 걷히고 있었다. 청회색 구름들이 젖은 석고 덩어리처럼 뭉쳐져 지상으로 쏟아져 내릴 듯 낮게 드리워 있었다. 우주와 영혼 같은 거창한 테마들을 생각하며 자취방에 돌아와보니 역시 경은은 돌아와 있지 않았다. 방에도 없었고 욕실에도 없었다. 나는 흰 타일이 깔린 욕실 바닥에 대자로 누워 천장을 올려다보았다. 바닥은 차디찼고 나는 경은에게 버림받았다고 생각했다. 찰싹거리는 물소리가 들리는 것 같아 눈을 감았다. 설핏 잠이 들려는 순간 문득 언젠가 경은이 한 말이 떠올랐다.

"나는 나 좋다는 사람을 거절하지 못해. 나 같은 걸 좋아해주는 것에 대한 감사라고나 할까. 도대체 난 언제부터 이렇게 비굴한 인간이 되었을까?"

그때 내가 뭐라고 대꾸했는지는 기억나지 않지만, 분명한 것은 그래서 경은이 나도 거절하지 못했다는 걸 그 순간 차디찬 욕실 타일 위에서 퍼뜩 깨달았다는 사실이다. 비좁은 방에서 나와 함께 살기로 의기투합해준 것도, 자기가 번 돈으로 매일 밥과 술을 산 것도, 나와 스타일이 전혀 다른데도 내가 편안하고 수월하게 살게끔 해준 것도, 죄다 그녀의 비굴함 덕분이었다. 이런 명료한 사실을 제법 명민하다고 자부하는 내가 왜 여태 몰랐을까. 차디찬 타일 위에서 나는 과열된 드라이어처럼 뜨거운 수치심을 느꼈다.

정작 이상한 일은 그 이후에 일어났다고 할 수 있다. 아무리 곱씹어도 납득하기 어려운 것은, 내가 경은과 어떻게 헤어지기로 합의했는지, 방의 짐은 어떤 식으로 뺐는지, 그 후 교정에서 우연히라도 만났을 텐데 그때 우리가 어떤 얘기를 주고받았는지 하나도 생각이 나지 않는다는 것이다.

나는 어떤 궁금증이나 죄의식이나 고통도 없이 경은을 잊었고, 경은과 함께 지낸 그 시절도 잊었다. 심경은이라는 아이가 내 인생의 그래프에서 자신과 함께 지낸 시간 토막을 딱 잘라가지고 감쪽같이 사라져버렸는데도, 나는 무엇을 잃어버렸다는 생각도 없이 지금껏 아무렇지 않게 살아왔다.

우연히 대학 때 휴학을 했었다는 사실을 상기하지 않았다면 나는 아직도 그렇게 살고 있을 것이다. 경은의 반곱슬 머리카락과 뾰족한 턱도, 시체 안치소 같던 욕실과 T자 모양의 예촌 술집도, 청회색 구름이 낮게 드리웠던 스물두 살의 첫새벽 하늘도 잊은 채 말이다. 그게 뭐 어때서,라고 생각하는 순간 증기처럼 아득한 두려움이 나를 덮친다. 나는 얼마나 많은 사람들을 잊음으로써 얼마나 많은 시간 토막들을 잃어버리고 살아왔을까. 진짜는 죄다 도둑맞고, 내가 그토록 애지중지하는 자아의 금고 속에는 엉뚱한 모조품만 잔뜩 쟁여져 있는 느낌이다. 스물두 살의 첫새벽처럼 나는 텅 빈 주방 앞에서 나지막이 읊조린다.

누가 너를 내게 보내주었지?

해설

사랑의 기하학

양윤의

1. 관계의 작도법에서 삶의 기하학으로

 모든 소설은 관계들을 표시한 지도다. 무수한 나와 너와 그와 그녀 들의 전후좌우(방위)와 등고선(높낮이)을 표시한 지도가 있다면 그것이 바로 소설일 것이다. 관계를 명료하게 이해하려는 노력〔독도법(讀圖法)〕은 명료하게 표현하려는 노력〔작도법(作圖法)〕과 함께 간다. 무수하게 얽힌 관계들의 총체가 삶이라면 어쩌면 삶을 기하학으로 표현할 수도 있지 않을까? 전후, 좌우, 상하가 표시되는 관계들의 상호작용이라면 어떤 방식으로든 기하학이 될 수밖에 없을 테니까. 존 치버는 『사랑의 기하학』(문학동네, 2008)에서 기하학으로 자기 삶을 정리하려는 한 사내를 소개한다. '유클리드 드라이클리닝 및 염색'을 옆에 써 붙인 트럭이 지나가자 자기와 주변 사람들을 기하학적 요소로 정리해보려고 한 사내이다. 그는 이해할 수 없는 현실을 나름대로 판독해보려고 노력했다. 결국 사내의 시도는 실패하지만 이 실패의 과정에서 사람들 사이의 관계가 이전보다 명료하게 정돈된다(사내에게 받아들여진다). 권여선의 소설이 제공하는 것도 그러한 관계의 기하학이다. 무수히 얽힌 사람들 사이의 선분, 면적, 입방체 들을 이해하려는 노력이다. 도대체 왜 저런 수고와 노력이 필요할까. 나와 너 사이에 놓인 가파른 절단면을, 나에게 가해진 갑작스러운 고통을 납득할 수 없기 때문이다.

관계는 단순하지 않기 때문에 기하학도 평면기하학에 머물지 않는다. 그것이 삼차원이 되려면 좌우와 위아래에서 개입하는 또 다른 선분 즉 이항 사이에 개입하는 제3의 시선이 있어야 한다.

> 그녀는 맞은편 인도에서 이호재와 여학생이 걸어오는 것을 보았다. 이호재가 앞서 걸었고 여학생은 한 걸음 정도 뒤떨어져 걷고 있었다. 그들은 2차에 가지 않았거나 갔다가 바로 빠져나왔으리라. 그녀는 조용히 차를 세웠다. 그들도 그녀와 마찬가지로 모텔을 찾고 있는 것이다. 그들의 옆모습이 차창 너머로 스쳐 지나갔다. (「꽃잎 속 응달」, p. 227)

혼자 모델을 찾는 그녀(양숙현)의 시야에 한 유부남과 여제자의 일탈 행동이 들어온다. 14년 전에는 그녀가 '한 교수'의 뒤를 따라 바로 저 길을 걷고 있었다. 그때 한 교수는 그녀의 귀에 대고 이렇게 속삭였다. "괜찮아, 숙현아. 이런다고 인생이 뭐가 달라지냐. 또 이러지 않는다고 뭐가 달라지냐. 괜찮아. 한 번쯤은 우리 마음에 정직해지자"(p. 227). 불륜의 시작을 알리는 달콤한 거짓말이다. 거짓을 말하는 것은 인간의 원죄다. 거짓말은 보이지 않는 세계에 달린 문고리다. 알려지지 않은 제3의 시선이 생기는 것도 그 덕분. '이건 비밀인데'로 시작하는 뒷담화 문법이 그래서 가능해진다. 보이지 않는 곳에 '대나무숲'들이 생기는 이유가 스캔들을 소비하는 거식증적 속물성 때문만은 아닐 것이다. 고상하고 품위 있는 공정사회를 실현하는 지렛대로 비방과 협잡이라는 외설적인 보충물이 필요하다는 것을 보여주는 게 아니겠는가. 뒷담화는 사후적으로 정리되는 회고담이다. 그 회고담은 루머를 전하는 '나'의 자리는 괄호 속에 넣고 과거의 상황을 설명하는 방식을 띤다. "한 입 속에 두 혀를"(「분홍 리본의 시절」, 『분홍 리본의 시절』, 창비, p. 77) 감추고 있는 셈이고 등 뒤에 꼬인 손가락(거짓말)을 숨기고 있는 셈이다. 그러니 '누구한테 들은 얘긴데'로 시작되는 뒷담화는 이미 사건의 생생함을 잃은 믿지 못할 풍문이 된다. 이미 누군가의 입맛에 맞춰서 요리된

담론. 문제는 음담패설처럼 뿌려진 "고소하고 새콤하게 돋우는 독특하고 야릇한 소스"(「진짜 진짜 좋아해」, p. 240)가 치명적으로 맛있다는 데 있다.

이제 기하학은 치명적으로 박동하게 된다. 둘 사이를 보증하는 제3자의 개입(둘이 관계를 맺기 위해서는 다른 사람의 시선이 필연적으로 요청된다), 오랜 세월을 돌아와 욕망의 이면을 폭로하는 고백, 자신이 얽혀든 관계를 바깥에서 보는 이상한 시선. 주어로서 바라보는 '나'와 목적어로서 보여지는 '나', 나아가 이 둘을 관통하는 시선의 박동. 저 재귀를 가능하게 하는 구부림re-flection을 위해서 권여선은 튼튼한 삼각대를 준비해두었다. 주의할 점은 저 갈고리 모양(재귀적인 시선이므로)의 성찰이 갖는 복잡성이다. 신앙과 배교가 한 몸이듯이 믿음과 배신이 같은 실체의 양면이고 과거를 돌아보는 것과 미래를 내다보는 일이 동시적일 수밖에 없다는 것을 권여선의 인물들은 삶을 바쳐 받아들인다. 다시 말해서 그들이 수행하는 회상은 단순한 회고담이 아니다.

어린 예수를 발견한 더러운 말구유처럼 성스러운 기도의 은사와 타락한 죄인의 저주가 한곳에 있다. 윤색된 문장과 꿈틀거리는 욕설이 한데 있듯이. 치기와 센티멘털로 뭉친 미숙한 말과 세련되고 이해타산이 빠른 호객의 언어가 한 통속인 속된 세계다. 이 세계를, 관계를 표상하는 몇몇 문자의 도움을 받아 탐색해보자.

2. ㄱ자 모퉁이: "미술관에 가려다 전당포로 잘못 들어오고 만 느낌"

권여선의 인물들이 처한 공간의 기하학에서 이야기를 시작해보자. 여러 소설에서 '모퉁이'가 출현한다. 이것은 어떤 변곡점이고 가지 않은 길이며 인물에게 주어진 선택지처럼 보인다. 선택할 수 있었으나 선택하지 않은 두 가지 삶의 저쪽 가능성 말이다. 그런데 그 길은 사실 선택하지 않았으나 선택할 수밖에 없던 길이다. 자유의지의 형식으로 출현한 운명의 폭력이란 바로 이런 것.

> 예나의 출입문은 길모퉁이의 꼭짓점에 있고 출입문 양쪽으로 뻗어나간 직각의 측면은 전면 유리로 되어 있다. 주택가로 통하는 오른편 유리에는 '올림머리' '신부화장'이라는 글자가 세로 두 줄로, 그 밑에 '예약'이란 글자가 가로로 코팅되어 있다. 전철역으로 통하는 왼편 유리에는 '녹은 머리' '탄 머리'가 세로 두 줄로, 그 밑에 '재생'이 가로로 되어 있다. (「길모퉁이」, p. 121)

예나 미용실은 길모퉁이에 있다. 모퉁이 한쪽은 주택가로 나 있는데 신부가 되거나 올림머리를 할 수 있는 미래('예약'

된)의 길이다. 모퉁이의 다른 한쪽은 전철역으로 통하고 상한 머리카락으로 살 수밖에 없는 과거(계속 '재생'해야 하는)의 길이다. 전자가 단란한 가정을 꿈꾸게 하는 사면(斜面)이라면 후자는 이곳저곳을 떠돌아야 하는 도망자의 삶을 되풀이해야 하는 사면이다. '나'는 (아마도) 다단계 판매 조직에 끌려들었다가 삶을 망치고 사채업자들에게 쫓겨 숨어 사는 처지다. 어떻게 알았는지 옛 친구 상미가 찾아온다. 발 마사지기를 팔러 온 상미는 '나'의 처지가 여전히 어렵다는 걸 알고 '나'를 원망하며 이렇게 쏘아붙인다. "암튼 너! 미스 강이랬나, 장이랬나? 잘 먹고 잘 살아봐, 어디"(p. 147). 그리고 그녀는 "'녹은 머리'의 세로 기둥" 쪽으로 사라진다. 상미가 재생 불가능한, 그러니까 불가능한 과거로서만 재생되는 삶의 측면에 속했다는 얘기다. 그녀가 사라지자 '나'는 달아난다.

> 나는 어디로 향하는지도 모르고 전속력으로 길모퉁이를 꺾으며 달렸다. 3년 전에 이미 나는 올림머리 신부화장 쪽에서 길모퉁이를 돌아 녹은 머리 탄 머리의 세상으로 옮겨왔다. 재생이라니, 그건 간단한 만큼 불가능한 개소리였다. (「길모퉁이」, p. 148)

이렇게 표현할 수밖에 없다. "나는 올림머리 신부화장 쪽에서 길모퉁이를 돌아 녹은 머리 탄 머리의 세상으로 옮겨왔다." 그것도 내 자유의지로, 내 발로 걸어서. 당시 상미의 남자친구였던 은찬이 '나' 때문에 신세를 망쳤다고 원망하는 상미에게 '나'가 하는 변명도 그런 것. "상미야, 그때 일은 니가 오해하고 있어. 내가 먼저 하자고 안 했어. 은찬이가 먼저 하겠다고 했어. 정말이야. 내가 은찬이를 왜……"(p. 146) 그런데 과연 그럴까. 그 누가 올림머리─신부화장의 세계에서 녹은 머리─탄 머리의 세계로 옮기고 싶겠는가. '나'도 은찬도 몰락을 선택하지는 않았다. 운명이 우리를 그리로 밀어붙였을 뿐. '나'에게 남은 건 미용실에서 쓰던 "앙상한 닭의 목뼈 같은 롯드"(p. 151) 하나뿐이다. 여전히 '나'는 고시원에서 살 테고 변두리 미장원을 전전할 테지. 그러다가 뜻밖에 상미의 원망스러운 방문을 받을 테고 그리고 지금처럼 도주하겠지. 그녀는 운명의 아포리아를 삶을 통해 보여주는 셈이다. 그녀가 겪은 감정의 정체가 앞에서 언급한 「꽃잎 속 응달」에 정확히 소개된다.

그녀는 고개를 돌려 두 남녀를 끝까지 지켜보았다. 이호재가 모퉁이를 돌았고 보이지 않는 끈에 묶인 듯 여학생이 그 뒤를 따라 모퉁이를 돌았다. 묶은 머리가 한 포기 상추처럼 까딱거리다 사라지는 걸 본 순간 그녀는 지독한 경멸과 쓰라린 그리움이 결합된, 형언할 수 없는 감정에 사로잡혔다. 그것은 달고 쓰고 시고 떫은, 아주 기묘하면서도 익숙한 감정이었다.

(「꽃잎 속 응달」, p. 228)

  저들이 모퉁이를 돌아가듯 '나'도 한때 그런 적이 있었다. 그 후의 배신과 쓰라림은 쉽게 정리되지 않았다. '나'는 술에 취해 한 교수에게 "학교를 뒤집어엎어 놓겠다고" "다시는 얼굴도 못 들고 다니게 만들어놓겠다고"(p. 219) 협박했다. 사랑과 증오 사이, 욕망과 원망이 뒤섞인 한때의 일이다. 이제는 한 교수도 나도 늙어가고 있다. 한 교수는 정년을 맞은 '명교수'처럼 퇴물이 되어갈 것이고 '나'는 능글맞은 한 교수의 말("공부하는 사람의 정년은 마흔이야")을 마치 '나'의 말인 듯 떠들었다. 그렇게 다함께 속물이 되어 늙어가는 것이다. 그런데 그런 '나' 앞에서 14년 전의 우리가 모퉁이를 돌아간다. 다시는 돌아올 수 없는 한 시절이, "지독한 경멸과 쓰라린 그리움"이 아니고서는 추억할 수 없는 그 시절이.

  그와 반대로 「진짜 진짜 좋아해」에서 이 모퉁이는 젊은이들의 미래를 향해 열린 가능성으로 제시된다(물론 이 소설도 기본적으로는 회상의 범주에 속해 있다. 그래서 잠시 뒤에 논의할 다른 기하학으로 전환된다). 「진짜 진짜 좋아해」는 고속 성장의 시대 모토가 풀가동되었던 1980년대 한 대학 캠퍼스를 배경으로 삼는다. 우연히 '나'는 대학시절의 한때를 함께 보낸 룸메이트 '심경은'을 기억해낸다. 성정이 착한 경은과 '나'는 모든 것을 공유했다(고 믿어왔다). 그런 그녀를 잊었다는 건

"내 인생의 그래프" 한 조각을 잃어버린 것과 같다. 'ㄱ'자 구조로 되어 있는 학생식당에 대한 설명은 이렇다.

> ㄱ자의 위쪽 수평면은 대형 유리창이 달려 햇살이 환하게 쏟아져 들어왔지만 창에서 멀어지는 수직면의 아래쪽은 급격히 조도가 낮아지면서 장기밀매자나 범죄자까지는 아니어도, 낙제생이나 휴학생 등이 모여 수군거리기 좋은 음습한 분위기를 풍겼다. 〔……〕 그 어두침침한 입구에 식권 판매대가 있었다. 식권을 사서 빈 식판에 반찬 한 가지씩을 받으면서 한 걸음씩 전진하다 보면 우리는 점점 더 밝은 공간으로 나아가게 되어 있었다. 그것은 이를테면 갱생을 주제로 한 영화의 흐름과 같은 구조로 되어 있어, 마지막에 식권을 반납함에 딸랑 떨어뜨리면 우리는 어느새 유리창 가득히 햇살이 쏟아져 들어오는 광명천지에 서 있게 되는 식이었다. (「진짜 진짜 좋아해」, pp. 238~39)

'ㄱ'자 형태의 평면도는 학생식당의 내부 구조의 사실적인 이미지이기도 하고 이 소설의 구성적 요소인 '기억'('기역')의 시각적인 은유이기도 하다. 직각으로 꺾인 간결한 저 동선(動線)은 성장을 신화로 삼은 시대, 그 시대정신의 뼈대라고 불러도 좋으리라. 성공을 위해 젊음을 저당 잡히며 훈육되는 사육장의 이미지와 '갱생의 동선'은 지금도 찾아볼 수 있다. 바리케이드 속에서 젊은이들을 교화하는 관리사회의 상징물이라고 말해도 좋을 것이다. 직각으로 꺾인 터널의 조도 효과는 우리가 지나온 길을 돌아볼 수 없게 만든다. 과거는 어둠이고 미래만이 광명이다. 저 갱생 구조의 진기한 묘는 헛발을 짚거나 실수하게 만드는 사각지대에 대해서 누구도 문제를 제기할 수 없게 만든다는 데 있다. 보행자들은 컨베이어 벨트 위를 순환하는 자동기계처럼 주저함이나 망설임을 모른다. "일종의 틱 현상처럼, 신경질적인 다급함"(p. 253)이 느껴져 숨이 차오르는 것은 단지 '나'의 유약함 때문만이 아닌 것이다.

'ㄱ'자로 꺾인 모퉁이는 삶의 분기점 내지 변곡점을 상징하는 기하학적 공간이다. 모퉁이는 이들의 삶을 꺾고 구부린다. 마음의 관절마저 꺾이고 나서야 질문이 바뀐다. 여기가 어딘지를 묻는 것보다 근본적인 질문이다. "나는 도대체 어디로 가려고 했던 것일까"(p. 227). 장밋빛 미래에서 쓰라린 현실로, 청춘 찬가에서 중년의 환멸로, 우아한 미술관에서 속물적인 전당포로. "단 한 번 잘못 돈 길모퉁이로 나는 내 인생과 은찬의 인생을 한 큐에 엿 먹이고 말았다"(p. 151). 이렇게 삶에 개입해서 행로를 폭력적으로 구부리는 운명의 저 힘센 팔뚝을 우리는 잠시 엿본 셈이다.

3. T자 교차로: "누가 너를 내게 보내주었나"

「진짜 진짜 좋아해」에서 학생식당의 구조와 대비적으로 제시되는 곳이 바로 대학가 술집 예촌이다. '나'는 휴학생 주제에 밤늦도록 아르바이트를 하는 경은에게 빌붙어 산다. 경은의 서빙 일이 끝나는 자정 이후부터 둘만의 하루를 즐기는 것이다. 예촌의 T자형은 교차로를 중심으로 이쪽과 저쪽을 쪼개는 분할 구조다. 취중 진담과 계산적인 수작이 오가고 뜨거운 연애와 치졸한 이별이 교차하는 장소다. 예촌에는 두 개의 출입문이 있는데 간혹 취객들이 하숙촌으로 통하는 뒷길 쪽 문으로 도망을 가곤 했다. "형제와는 이미 끝났고, 애인은 아직 없고, 결혼은 너무 요원한 시절, 그렇게 이십대에 경험하는 친구와의 길거나 짧은 동거생활"(p. 235)에 종지부를 찍게 된 것은 둘 사이에 끼어든 제3자 주방장 아저씨 때문이다. 예촌의 김 주방장은 나이도 많고 경력도 부족한 주방 보조이지만 "인품도 넉넉하고 말수도 적고, 무엇보다 음식에 대한 진지한 애정과 맛에 대한 탁월한 감각"(p. 254)을 지니고 있다. 그가 이들에게 요리를 해 주면서 노련한 "요리 곰"으로 단련되는 사이, '나'와 경은은 그의 환심을 사기 위해 경쟁적으로 이야기를 쏟아놓았다. 그러던 어느 날, 긴 술자리의 끝에서 나는 경은이 주방장과 사라진 걸 알게 된다.

스물두 살이 되던 새해 첫날 새벽, 술에서 깨어났을 때 내 주변에는 아무도 없었다. 나는 비틀거리며 예촌의 T자형 공간을 샅샅이 찾아다니기 시작했다. 큰길 쪽으로 난 문은 셔터까지 내려져 단단히 잠겨 있었다. 〔……〕 다행히 뒷길 쪽 출입구는 반쯤 셔터가 내려진 상태였지만 문은 안에서 열 수 있었다. (「진짜 진짜 좋아해」, pp. 259~60)

경은은 저 T자의 뒷문을 통해서 취한 대학생들이 도망치듯이 그렇게 내게서 달아났다. 명민한 '나'는 배틀의 승자였지만 연애에는 루저가 되었다. 내 이야기에 웃다가 절 울린 사내와 정분이 난다는 통속적인 연애 문법을 보여주는 것인가? 포인트는 그 방향이 아니다. '나'는 김 주방장에게서가 아니라 경은에게서 버림받는다. '나'는 경은과 경쟁 구도에 놓이자 그녀의 감정 따위는 신경 쓰지도 않고 승패에만 혈안이 되었다. 과장되고 미화되는 이야기는 말 건넴이라기보다 극단적인 과시용이라고 말해야 온당할 것이다. '나'의 순정 역시 뒷문으로 도망친 남녀의 그것 못지않겠지만 뒤늦게 '나'는 경은의 의미를 깨닫는다.

고달픈 젊은 날의 뒷골목이 "큐빅처럼 촘촘하게 박혀"(p. 248) 있는 그럴듯한 풍경을 갖게 된 데는 '나'의 유아적인 허세 욕구를 견뎌준 "비굴한 인간"(p. 260) 경은이 있었기 때문이다. 스물두 살 동갑내기 여대생 두 명이 동고동락한 작고 보잘것없는 자취방이 '시체 안치소'나 '도살장'처럼 두렵게 느껴지지 않았던 것 역시 경은이 욕실에서 내준 물소리 덕분인 것이다.

    나는 어떤 궁금증이나 죄의식이나 고통도 없이 경은을 잊었고, 경은과 함께 지낸 그 시절도 잊었다. 심경은이라는 아이가 내 인생의 그래프에서 자신과 함께 지낸 시간 토막을 딱 잘라 가지고 감쪽같이 사라져버렸는데도, 나는 무엇을 잃어버렸다는 생각도 없이 지금껏 아무렇지 않게 살아왔다.〔……〕그게 뭐 어때서,라고 생각하는 순간 증기처럼 아득한 두려움이 나를 덮친다. 나는 얼마나 많은 사람들을 잊음으로써 얼마나 많은 시간 토막들을 잃어버리고 살아왔을까. 진짜는 죄다 도둑맞고, 내가 그토록 애지중지하는 자아의 금고 속에는 엉뚱한 모조품만 잔뜩 쟁여져 있는 느낌이다. 스물두 살의 첫새벽처럼 나는 텅 빈 주방 앞에서 나지막이 읊조린다.
    누가 너를 내게 보내주었지? (「진짜 진짜 좋아해」, pp. 261~62)

「진짜 진짜 좋아해」의 세 겹의 반전은 우리가 깜작 놀랄 만한 순간을 예비해두었다. 첫번째 반전은 순진한 경은의 과감한 연애담을 통해서다. 경은이가 사십대 아저씨와 도망을 간

순간 경은은 이미 '나'가 알고 있던 그녀가 아니다. 두번째는 '나'와 경은의 어긋남을 통해서다. 속인 쪽은 '나'인데 도둑맞은 쪽은 경은이 아니다. 풍문으로 세상을 관망하려 들던 '나'는 등 뒤에서 속지 않으려다 눈앞에서 모조리 털린 자이다. 세번째 반전은 지금껏 지켜온 귀한 보물이 모두 모조품일지 모른다는 때늦은 각성의 순간. '나'의 삶이 실은 'T자형' 칸막이에 기댄 반쪽짜리일 수도 있다는 것.

1980년대를 풍미한 혜은이의 노래 「진짜 진짜 좋아해」는 "누가 너를 내게 보내주었나"로 시작해서 "진짜 진짜 좋아해. 너를 너를 좋아해"로 끝나는 러브송이다. 소설 「진짜 진짜 좋아해」의 마지막을 장식하는 "누가 너를 내게 보내주었지?"라는 문장은 발랄한 유행가의 맥락에서 떨어져 나오자 퍽 진지한 여운을 남긴다. 누가 너를 내게 보내주었나. 누가 사랑을 내게 주었나? 결국 파국으로 끝낼 사랑이라면 왜 운명은 내게 당신을 허락한 것일까. 결국 「진짜 진짜 좋아해」는 제목과 정반대로 흘러간다. '나'는 평생 가짜를 끌어안고 살았을지도 모른다는 두려운 진실만을 떠안게 된다.

「진짜 진짜 좋아해」의 담백한 성찰이 우리를 '기억의 딜레마' 앞으로 인도한다면 「은반지」는 '감정의 딜레마' 앞으로 우리를 끌고 간다. 성마르고 까칠하고 까탈스런 오현숙과 작고 풍만한 체구에 넉넉한 인품을 가진 심은정이 교회에서 만나 룸메이트가 된 지 5년이 되었다. 오 여사는 교통사고로 남편을 잃은 뒤 심 여사와 살면서 두 딸들보다 심 여사를 더 가족처럼 편하게 대하면서 지냈다. 환갑을 앞둔 중년 여인 두 명이 서로를 의지하고 지낸 1년을 기념해 하나씩 나눠 낀 은반지도 그런 의미일 것이다. 그런데 어느 날 심 여사가 일본에 있는 딸네 갔다가 오 여사의 집이 아닌 지방 소도시의 요양소로 들어가버린다. 예상하지 못한 이별에 오 여사는 배은망덕을 느낀다. 그간 심 여사를 거둔 장본인에게 이럴 수는 없다. 보증금도 없이 매달 생활비 반절만 내면서 살게 해주었는데.

오 여사는 심 여사를 만나러 요양소를 찾아가면서 그녀가 못 이기는 척 자신을 따라 나서리라 생각했다. 그런데 그 기대는 무참히 무너진다. 6개월 만에 만난 심 여사는 낯선 광신도처럼 보였다. "오 여사님이 붙들어 앉히면 제가 또 그 구렁텅이에 붙들어 앉혀지겠다 싶었거든요"(p. 70). 이유 없이 따귀 맞은 느낌이겠다. 이런 표현도 있다. "기껏 빠져나온 개골창에 도로 처박힐 순 없지요"(p. 72). 돌변한 심 여사의 태도에 두려움을 느낀 오 여사가 그 요양소를 떠나려 하자 심 여사는 은반지를 돌려주려고 한다. "가져가라면 가져가! 오 여사가 해준 그 더러운 반지를 내가 왜 갖고 있어야 되는데? 왜?"(p. 82) 오 여사는 상호 인정을 바탕으로 적절한 균형과 품격을 지키며 살아왔다. 아니 오 여사는 그렇다고 생각했다. 양로원에서 봉사활동을 하고 나눔을 (바로 심 여사에게) 실천해온 결백하다 못해 금욕적으로 보이는 오 여사의 삶이 순식간에 동거인의 증언에 의해 '개골창'의 오물 같은 삶으로 전락하고 만다. 알량한 시혜의 증거로 오 여사가 선물한 은반지가 섬뜩한 방식으로 되돌아온다. 둘이 공유했던 지난 시간과 여생을 약속했던 미래의 계획과 크고 작은 의미들이 통째로 반려되는 순간이다.

「소녀의 기도」는 제목이 주는 따스한 어감과는 다르게 폭력과 성욕과 식욕이 버무려진 '개골창'처럼 참혹한 작품이다. 자동차 앞 유리에 흔히 붙어 있는 "오늘도 무사히"라는 표어를 반어적으로 해석한 듯한 이 작품 역시 세 꼭짓점을 갖는 T자형 구조로 되어 있다. 술에 취한 여고생을 강간하기 위해서 집으로 납치해 온 강석호, 빚에 쪼들려 인질극에 동참하는 동거녀 김은혜, 구타와 폭행을 당하고 결국 죽음을 맞는(맞을) 여자애로 구성된 증오와 폭력의 기하학이다.

"걸레 좀 가져와!"

마루에서 석호가 소리를 질렀다. 그 소리에 은혜는 눈을 번쩍 떴다. 꿈에서 깬 듯 번개 같은 깨달음이 왔다. 모든 게 불을 켠 듯 분명해졌다. 그녀의 죄는 오로지 저 악마 새끼를 만난 것밖에 없었다. 취한 애를 납치해 온 것도 저 새끼였고, 애의 목에 쇠테를 조인 것도 저 새끼였고, 그녀가 없는 동안 애를 강간한 것도 저 새끼였다. 그래서 애 눈빛이 그 지경이 된 거고 결국 발작까지 일으킨 거다. 다 저 새끼 탓이었다. 그녀는 그 애를 인간적으로 대해주려고 얼마나 노력했는지 모른다.
[⋯⋯]

"그래! 이 언니가 복수해주겠어!"

은혜는 이를 갈며 말했다.

"저 새끼를 짓뭉개버리겠어!"(「소녀의 기도」, pp. 192~93)

석호와 은혜는 서로에게 책임을 미루면서도 여전히 아군이었다. 그런데 여자애가 죽(었다고 생각하)자 상황이 급변한다. "모든 책임은 저 악마에게 있다. 그녀 자신은 결백하다"(p. 193). 죽은 자는 남겨진 자에게 신이 될 수 있다는 말처럼, 여자애의 주검 앞에서 "목사 딸년" 은혜가 회심(回心)한다. "이 언니가 복수해주겠어!" 그러고 보니 모든 게 석호 탓이었다. 석호와 3년을 함께 지냈으나 석호의 부주의로 임신을 하였고 그의 무능력 때문에 납치극의 공범이 되었다. 그러니 자신이 끓는 물을 여자애에게 부었던 것도, 화분으로 여자애의 머리를 내리쳤던 것도 "다 저 새끼 탓"이다. 이것은 스스로를 꼭두각시로 만들어서 해명할 수 없는 불행을 밧줄 너머의 조작자 탓으로 떠넘기는 책임 전가의 논리다. 진짜 진짜 증오해. "그렇다. 모든 것을 예비하시는 그분께서 이런 시련을 통해 그녀에게 이런 소명을 주신 것이다"(p. 194). 스스로를 "성녀" 혹은 "기도하는 소녀"로 간주하는 희생양 코스프레다. 은혜는 제 불행을 엉뚱하게 개관하고는 거기서 폭력의 기하학을 지속시킬 동력을 찾아낸다.

ㄱ자형 모퉁이가 삶의 변곡점을 지시한다면, T자형 교차로는 처음부터 분할되어 있는 관계를 상징한다. 사랑이나 증오를 개시하는 둘과 그 둘 사이에 개입하는 제3자로 쪼개지거나(「진짜 진짜 좋아해」「소녀의 기도」), 혹은 사랑의 관계에 있는 둘이 증오의 관계에 놓인 둘로(「은반지」) 전환되는 교차로가 바로 이곳이다.

4. 非자 숲 : "이름이 사라지면 불러 애도할 무엇도 남지 않아"

마지막으로 숲의 기하학을 살펴보자. 이를 위해서는 「은반지」의 에피소드로 돌아갈 필요가 있다. 심 여사는 오 여사를 데리고 요양소 뒤편 자기 방으로 데려가 오래 품어왔던 적의를 쏟아낸다.

"오 여사가 한밤중에 무슨 짓을 했는지 내가 모를 것 같아요?"
오 여사는 숨이 막힐 뻔했다.
"내가 뭘 해요. 한밤중에?"
"그런 짓을 하고도 천연덕스럽게. 참."

오 여사는 심 여사의 돌변한 말투에 놀랐다.

"아니 심 여사, 내가 무슨 짓을 했다고……"

"내가 말 안 해도 그건 오 여사 스스로가 더 잘 알겠네."
(「은반지」, pp. 81~82)

오 여사는 한밤중에 자신이 무슨 일을 벌였는지 알지 못한다. "혹시 큰딸이 사 온 간식을 밤에 몰래 먹은 것을 말하는 걸까. 길게 쪽쪽 찢어지는 치즈와 육포를 장롱에 넣어놓고 일주일 동안 먹은 적이 있긴 했다"(p. 83). 그 일을 말하는 걸까? 오 여사는 기억을 더듬는다. "설마 그걸 심 여사가 알고 있었단 말인가. 아닐 것이다. 그건 아닐 것이다"(p. 84). 심 여사가 그걸 눈치챈 건 아닐 거라고 말하는 것인지, 그 일을 이야기하는 것은 아니라고 말하는 것인지 우리는 알지 못한다. 나아가 우리는 오 여사가 저질러놓고도 모르는 큰일이 정말 있었던 건지 아닌지도 알지 못한다. 그것은 요양소를 나온 오 여사가 숲 속에 갇힌 것처럼 비밀스러운 기억의 숲에 감춰져버렸다.

심 여사가 떠난 뒤 오 여사는 누군가와 어울리려는 심산으로 경로당 자원봉사를 시작했다. 그런데 얼마전 그 경로당 노인들과 불교사찰 여행을 갔다가 다른 버스에서 웬 "노인 한 쌍이 상의를 거의 벗어부친 꼴로 부둥켜안고 쭉쭉 빠는 소리를 내"(p. 62)는 장면을 목격했다. 그 당시 그 장면을 도무지 이해할 수 없었는데 얼마 후 "미친 노인들"의 추잡한 행태라고 결론지었다. 이로써 오 여사는 자신이 본 것, 들은 것조차 확신할 수 없는 거대한 불확실성 앞에 출두하게 된 셈이다. 심 여사의 진술을 따르자면 바로 오 여사가 그런 추잡한 노인네의 하나였을 테지만 어찌 보면 이렇기도 했다. "부둥켜안고 쭉쭉거리던 늙은이 중 뚱뚱한 여자 쪽이 어쩐지 지금의 심 여사를 닮은 것 같다는 생각이 들었다"(p. 84). 추잡한 기억이든 아름다운 추억이든 숲은 그렇게 무엇인가를 감춰두고 있다.

「팔도기획」에서 그 숲은 윤 작가의 배후(혹은 작업 파일)이다. 팔도기획은 자비 출판을 주로 하는 소규모 기획사이다. 홍 팀장의 총괄하에 정 작가, 김 작가('나')가 실무를 처리하던 편집 팀에 새로 윤 작가가 들어온다. 소설가 지망생인 윤 작가는 인터뷰를 하거나 녹취를 푸는 등의 잡무를 거절함으로써 동료들을 당황하게 만든다. 자신은 글을 쓰러 왔으며 "대상을 직접 보거나 만지거나 그 소리를 듣거나 하면" "생생한 인상이나 감각이" 자신을 "혼란에 빠뜨려서 어떤 단어도 떠오르지 않"(p. 24)는다는 것이다. 이들의 사무실 배치 즉 "홍을 꼭짓점으로 하고 정과 나와 윤을 밑변으로 하는 직각삼각형"(p. 19)은 T자의 변형이다. 정 작가와 윤 작가가 T자의 대극이고 홍 팀장과 김 작가가 가운데와 아래쪽 칸에 앉기 때문이다. 예술성을 지키려는 윤 작가의 소신이 뚜렷해질수록 그와 마주 보는 정 작가의 실용주의가 예각화된다. 마침내 팔도닭발 사장의 자서전을 만들던 정 작가가 폭발하는 장면. "이거 당신 작품 아닌 거 몰라? 이거 자서전이야. 신영수가 쓰고 그 주변 떨거지들이 읽을 신영수 회고록이라고. 신영수가 넣으라는데 왜 당신이 쌩오지랖을 떨어?"(pp. 31~32) 결국 윤 작가는 "쌍년" "미친년" 등의 욕설을 들으며 집필료도 받지 못한 채 약간의 착수금만 받고 쫓겨난다. 홍 팀장이 정 작가의 손을 들어준 결과다. 윤 작가가 빠진 뒤 남은 셋을 꼭짓점으로 하는 얄팍한 삼각형이 생겨난다. "우리의 좌표는 나를 꼭짓점으로 하는 좁고 길쭉한 삼각형을 형성하고 있었다"(p. 33).

『팔도 닭발의 신화──신영수 회고록』은 정 작가의 윤색을 거쳐 제 날짜에 출간된다. 평범하고 무난한 자비 출판의 결과물이다. 그러나 아직 이야기는 끝나지 않았다. 버려진 윤 작가의 원고를 읽던 홍 팀장이 문득 말을 꺼낸다. "더럽게 외로운 인간일 것 같지 않아?"(p. 36) 사람들이 윤 작가 이야기를 하는 줄로 알고 그녀에 대한 흉을 보자, 홍 팀장이 말을 고쳐준다. "내가 외롭다고 한 건 이 인간 말이야! 윤 작가가 써놓은 이 인간! 이 닭발 사장 말이야"(p. 38). 결국 윤 작가는 정말로 소설을 썼던 것이다. 윤 작가가 쓰던 원고에 닭발 사장의 진면목이 숨어 있던 셈이다. 단 출판되지 않은, 비밀을 숨긴 원고의 형태로. 생면부지의 닭발 사장의 삶에서 "아련한 연민"을 길어 올리는 것이 윤 작가가 말해준 진짜 소설가의 위력이다. "소설가는 글에 향기를 불어넣을 줄 아니까요"(p. 41). 윤 작가가 행간에 숨겨놓은 그 비약은 그녀가 꼿꼿하게 앉아서 소설 기계처럼 원고를 써 내려간 구석진 자리를 성스러운 거점으로 만든다. 그 여인이 지킨 소설가의 긍지는 김 작가('나')가 언젠가 만날 "미지의 방문객"의 자리를 만들어낸다.

문 앞에 누군가가 서 있다. 저는 소설을 쓰는 사람입니다. 나는 자리에서 일어선다. 원고를 가져왔습니다. 나는 그 사람이 건네주는 원고를 유리그릇처럼 소중하게 받아안는다. (「팔도기획」, pp. 40~41)

"유능한 기획자인 내가 뒤돌아보아주기만을 조용히 기다리"는 저 부재. 나의 각도를 조정하는 은밀한 작도법이다. 역설적인 방식으로만 드러나는 놀라운 숲의 세계가 거기 있다. 이 숲을 비자나무 숲이라 불러도 좋겠다. 「끝내 가보지 못한 비자나무 숲」은 비밀을 안은 채 사라지는 것들에 대한 비가(悲歌)다. 어느 날 '나'(명이)에게 전화가 온다. 죽은 옛 연인인 정우의 동생 도우에게서 온 전화다. 어머니가 그녀를 보고 싶어 한다고 내일 제주도로 내려와줄 수 있는지를 묻는다. 소설은 그 짧은 제주행의 기록이다.

셋은 밥을 먹은 후에 비자림으로 가기로 한다. 차에서 '나'는 깜빡 잠이 들었다가 격심한 충격으로 깨어난다. '나'는 그 충격이 간혹 자신을 찾아오는 환각이라고 생각한다. 얼마 전에는 "임종을 앞둔 노파가 되어버린 환각"(p. 94)을 경험하기도 했다. 그런데 그것은 정말 환각이었을까? 교통사고로 세상을 뜬 정우처럼 임종을 앞둔 '나'를 찾아온 저 감각이? 환각이건 교통사고건 중요한 것은 그 결과로 끝내 '나'는 비자림에 가지 못하리라는 사실이다. 그로써 비자림은 예감 속에서만 존재하는 숲이 된다.

> 언젠가는 눈을 뜨게 될 것이고 나는 숨을 쉬게 될 것이고 그때쯤이면 비자나무 숲 한가운데에 있을 것이다. 가을 저녁처럼 어둑하고 선선한 그 숲에서 나는 도우와 함께 어머니의 꿈 얘기를 들을 것이다. 그런데 그렇다면⋯⋯대체 정우는 어디로 간 것일까 생각하는 순간 눈물이 흘렀다. 환각이 끝나려는 모양이었다. (「끝내 가보지 못한 비자나무숲」, pp. 117~18)

비자림은 끝내 가지 못하지만 언젠가는 끝까지 가야 할 곳이다. 비자는 '榧子'라고 표기하지만 실제로는 '非字'에서 왔다. 잎 모양이 등을 맞댄 저 글자(非)를 닮았다고 해서 생긴 이름이다. 끝내 가지 못한다는 의미에서 그것은 '秘姿'이기도 할 터. 기억이라는 구멍은 도우의 어머니가 손에 든 부채의

살처럼 주름 사이사이에 시간을 압축해 넣었다가 모두 풀어내는 블랙홀 같다. 비자림은 비밀의 숲, '아님'으로 존재하는 비밀의 입구다. 여기서 이 소설집의 세번째 기하학이 나온다. 비(非)자 형태의 우주. 거울에 비춘 것처럼 대칭적인 모습이지만 서로를 등진 돌아섬. 저 돌아섬은 과거를 복권하려는 비취봄(比)이 아니라 그 무엇도 '아님'을 드러내는 표지다.

"비자림 쪽으로 힘차게 달려보겠습니다"(p. 116)라고 외치는 도우는 어떤가. 분명 저 생의 찬란한 순간과 겹쳐 있는 것은 죽음의 그림자. 도축을 기다리는 도우(屠牛)의 신세라면 슬프고 처연할 법도 한데, 이들 셋은 "옆집 축사" 구경하듯 밝게 웃고 있다. '나'는 자꾸 웃음이 흘러나와 "발작을 하듯 웃음을 터뜨"(p. 114)린다. 축포가 터지듯이 '나'의 몸이 가벼워지고 깃털처럼 가벼워져서 세포가 낱낱이 분해되는 입자의 단위만큼 미분된다. 어쩌면 인간이라는 존재 또한 분광(分光)하는 시간이 남긴 잔여물에 불과할지도 모르겠다. 여과지에 붙은 커피 찌꺼기나 선풍기에 앉은 먼지처럼. 과거 누구의 무엇이었다고 말할 수 없는 비(非)자형의 우주에 떠다니는 것. 그리하여 "불러 애도할 무엇도 남지 않"(p. 94)는 것.

초식동물 같은 도우를 보고 "죽을 때가 들면 죽을 데를 딱 찾아든다"(「약콩이 끓는 동안」, 『분홍 리본의 시절』, p. 116)는 영험한 동물을 떠올리는 것이 우연일까? 기원을 찾아가는 영험한 감각, 여기서 포인트는 시간이 아니라 장소다. '아님'으로만 드러나는 장소. 권여선의 소설에서 실로 무수한 비자림을 찾아낼 수 있을 것이다. 그녀의 소설은 비밀을 폭로하는 소설이 아니라, 비밀이 거기에 있음을(다시 말해서 삶에 내재해 있음을) 알려주는 소설이다. "쭉 뻗은 은회색 도로는 끝이 물렁하게 구부러져 다음 풍경을 감추고 있었다. 그곳에 비자나무 숲이 있을 터였다"(p. 117). 저 만곡의 끝이 흐릿하게 실종되었다. 요컨대 보이지 않는 것을, 보이지 않는 채로 보여주기, 그것이 바로 비자 숲의 기하학이다.

5. 사랑의 기하학

그러고 보면 모든 관계란 기본적으로 '사랑'의 관계다. 설령 그것이 증오, 분노, 슬픔이라고 해도 그렇다. 선분은 그것을 구성하는 양끝의 상호작용이며, 증오와 분노와 슬픔은 그 상호작용(사랑)이 잘 그어지지 못했음을, 덜 그려졌음을 혹은 지워졌음을 표시하는 반응이다.

권여선 소설의 변곡점들, 은폐된 선택지들, 사랑과 증오를 왕복하는 동선들, '아님'의 형식으로 비밀을 보존하는 내밀한 숲들을 살펴보았다. 이 통로를 통해서 수많은 감정선들이 대로와 소로처럼 교차한다. 선명하고도 풍요로운 상징과 기호의 소도구들이 출몰하기도 한다. 이 문자들이 권여선의 소설에서 출현할 때 그것은 그대로 사랑의 기하학이 된다. 권여선이 한 땀 한 땀 새겨 넣은 순정의 문채(文彩)가 농밀한 정서의 토포스를 일구어냈다. 권여선의 세계는 수많은 예감과 미묘한 추측이 난무하지만 전체를 관망하는 라운지는 없다. 그것은 저 숲이 관상용 정원이 아니라는 말이다. 환하도록 아름다운 풍경 속에는 여전히 수습되지 않는 구멍이 뚫려 있으니. 그리고 비밀은 상처와 연민, 미안함과 죄책감을 거느리기 마련이다. 그러나 이상의 말처럼 "사람이/비밀이 없다는 것은 재산이 없는 것처럼 가난하고 허전한 일"(「실화」)일 터.

권여선이 가르쳐준 사랑의 기하학은 사랑의 완전연소 즉 제로 지점을 향해 질주하는 소멸의 드라마다. 그러나 끝내 거기에 이를 수는 없을 것이다. 그곳은 삶 자체가 황폐한 불멸로 전환되어버린 세계일 테니까. 욕망이 죽으면 사랑도 죽는다. 권여선의 인물들은 들끓는 욕망의 힘으로 소멸의 지평선을 향해 나아간다. 저 지평선과 인물이 그리는 동선은 유클리드적 기하학이 말하는 수평선이다. 다시 말해 그 둘은 영원히 만나지 않는다. 권여선이 기하학적 요소를 다룰 때 그것이 명제화의 논리나 확실성의 기호로 사용되지 않는다는 점을 기억해야 한다. 셈하고 연역할 수 있는 자본화된 언어는 여기에 없다. 오히려 명백한 오산(誤算)의 가능성이 삶을 도드라지게 만든다. 권여선은 그것을 누구보다도 잘 아는 작가이다.

작가의 말

　작가의 말은 정말 쓰기 싫다.

　솔직히 말해서 나는 점점 내가 쓰는 글에 대해서는 흥미를 잃어가는 반면에 다른 사람들이 내 글을 어떻게 생각하는지에 대해서는 과도한 흥미를 갖게 되어간다. 참으로 작가답지 않은 자세라 할 수 있다. 하지만 조금 달리 생각해보면 이것이야말로 작가다운 자세라고도 할 수 있다.
　내 언어의 객관적인 모습을 나는 알지 못한다. 그것은 타인의 눈과 입을 거쳐서만 내게 전달되는데, 그 전달 방식과 내용 또한 전혀 객관적이라고 할 수 없게 심히 일그러져 있거나 조각나 있거나 심지어 모순되거나 극도로 상반되기까지 해,

나는 내 글에 대해 점점 더 많은 사람들로부터 점점 더 많은 얘기를 들을수록 점점 더 조바심이 난다. 나는 시시각각 사나워진다.

벤야민은 인내심에 대한 글을 쓰면서 이런 말을 했다. 어느 여인을 오래 기다리면 기다릴수록 그 시간이 그 여인을 더 아름답게 보이도록 한다고. 나는 속지 않는다. 벤야민에게 그 여인은 끝내 오지 않은 여인이었으니. 끝내 오지 않을 것을 끝내 포기할 수 없는 마음이 벤야민에게 인내심이라면 내겐 조바심이다. 한 해 한 해 흐를수록 한 살 한 살 먹을수록 나는 점점 더 조급해진다. 이제 그만 그 여인의 머리채를 휘어잡아 늙고 쭈그러진 면상이라도 확인하고 싶다.

어제 우연히 어느 시골 식당에 들러 저녁을 먹었다. 그 식당에서 저녁을 먹지 않았다면 나는 아마 작가의 말을 쓰지 않았을 것이다.

삼계탕과 백숙이 전문인 식당이었다. 주문한 지 30분이 지나서야 밑반찬이 나왔다. 배추김치, 깍두기, 갓김치, 오이장아찌, 고추장아찌, 취나물. 흔하다면 너무 흔하다 할 그 밑반찬들은 놀랍게도 어느 하나 내 젓가락이 허투루 지나가도록 내버려두지 않았다. 맛도 좋은 데다 양도 넉넉해, 맛있는 음식에 대해 거의 종교적인 경배를 바치는 나로서는 이 반찬들을 남겼다 무슨 죄를 받을지 걱정부터 앞섰다. 비닐봉지를 달래서 모조리 쓸어 담을까 했지만, 안 그러길 잘했다.

그리고 또 10분이 지나서야 드디어 삼계탕이 나왔다. 황기와 엄나무에 찹쌀과 잡곡을 섞어 진한 죽처럼 끓인 삼계탕이었다. 첫입에도 화들짝, 대단한 맛이라는 걸 느꼈다. 뭐가 그렇게 대단했느냐고 묻는다면 대답하기 어렵다. 원래 음식은 특별한 무엇이 있어서 맛있는 게 아니라, 아무리 까탈을 부리려 해도 흠을 잡을 수가 없어서, 도무지 나무랄 데가 없어서, 그렇게 넉넉하고 흐뭇한 경지여서 맛있는 것이다. 그런데 그 식당이 인색한 게 하나 있었으니, 소금이었다. 손바닥만 한 개인용 접시에 굵은 소금이 흩뿌리듯 나왔는데 몇 알인지 셀 수 있을 정도였다. 전혀 간이 되지 않은 삼계탕의 고기를 소금에 찍어 먹고 나니 죽에 넣을 소금이 조금 모자랐다. 식탁에 소금통이 없어 따로 시킬까 했지만, 안 그러길 잘했다.

중요한 건 조화와 변주였다. 그냥 찹쌀죽이 아니라 잡곡죽이라 구수한 맛이 나는 데다, 소금을 넣어 간을 맞추는 것보다 심심한 죽 한 술에 밑반찬 한 점씩 얹어 먹는 맛이 일품이었다. 죽 한 술에 오이장아찌, 죽 한 술에 갓김치, 죽 한 술에 취나물을 얹어 먹으면 죽 맛이 각각 다르게 느껴졌다. 비닐봉지는 애초에 필요도 없었다. 삼계탕 뚝배기와 밑반찬 그릇을 거의 다 비우고 더할 나위 없는 만족감에 젖어 식당을 나왔다.

식당 마당 평상에 앉아 담배를 피웠다. 그때까지만 해도 나는 작가의 말을 쓸 생각은 추호도 없었다. 어떻게 편집자에게 작가의 말 없이 가자고 할까 고민하고 있었다.

　식당 가족은 농사도 짓는지 마당에 텃밭도 있고 경운기도 있었다. 문득 이런 의문이 떠올랐다. 이 사람들은 자신들이 어떤 음식을 만들어내는지 알고나 있는 걸까? 그러나 그들은 자신들이 만든 음식이 어떤 맛인지 알고 싶어 조바심을 내는 것 같지 않았다. 어떤 맛인지 알려줄 누군가를 오래 기다리며 인내심을 키우는 것 같지도 않았다. 그들은 그럴 필요가 없었다. 그들은 자연과 시간, 재료와 숙성이 해낸 일을 자기 몫으로 내세우려는 욕심 같은 건 조금도 갖고 있지 않았으니 말이다.

　조바심과 인내심은 그게 일종의 '심'이며 '자의식'이며 '합리화된 포즈'인 한에서 절대 무심과 자연을 이기지 못한다. 병실에 누워 오랜 시간 그 여인을 기다리면 기다릴수록 그 여인이 아름답게 보인다고 중얼거린 벤야민이나, 성마르게 귀를 곤두세우고 그 여인의 머리채를 기어코 휘어잡고 말겠다고 날뛰는 나나, 시골 식당 사람들보다 한 수 아래라는 면에서는 동급인 것이다. 신 앞에서 인간이 공평하듯, 언어 앞에서는 누구나 병자 또는 정신병자인 것이다. 이 말을 하기 위해 나는 죽어도 쓰기 싫은 작가의 말을 썼다.

당신이 이 책의 소설들을 어떻게 생각할지 벌써부터 조바심이 난다.

수록 작품 발표 지면

팔도기획　『세계의 문학』 2010년 여름호

은반지　『한국문학』 2011년 여름호

끝내 가보지 못한 비자나무 숲　『현대문학』 2010년 10월호

길모퉁이　『현대문학』 2012년 9월호

소녀의 기도　『문학동네』 2011년 여름호

꽃잎 속 응달　『자음과모음』 2012년 겨울호

진짜 진짜 좋아해　『황해문화』 2010년 겨울호